CALÍGVLA

COLEÇÃO "OS SENHORES DE ROMA"

Augusto
Tibério
César
Marco Antônio e Cleópatra
Nero e seus herdeiros
Calígula

OS SENHORES DE ROMA

CALÍGVLA

ALLAN MASSIE

TRADUÇÃO
BEATRIZ HORTA

Copyright © Allan Massie, 1993
All rights reserved.
Copyright © Faro Editorial, 2021
Todos os direitos reservados.

Nenhuma parte deste livro pode ser reproduzida sob quaisquer meios existentes sem autorização por escrito do editor.

Diretor editorial: **Pedro Almeida**
Coordenação editorial: **Carla Sacrato**
Preparação: **Daniel Rodrigues Aurélio**
Revisão: **Bárbara Parente** e **Thaís Entriel**
Capa: **Renato Klisman | Saavedra Edições**
Projeto gráfico e diagramação: **Cristiane | Saavedra Edições**

Dados Internacionais de Catalogação na Publicação (CIP)
Angélica Ilacqua CRB-8/7057

Massie, Allan 1938-
    Calígula / Allan Massie ; tradução de Beatriz Horta — São Paulo: Faro Editorial, 2021.
    224 p. (Os senhores de Roma)

    ISBN: 978-65-5957-008-9
    Título original: Caligula

    1. Ficção inglesa 2. Calígula, Imperador de Roma, 12 D. C. -41 D. C. - Ficção I. Título II. Horta, Beatriz III. Série

21-1853   CDD 823.914

Índice para catálogo sistemático:
1. Ficção inglesa

2ª edição brasileira: 2021
Direitos de edição em língua portuguesa, para o Brasil, adquiridos por **Faro Editorial**

Avenida Andrômeda, 885 – Sala 310
Alphaville – Barueri – SP – Brasil
CEP: 06473-000
WWW.FAROEDITORIAL.COM.BR

Para a Alison, como sempre

PARTE I

I

É MAIS DO QUE UM PEDIDO. É UMA ORDEM A QUE NÃO OUSO DESOBEdecer. Gostaria muito de me recusar, ficaria feliz descansando aqui no meu retiro isolado, longe do tumulto, tendo como único som o ciciar das cigarras nas oliveiras, meu olhar pousado no mar distante e indiferente, vendo agora apenas uma calma azul que parece vir direto do céu. Com que alegria repouso nessas colinas perfumadas, sem qualquer obrigação, glória militar ou política, ouvindo apenas o canto da sereia que o velho imperador gostaria de ouvir na esperança de assim acalmar seu espírito atormentado.

E agora chega essa ordem, sem mais detalhes, para que eu escreva a biografia do falecido imperador Gaio, cuja morte é lamentada por poucos. Por que ela quer isso? Para quê? Com que maligna finalidade? Claro que você pode achar, como disse, a sério, o meu jovem Agaton, que o pedido é uma honra, e que ela o faz em nome da família. Concordo, até certo ponto. Não lhe falta dedicação familiar. Sei disso, a minha própria custa. E talvez ela ainda tenha um pouco de afeto por mim, supondo-se que seja capaz de sentir isso por alguém que não seja seu charmoso filho. Mas por que uma biografia de Gaio? Para que o resgatar? Essa deve ser mesmo a sua intenção. Não seria melhor encomendar a biografia, mais uma, do pai-herói dela, o grande Germânico? Faço essa mesma pergunta a Agaton, embora ele não entenda nem se interesse pelo tema, pois tem uma jovial falta de curiosidade pelo passado. Por que não haveria de ter? Ele vive totalmente no presente e só se preocupa com o meu conforto, já que assim garante o dele. Quanto a mim, sinto prazer em sua companhia, mas não o amo. Não amei ninguém desde que Cesônia me foi tirada e até duvido se realmente a amei, ou se não fui apenas (apenas!) envolvido e dominado por ela. Talvez eu nunca tenha sido capaz de amar, no melhor e mais amplo sentido da palavra, mas só de sentir lascívia. Isso, com certeza e com frequência. Como Agripina e eu nos entregamos ao amor, naquele ano em que tivemos um caso! Agora, até isso passou. Eu apenas brinco com Agaton, nada mais, esse grego de dezoito anos e cabelos cacheados, rosto sério, olhos brilhantes e sombreados por longos cílios de moça e músculos lisos. Quando o vi pela primeira vez, lembrei de versos de Horácio de que há muito gostava: "Se você o colocar em meio a moças, nem os mais iniciados conseguirão distingui-lo". Então o comprei. Isso foi há três anos. Hoje, acho que gosta de mim do seu jeito moderado, e eu me sinto à vontade com ele.

Esses pensamentos me distraem, por isso entrego-me a eles.

Escreve Agripina:

> "Ninguém conheceu Gaio melhor e por mais tempo do que você. Ninguém foi tão fiel a ele. Rogo então que seja fiel também à memória dele, pobre Gaio. "Pobre Gaio", um toque de ternura que não é comum nela. Vou aceitar, já que não tenho escolha.

E me manterá ocupado. Pode ser também que me faça compreender o fracasso em que transformei minha vida e as injustiças de nosso tempo. Mas, se fizer isso, se escrever tudo o que sei e ousar lembrar, não servirá para o que Agripina quer. Portanto, vou escrever em primeiro lugar para mim mesmo (e para a posteridade), depois preparo uma versão maquiada ou limpa para a imperatriz.

Será que existe alguma coisa na vida, até mesmo o primeiro amor, mais emocionante do que assumir seu primeiro posto militar? É a hora em que você se torna, aos seus próprios olhos, um homem. É o momento para o qual, como nobre romano, você foi educado. Meu coração cantava pelo longo caminho que ia de Roma ao Reno. Nada, nem o frio, nem a chuva, nem as hospedarias ruins, nem a insolência de um magistrado que encontrei em Lião, poderia me abater. Eu tinha dezoito anos, era rico, bonito, com antepassados que faziam meu nome ser respeitado e estava a caminho de servir como oficial do Estado-maior do neto do imperador Augusto Germânico César, já considerado o mais audacioso general da época, o preferido dos soldados e que certamente seria o futuro imperador. Eu tinha certeza de que alcançaria a glória ao lado dele. Meu tio, que conseguiu minha nomeação, também tinha certeza de que o posto me colocaria no primeiro escalão de preferência.

Na verdade, embora nos referíssemos a Germânico como neto do imperador ou *princeps*, como Augusto ainda preferia ser chamado, o termo não era muito exato.

Apesar de eu estar escrevendo para mim e não, como será a versão posterior, para Agripina, me ocorre que meus próprios netos ou até meus bisnetos podem um dia querer ler a versão integral e sem correções, no mínimo para saber que tipo de homem fui e talvez para conhecer a verdadeira história de meu tempo, em vez da versão autorizada.

Portanto, para o bem deles, eu deveria mostrar as relações de parentesco dentro da família imperial, como tínhamos, com vergonha, passado a chamá-la.

Na época em que escrevo, Augusto ainda era vivo e sua autoridade era incontestável. Ele estava bem idoso, com setenta e tantos anos e, embora sofresse de reumatismo nos dias frios e não tivesse tido boa saúde na juventude, continuava firme e forte. Eu o conhecia, meu avô foi amigo dele quando ambos eram jovens. Menino, eu costumava encontrá-lo caminhando no Palatino; ele dava um tapinha no meu rosto ou puxava minha orelha e dizia:

— Espero que, quando crescer, você não seja bobo como seu avô.

Depois, ria e me dava um doce ou um damasco seco.

Isto não vem ao caso. Augusto foi casado três vezes, mas só teve um descendente, Júlia. A mãe dela, Escribônia, era prima de meu avô. Portanto, Júlia era uma espécie de minha prima também. Mas, como nasci quando meu pai estava idoso, filho da quarta mulher dele, eu era mais jovem que os cinco filhos de Júlia.

A própria Júlia foi casada três vezes: primeiro, com Marcelo, sobrinho de Augusto; depois, com Marcos Agripa, amigo próximo dele, homem de origem humilde, mas de grande capacidade. Por último e tragicamente, foi casada com Tibério, que era enteado do imperador.

AGRIPA ERA PAI DE TODOS OS FILHOS DELA. DUAS MENINAS, AGRIPINA E Júlia. (Agripina é chamada "a velha" para diferençar da filha dela de mesmo nome, que encomendou essa biografia.) Daqui a pouco, você vai saber mais dela, mas a filha Júlia não entra no meu relato.

Havia também três meninos: Gaio, Lúcio e Agripa, chamado Póstumo porque nasceu após a morte do pai. Augusto adorava os dois primeiros e teria feito deles seus herdeiros, mas a morte atrapalhou seu propósito. O jovem Agripa era um idiota, dado a atos violentos, foi preso e, mais tarde, morto.

Quando Augusto se divorciou de Escribônia porque ela o aborrecia, casou-se com Lívia.

Viveram juntos por mais de quarenta anos. Minha mãe costumava resmungar que ele "tinha medo de se divorciar", mas isso era quando estava zangada com Lívia. Se estava mais calma, dizia que os dois "eram o casal perfeito". Podem ter sido. Quem sabe a verdade de um casamento?

Lívia tinha dois filhos do casamento anterior: Tibério e Druso. No momento adequado, vou contar mais sobre Tibério, bem mais. Druso morreu antes de meu relato começar, mas o filho dele foi meu comandante Germânico César, casado com Agripina, neta de Augusto. Assim, de certa forma, é justo chamar Germânico de neto do imperador, já que era filho do enteado e marido da neta de Augusto.

Havia uma outra ligação. A mãe dele era Antônia, filha de Marco Antônio, que foi, primeiro, colega de Augusto e depois, seu rival — e de Otávia, irmã de Augusto, de quem ele gostava muito. Mais tarde, Marco Antônio largou Otávia ao ser seduzido pela rainha egípcia Cleópatra. Porém, Otávia e Antônia sempre foram consideradas membros da família imperial, e Augusto ficou feliz quando Antônia se casou com seu enteado Druso. Foi um matrimônio feliz, e Germânico sempre falou bem dos pais. O pai, como eu já disse, tinha morrido quando conheci Germânico, e os homens acham mais fácil falar bem do pai morto do que do vivo. O mesmo ocorre em relação aos filhos que morrem antes dos pais. Muitas vezes, eles ficam perfeitos graças a uma morte prematura.

É interessante, entretanto, dizer que a história de Germânico seria diferente, se o pai dele fosse vivo. Assim como a história de Roma.

Resumindo: viajei para o norte cheio de expectativas. Fui recebido à altura de minhas origens e também como amigo.

Germânico me deu tapinhas nas costas, me abraçou e beijou nas faces.

— Aqui não há cerimônia, minha esposa e eu consideramos todos os jovens oficiais como membros da família— disse ele.

Fiquei encantado com aquela recepção calorosa. Claro que ruborizei de prazer e orgulho. (Enrubescia facilmente, na minha virtuosa juventude.) É natural que um jovem oficial fique embevecido com as boas-vindas afetuosas de seu comandante, mas não era só isso. Germânico tinha sido meu herói, até meu ídolo e inspiração desde menino, e eu acompanhei sua excelente atuação nos Jogos Troianos, nos quais Augusto gostava de ver os jovens aristocratas.

Há em Roma e outras cidades do Império muitas estátuas de Germânico, mas nenhuma que eu tenha visto faz justiça a ele. Mostram que foi um homem bonito, o mais bonito de sua época, como todos concordavam, mas não conseguem captar sua sedução ou sua vivacidade. Nenhum escultor, nem mesmo Fídias (o maior entre os gregos), foi capaz de transmitir ao mármore a força e a delicadeza que ele possuía. Nenhum foi capaz de transmitir seu sorriso pronto, e, claro, sendo as estátuas mudas, não podem dar ideia da voz dele, ao mesmo tempo leve e firme, e que fazia do pior latim uma língua suave como o grego.

— Mas, claro, eu ia me esquecendo de que você é mesmo da família. Agripina está ansiosa por sua chegada — disse Germânico.

Percebi logo que era típico de Germânico incluir Agripina na conversa. Os dois realmente se adoravam. Nunca houve casal tão harmonioso, só tinham olhos um para o outro. Acho que desde o dia em que se casou, Germânico jamais olhou para outra mulher. Quanto a Agripina, era tão virtuosa quanto determinada. Não é de se estranhar que tenham tido nove filhos. Infelizmente, três morreram pequenos, para grande dor dos pais. Um deles, chamado de Gaio como o caçula, era adorado por todos. Quando morreu, a bisavó Lívia encomendou uma estátua dele em trajes de Cupido para a Vênus do Capitolino, e ouvi dizer que Augusto tinha uma réplica dessa estátua no quarto, que beijava toda vez que entrava no aposento. É agradável lembrar essa terna afeição, considerando os infortúnios que a família imperial iria se causar.

Germânico me levou então até Agripina, falando sem parar da minha viagem e sem deixar de cumprimentar com um sorriso ou uma palavra simpática os legionários que encontramos pelo caminho.

As crianças estavam jantando. Agripina sempre acompanhava essa refeição, em vez de deixar por conta das escravas, como era hábito. Costumava dizer que os filhos eram suas joias e nada a agradava tanto quanto cuidar deles. Sem dúvida, isso era verdade, mas acho que a explicação para seu comportamento incomum está em sua própria infância. A mãe, Júlia, era uma famosa promíscua e talvez você saiba que o pai dela, Augusto, chegou a exilá-la e colocá-la em prisão domiciliar devido a sua evidente e notória imoralidade. Com isso, Júlia descuidou dos filhos, que teriam crescido largados, não fosse o amor de Augusto e, com menos intensidade, o de Lívia. Agripina sempre me disse que, apesar disso, sua infância tinha sido miserável e ela tinha mágoa principalmente do sisudo e reservado padrasto Tibério, filho de Lívia e futuro imperador. Ela raramente falava de Júlia e também não gostava do seu comportamento. Por isso, tinha decidido que seus filhos receberiam muito amor e segurança.

Talvez tenha exagerado na intensidade. Os mais velhos, Nero e Druso, gostavam tanto dela que o maior medo deles era magoá-la. Embora tenham chegado à idade adulta, nenhum dos dois amadureceu. Quanto a Gaio... bem, falarei nele depois.

Foi assim que o vi pela primeira vez: andava pelo aposento pisando firme, vestido com um uniforme de soldado mirim e empunhando uma espada de madeira com a qual batia nas costas dos irmãos. Nisso, a irmã Drusila pegou-o no colo e cobriu seu rosto de beijos. Depois, ofereceu o rosto para Germânico beijar, enquanto o menino, que não tinha ainda três anos, lutava e reclamava que era soldado e não devia ser beijado. Todos riram dele e o chamaram de "bichinho", "carneirinho" e coisas assim. Germânico pegou o menino, colocou-o nos ombros e disse:

— Agora você é o general do exército, o comandante em chefe. — E Gaio ficou eufórico.

Enquanto isso, o pequeno Nero, embora com apenas sete anos, me cumprimentou, sério, dizendo que esperava que eu tivesse feito boa viagem.

Mais tarde, após o jantar, com a presença dos demais jovens oficiais, Agripina pediu que eu ficasse um pouco mais para "discutir assuntos de família". Era só uma desculpa. Ela queria saber como andavam as coisas em Roma, e "coisas" para ela significavam, claro, a política.

Primeiro, o interesse dela me surpreendeu. As únicas mulheres que eu conhecia bem eram minha mãe e minhas tias, que jamais falavam de política. Hoje, não as condeno. O marido de uma das tias, o austero, porém brutal, T. Quíntio Crispino, foi um dos acusados de adultério com Júlia, a filha do imperador, afastado do Senado e exilado. Meu pai sofreu a mesma coisa, pelo mesmo motivo, na mesma época — injustamente, garantia minha mãe. Não importa: essas senhoras sabiam muito bem do perigo e do horror de se envolver em política na Nova Roma, onde, já no governo de Augusto, o bondoso "pai da nação", as pessoas estavam aprendendo a ser discretas até na própria família e a não dizer o que pensavam nem para os amigos próximos. Por isso, minha mãe e as irmãs se ocupavam apenas das tarefas domésticas e só falavam de banalidades.

Assim, quando Agripina começou a me fazer perguntas, fui inicialmente discreto. A seguir, quando começou a dar opiniões só para me testar, fiquei desconfiado, depois assustado e, finalmente, perplexo. Ela me parecia incrivelmente destemida. Fiquei honrado por confiar em mim e só lastimei que, devido às minhas habituais timidez e discrição, mesmo com os da minha idade e posição, devo ter parecido ignorante e bobo, uma grande decepção.

Augusto estava morrendo. Ela disse que todo mundo sabia disso e muitos estavam com medo, outros, animados. Parecia que ele nunca mais largaria o posto. Era preciso ter sessenta anos para se lembrar de Actio e das guerras civis que terminaram com a morte de Antônio. Mas, pelo menos no título, Roma continuava sendo uma República. No enorme relato que escreveu sobre seu governo, o *Res gestae*, Augusto se vangloriou de ter restaurado a República e dizia que embora tivesse o mesmo poder que seus colegas, superava-os na autoridade, uma diferença sutil que não enganava ninguém.

Mas, sem dúvida, alguns romanos, entre eles, meus tios e primos, ansiavam pela restauração da verdadeira República. Vã esperança.

Agripina sabia mais. Sabia que nós, minha família e os da nossa classe, éramos apenas nobres. Ela e sua família eram imperiais.

— Meu padrasto Tibério — disse ela — finge ser um republicano da velha escola. Está sempre reclamando do que chama de "presunção dos que pertencem ao Império, uma ofensa para a nobreza". Ele é bem consciente de ser um claudiano, membro de uma família que pode se vangloriar de ter tido cônsules durante séculos. Mas quando está bêbado, o que acontece muito, reclama que o pai de Augusto era um agiota do interior, enquanto meu pai Marcos Vipsânio Agripa não era ninguém, nada se sabe do pai ou da família dele. Bom, pode ser, mas foi um grande homem e um grande general.

E continuou:

— Quanto a Tibério, é um velho impostor, como você sabe. Quando Augusto morrer, Tibério vai dizer que não merece ser o sucessor e que deseja que o Senado retome sua antiga primazia, e então, espere e verá, vai assumir todos os poderes de Augusto, dizendo que foi obrigado.

Fiquei tão encantado com sua franqueza, a ponto de ser imprudente.

— Tem mais algum candidato à sucessão? — perguntei. — Seu irmão Agripa Póstumo?

— Pobre Póstumo, ninguém gosta dele — lastimou. — É o maior inimigo dele mesmo, depois de Tibério e de Lívia, claro. Não podemos esquecer a velha diaba. Ela o detesta. Também me detesta. Tenho a sorte de ela adorar Germânico. Bom, todo mundo gosta, menos Tibério, óbvio. Ele é ciumento demais.

Ela estava certa sobre Tibério e também sobre o irmão. Este viveu poucos dias do novo governo. Dizem que foi morto por ordem póstuma (grande ironia) de Augusto, outros dizem que a culpada foi Lívia e outros ainda garantem que foi Tibério. Ninguém sabe e nem interessa saber.

III

Germânico era uma pessoa alegre, o mundo se iluminava na presença dele. Não é de estranhar que suas tropas o adorassem. Mas também tinha seus críticos. Um de seus oficiais mais velhos, A. Cecina Severo, reclamava que popularidade não servia de medida para um comandante, e que era até fácil de se conseguir, contanto que não se exigisse disciplina rigorosa e constante dos soldados.

Ao mesmo tempo, Germânico queria ter glória, mas não conseguiu. Estávamos nos anos pós-desastre no bosque de Teutoburgo em que, por imprudência e descuido, as três legiões comandadas por Quintílio Varo foram apanhadas de surpresa pelos germanos, cercadas e aniquiladas. Esse desastre provocou uma mudança na política imperial. Esqueceram a promessa dos deuses de um "Império sem fronteiras", como registrou o poeta Virgílio. Augusto mandou que o limite do Império fosse o Reno e que não houvesse qualquer tentativa de conquistar a Germânia. Tibério, como comandante-mor dos exércitos, primeiro foi contra e não gostou que impedissem uma guerra de conquista. Depois, viu que era uma decisão sensata.

Germânico, porém, não se convenceu. Era jovem e ardoroso. Buscava a glória que parecia lhe estar sendo negada. Não demorou para Agripina, esquecida de que a decisão havia sido determinada pelo próprio avô Augusto, insinuar que essa atitude mostrava o ciúme que Tibério tinha de Germânico. Mostrava também seu medo de que Germânico, ganhando a glória e o Império, passasse a ser considerado um imperador mais adequado.

Na época, não questionei isso porque eu também era jovem e queria lutar na guerra. Hoje, não tenho tanta certeza de que foi uma decisão correta. Agripina tinha razão de achar que Tibério tinha ciúme e medo do sobrinho Germânico por causa da popularidade dele com os exércitos e o povo.

Talvez tivesse mesmo ciúme, embora se possa admitir o contrário. Seja como for, a decisão de não conquistar a Germânia foi, sem dúvida, sensata. César levou dez anos para dominar a Gália, e essa conquista foi ameaçada por sucessivas rebeliões, até os gauleses perceberem as vantagens de fazer parte do Império Romano. Os germanos são guerreiros mais corajosos e mais duros que os gauleses, e mais afeitos à ideia de liberdade. O esforço para dominá-los seria perigoso, talvez estivesse até fora do alcance de Roma. E não acredito que os germanos amantes da liberdade aceitassem algum dia o nosso domínio.

Mesmo assim, Agripina passou sua desconfiança para o esposo e conseguiu nublar seu espírito solar. Ele começou a imaginar que Tibério não queria apenas lhe negar a glória, mas destruí-lo.

Hoje, vejo Agripina como seu gênio do mal. Mas na época... na época, eu a adorava. Não quero dizer que a desejasse. Minha adoração por ela fazia parte da que eu sentia por Germânico. Na minha cabeça, os dois estavam juntos em perfeita harmonia. Ao me receberem em seu círculo mais íntimo, acho que devido, pelo menos no começo, à minha origem, e depois por perceberem meus méritos e se afeiçoarem a mim, me propiciaram o que eu nunca tive: uma carinhosa e afetuosa vida familiar. Realmente, se havia alguém que eu amava, era a família inteira de Germânico e Agripina.

Eu não tinha irmãos nem irmãs. E me vi adotado como irmão mais velho de seis adoráveis crianças.

Adoráveis? Sim, insisto na palavra. Claro que não demorou muito para as austeras matronas romanas, como minhas tias, fazerem críticas a essas crianças e à educação que Agripina lhes dava. E realmente, pelos padrões do mundo romano, a educação foi bastante lastimável. Eram crianças tão espontâneas. Nenhuma delas sabia o que era hipocrisia, algo que, na corrupção de nossos tempos, as crianças dos poderosos aprendem assim que começam a falar. Com o tempo, como vou mostrar, Gaio também aprendeu essa lição, tão necessária hoje que a grande virtude republicana, a liberdade de expressão, foi banida, hoje que os livros são queimados por ordem oficial para destruir a liberdade e impedir a crítica. É esse o mundo no qual somos condenados a viver e no qual os sensatos se esforçam para ser apenas moderados e trilhar um caminho sem intriga e perigo, entre a negação obstinada e a subserviência odiosa.

Mas essas crianças não sabiam de nada disso. Riam quando estavam contentes, choravam quando se machucavam, zangavam-se quando contrariadas, ou seja, se comportavam como a natureza mandava e como as fez.

É verdade que o menino mais velho, Nero, era reservado, tímido, de gestos tão meigos que se poderia imaginá-lo, mesmo quando bem jovem, um político precavido. Mas isso também fazia parte da natureza dele. Era capaz de ficar triste e magoado só de pensar que poderia ter ofendido alguém e era muito cuidadoso com os outros. Era uma criança afetuosa, graciosa, atraente, de bom coração.

Apaixonado por Agripina, fascinado por Germânico e tão preocupado em agradá-lo que não sabia como tratá-lo. Assustava-se facilmente e, sem saber lidar com o jeito rude dos soldados, apegou-se tanto a mim que não seria exagero dizer que me amava. Quando eu já estava havia algumas semanas no acampamento, Agripina ficou muito satisfeita e disse:

— Você fez com que Nero se sentisse seguro, a única qualidade que lhe faltava.

O menino Gaio era o queridinho dos soldados. Gostavam de vê-lo pelo acampamento, cheio de pose com seu uniforme de pequeno legionário, brandindo a espada de brinquedo e gritando ordens que aprendeu com os centuriões. Lembro-me até dele treinando alguns soldados que fingiam entender suas ordens contraditórias e incoerentes. Claro que ele era jovem demais para saber o sentido do que dizia, estava só imitando o que ouviu, como um papagaio repetindo as palavras do dono. Caçula da família, acho que foi mimado demais, estragado até, não só pelos soldados que o apelidaram de Calígula, ou Botinhas, mas pelas três irmãs. Agripina às vezes admoestava os outros filhos, mesmo que fosse de leve, mas nunca o pequeno Gaio. Talvez quisesse ser mais dura, até severa, com os filhos, mas Germânico dizia:

— Deixe as crianças, não devemos magoá-las.— Depois ficava triste e suspirava: — O mundo vai logo se encarregar disso.

Uma vez, lembro-me do pequeno Gaio ameaçando dar uma martelada num lindo jarro de porcelana.

— Você tem mesmo que fazer isso? — perguntou Germânico.

O menino fez que sim e deu aquele sorriso pronto. O pai então considerou:

— Bem, se tem que fazer, faça. — E o menino espatifou o jarro ateniense.

Será que alguma vez fui tão feliz como nesses meses de verão no acampamento às margens do Reno?

IV

A ugusto morreu e se transformou num deus. Algum fanático ou bajulador garantiu ao Senado que tinha visto sua alma subindo aos céus, em chamas. Germânico ficou muito triste com essa morte. Agripina teve a audácia de dizer, embora só para os próximos, que o velho deixou de prestar um serviço ao Estado por não durar mais uns anos. Ela tinha certeza de que, se tivesse vivido mais um pouco, Augusto teria nomeado Germânico e não Tibério para sucedê-lo.

A notícia da morte causou agitação nos exércitos. As legiões estacionadas na Panônia se amotinaram, exigindo um soldo maior, tempo fixo de serviço e aposentadoria com uma ótima pensão. As exigências eram razoáveis, mas o momento e o método usados para obtê-las foram inadequados.

A notícia do motim chegou aos exércitos no Reno. Motins são como pragas que se espalham com facilidade. Assim que tomamos conhecimento do fato, os soldados já estavam muito agitados. Era uma loucura contagiosa.

Germânico agiu com rapidez. Ninguém poderia negar sua coragem. Reuniu os soldados e discursou para eles. Perguntou onde estavam o orgulho, o controle e a disciplina militar deles.

O discurso, porém, incentivou os soldados a reivindicar seus direitos com mais veemência ainda. Os gritos mais enérgicos vinham dos veteranos, cansados da vida militar e ansiosos pela aposentadoria que lhes era negada.

Mas não havia hostilidade em relação a Germânico. Alguns xingaram Tibério, conhecido pela disciplina rígida. Outros foram mais longe e pediram que Germânico assumisse o Império. Se o fizesse, eles o apoiariam com dedicação.

Ele ficou apavorado com essa ideia, ou pareceu ficar. Tentou sair do palanque, mas os soldados impediram. Alguns empunharam espadas, ameaçadores. Mas ele gritou:

— Prefiro morrer a quebrar meu juramento de obediência.

Dito isso, puxou da própria espada e fez como se fosse se matar, sendo impedido pelos que estavam perto, que o seguraram. Foi então que um certo Calusídio, conhecido criador de casos e um dos cabeças do motim, ofereceu sua espada ao comandante.

— Use a minha, está mais afiada — disse.

Em meio a risos de zombaria e muita confusão, conseguimos nos retirar.

Em nossas tendas particulares, com a segurança garantida por guardas fiéis, Germânico tremeu, embora eu não saiba dizer se por raiva ou medo. Estava agitado e nervoso, mas quem não estaria? Motim é o inverso de tudo o que é normal. Quando começa, todas as leis são desrespeitadas, a hierarquia natural passa a não valer nada, o medo domina tudo. Aprendi então que muitas coisas dependem do hábito do comando e da obediência. Se isso se rompe, tudo entra em dissonância.

Além disso, é provável que Germânico tivesse mais motivos para estar com medo. Não havia dúvida de que chegaria a Roma a notícia de que os soldados quiseram colocar Germânico no lugar de Tibério, que ficaria cheio de desconfiança. Não importava que Germânico tivesse recusado a proposta, Tibério só ia lembrar que as legiões estavam dispostas a depô-lo e aclamar o sobrinho que, assim, era um rival a ser temido.

Germânico pediu que eu avisasse Agripina dos fatos, enquanto ele se recuperava da situação. Ela já estava assustada, com razão: o motim ecoou no acampamento como o estrondo de um trovão. As crianças perceberam o perigo. O cheiro do medo é como o suor das divisas, fedorento e desagradável. O jovem Nero, mais atento às coisas do que os irmãos, tremeu e chorou. Agarrou-se em mim e pediu que não deixasse que o degolassem. Só o pequeno Gaio Calígula não se afetou, subiu numa mesa e, eufórico, brandiu sua espada de madeira.

Quando contei a Agripina que os amotinados queriam aclamar Germânico imperador, ela ficou imóvel como uma estátua e calou-se por um tempo que me pareceu bem longo. Depois, disse:

— Se ele não tivesse recusado... — E ficou em silêncio outra vez, até concluir: — Há momentos em que o perigo é o único caminho para a segurança.

Não ousei responder, nem para diminuir, nem para estimular a ambição dela. Preferi me ocupar em acalmar o jovem Nero.

A noite vinha chegando. Ouvia-se a cantoria de bêbados lá fora. Alguns amotinados tinham entrado nos alojamentos dos comandantes e os saqueado.

Finalmente, Germânico se juntou a nós. Ele também tinha bebido. Estava com o rosto afogueado, e o vinho tinha agitado seus pensamentos, em vez de acalmá-los. Não conseguia disfarçar a preocupação. Acostumado a ser popular, sem jamais ter sua autoridade contestada, sem experiência de crises, ele estava perdido, frente a uma dura realidade. Pegou cada um dos filhos e beijou-os com fervor como se nunca mais fosse fazer isso ou fosse passar muito tempo sem vê-los. Para ser sincero, era evidente que a maior preocupação dele era com Agripina e os pequenos. Mas também tinha medo do que poderia acontecer com ele mesmo. Percebi isso e perdi a admiração que tinha. Germânico estava entre a vontade de se defender e o medo que o impelia a procurar meios de apaziguar os amotinados. Embora eu não conseguisse admirá-lo naquele momento, a fraqueza o deixou mais atraente. Limpou o suor que escorria da testa e falou sem parar, agitado. Não me lembro o que disse.

As palavras não tinham importância.

Um de meus companheiros, o jovem cavaleiro Marcos Friso, me puxou de lado.

— Nosso comandante é um ator numa peça que ele não entende — disse ele.

O que eu faria ante aquela confidência? Será que estava querendo que eu fosse desleal?

Dei de ombros e não respondi. Mas sabia que ele estava certo.

Depois, eu soube que esse Friso era o homem de Tibério no acampamento, enviado para espionar Germânico. Portanto, fui sensato em não confiar nele. Mas fiz isso porque ele cheirava mal e eu tenho um olfato apurado (por isso, detesto cidades). Meu nariz é, digamos assim, um órgão de avaliação, e Friso tinha cheiro de maçãs podres, de coisa estragada.

Houve uma trégua de dois dias. Germânico consultou os centuriões mais velhos que permaneceram fiéis a ele. Alguns sugeriram que tomasse medidas duras:

— Pegue Caludísio e mais dois líderes e corte a garganta deles. Os soldados vão voltar à ordem.

Mas Germânico não aceitou o conselho.

Ele decidiu mandar Agripina e as crianças para um lugar seguro sob severa escolta armada.

Ela relutou em ir. Ficou zangada, disse que era neta de Augusto e filha de Agripa, inigualável na guerra. Não fugiria, honraria o sangue, por maior que fosse o perigo. Falou com coragem, talvez para humilhar o esposo. Mas ele insistiu, numa grande demonstração de força.

Tudo isso se passou diante de nós, membros de seu Estado-Maior. Podia ser que a conversa do casal fosse diferente, quando não houvesse plateia. Hoje, tenho certeza disso.

Agripina cedeu, e eu recebi o comando da escolta. Agripina e os filhos entraram num carroção coberto. Em volta, coloquei a cavalaria, os auxiliares gauleses e duas tropas de legionários fiéis.

Assim, lentamente, fomos em direção à saída do acampamento, com Agripina, suas damas e as crianças chorando.

Os amotinados colocaram homens a postos no portão. Avancei, sozinho, fazendo de conta que estava calmo. Um dos amotinados segurou as rédeas do meu cavalo. Outro puxou a espada para mim. Encarei-o. Senti que ele também estava com cheiro de medo. Até então, os amotinados tinham evitado qualquer ato de imperdoável e irrevogável violência, ao contrário, como soubemos depois, de seus colegas das legiões panonianas, onde o general Gnei Cornélio Lêntulo foi apedrejado e escapou de morrer graças à intervenção de um destacamento da guarda pretoriana. Então, mandei que os dois homens saíssem da minha frente. Expliquei:

— Vou levar a senhora Agripina e os filhos para um lugar seguro, conforme ordem do comandante Germânico.

Eles ficaram confusos, começaram a discutir entre si, enquanto nós esperávamos e o portão continuava bloqueado.

Levantei a voz para ser ouvido pelos grupos de legionários descontentes, cuja atitude sugeria ao mesmo tempo truculência e insegurança:

— Germânico — eu repeti — não pode mais confiar a esposa e os filhos aos soldados romanos. Mandou que eu os levasse para o acampamento de nossos aliados, os treviranos. — E apontei na direção dos auxiliares montados que pertenciam àquela região, e que na hora pareciam bem ameaçadores.

Os soldados ficaram desconcertados com minhas palavras. Andaram de um lado para o outro, até que Agripina enfiou a cabeça para fora do carroção e mandou que nos deixassem passar. O pequeno Gaio Calígula apareceu atrás dela e começou a repreender os soldados aos gritos.

— Calígula — gritou um dos soldados. — Vão tirá-lo de nós? Não acreditam que somos capazes de cuidar do nosso queridinho?

Respondi:

— Não, Germânico teme pela segurança dele e precisa fazer isso, se vocês continuarem agindo como lobos vorazes e não como soldados romanos. Como pode confiar Calígula, seu filho mais querido, a homens que esqueceram o dever da obediência?

Foi uma confusão. Alguns gritaram que o portão devia ser aberto, outros que Calígula não podia sair do acampamento onde todos o adoravam. Outros ainda juraram que, se ele ficasse, ninguém tocaria num só fio de seu cabelo. E houve os que amaldiçoaram os agitadores que os desencaminharam e declararam total lealdade ao comandante.

Aos poucos, o motim terminou. E foi assim que o pequeno Calígula possibilitou o retorno à ordem e salvou a honra do exército.

O que aconteceu a seguir foi menos marcante e foi até, percebo hoje, vergonhoso.

Os legionários arrependidos fizeram justiça com as próprias mãos. Prenderam os rebeldes mais importantes, aos quais até poucas horas antes tinham dado apoio com veemência. Os que estavam armados de espadas formaram um círculo e fizeram os prisioneiros passarem por uma espécie de plataforma. Perguntavam: "Culpado ou inocente?", e, se a resposta fosse "culpado", a pobre vítima era jogada ao chão e morta. Dava a impressão de que os homens se divertiam com o massacre e se redimiam da culpa por terem se amotinado.

Germânico não tentou intervir. Assim, a ordem voltou e ele escapou de ser odiado como são os que infligem um castigo duro, por mais merecido que seja. Os soldados foram ao mesmo tempo juízes e executores, depois juraram que seguiriam Germânico aonde quer que fosse. Ao ouvir isso, Germânico chorou e se deixou abraçar por soldados cujas mãos deixaram manchas de sangue no pescoço e nos ombros dele.

Enquanto isso, Druso, o filho do imperador, controlou um motim na Panônia usando métodos mais ortodoxos.

Eu era jovem na época, jovem o suficiente para achar que as coisas são como parecem ser. O resultado do motim parecia um milagre. Os amotinados não acharam errado repudiar a autoridade justa, mas ficaram magoados por Agripina e os filhos irem embora, sem poder mais ser confiados a eles. Os sentimentos generosos prevaleceram, os afetos naturais voltaram e eles se envergonharam. Foi isso o que aconteceu, ou parecia ser. Depois de tudo o que passei na vida, hoje sou pessimista, e por isso pergunto: o que foi fingimento e o que foi sincero?

Passei dois anos com o exército no Reno. Minha experiência nesse período não faz parte da história de Calígula. Como poderia fazer? Eu estava comandando tropas no acampamento e não pertencia mais à equipe pessoal de Germânico, por isso quase não via Agripina e os filhos. Mesmo assim, não posso deixar de comentar essa época.

Como eu já disse, Tibério preferiu acatar a decisão de Augusto, após o desastre que ficou para sempre associado ao nome de Varo, de manter os limites do Império, uma vez que não se ganharia nada tentando ampliar as fronteiras além do Reno e acima do Elba. Desde que os germanos ao norte do Reno continuassem calmos e não ameaçassem a Gália, as nações germanas deveriam continuar livres. No máximo, Tibério mandaria tropas punitivas, por um curto período, com função disciplinar.

A decisão irritou Germânico, que a achou covarde. Ele se convenceu, ou foi convencido por Agripina, de que essa ação foi usada para impedir que ele tivesse glória. Disse:

— Se o Império Romano não continuar se expandindo, vai entrar em decadência. É a lei da natureza.

Suas palavras davam a entender que a discussão, não verbalizada, mas sentida, entre ele e Tibério era apenas política, isto é, a questão era fazer o que fosse melhor para Roma. Mas exatamente por não estarmos mais numa República e sim numa intensa e sombria desconfiança, que é inerente ao despotismo, essa discussão jamais poderia ser às claras, debatida naquele Fórum onde os homens livres discutem planos de ação.

Assim, Germânico foi obrigado a disfarçar. Fazia de conta que obedecia às ordens do imperador, fazia de conta que aceitava as restrições que lhe eram impostas, mas seguia seu caminho. Passava todos os invernos fazendo rigoroso treinamento das tropas e preparando-se para a campanha de verão do outro lado do Reno, que começava a cada primavera. Marchávamos sobre a Germânia, atacávamos as tribos, vencíamos, fazíamos prisioneiros e ensinávamos ao inimigo, pelo menos era o que achávamos, medo e respeito por nós. Mas no final do verão, ameaçados por ataques repentinos, recuávamos até a margem do rio e voltávamos para nosso acampamento, sem conseguir nenhuma vantagem duradoura. Mais de uma vez, chegamos perto de um revés, que não ocorreu graças tanto à sorte quanto à perícia e à coragem.

Até então, tudo me fazia concordar com a opinião de Germânico, e não só porque ele me inspirava afeto e admiração. Até hoje, acho natural que eu pensasse assim. Era jovem, e a juventude é vibrante e aventureira. Na minha imaginação, ninguém era maior do que César, sua história das guerras gaulesas era minha inspiração. Eu achava que nossa geração devia ter a mesma ambição e audácia. Ele conquistou a Gália, por que então ficávamos indecisos em dominar os germanos, inimigos tão fantásticos quanto aqueles que César conseguiu trazer para o Império? Além do mais, eu tinha ouvido os argumentos de Agripina e sentido seu poder sedutor. Por que iria duvidar do que ela tinha certeza, isto é, de que as proibições de Tibério eram baseadas no medo e na inveja de seu glorioso sobrinho?

VI

Meu período de serviço estava terminando e fui chamado de volta a Roma. Eu estava mais sensato e disciplinado, acho. Por algum tempo, me dediquei às delícias da cidade com o mesmo entusiasmo que tinha levado para a guerra. Frequentei os banhos romanos e os teatros. Fui muito convidado para jantares. Aos olhos de tantos, eu havia incorporado um pouco do charme de Germânico. Se, por acaso, numa dessas festividades, eu encontrasse alguém que duvidasse ou questionasse as empreitadas de Germânico no Reno, eu negava com eloquência. Meu relato de como chegamos ao cenário do desastre de Varo e dos horrores que presenciamos me transformaram num leão. Sempre me pediam que contasse isso outra vez. Os rapazes da minha idade que ainda não tinham conhecido a guerra, alguns dando graças, me olhavam com um misto de admiração e inveja.

Não é de se estranhar que eu logo arrumasse uma amante, esposa de um senador, dez anos mais velha que eu, sendo que não fui, de forma alguma, o primeiro caso ilícito dela. Meu nome e beleza talvez não fossem suficientes para atraí-la; ela gostou de algo em mim que era repugnante, suspeito e até perigoso. Era uma mulher que havia muito tinha abandonado qualquer virtude. Queria ser tratada com dureza e até castigada. Eu conseguia satisfazer o desejo dela e sentia desprezo por mim pelo prazer que isso me dava.

Algumas semanas depois de estar de volta a Roma, recebi ordem de comparecer à presença do imperador. (Uso o título de imperador, embora Tibério o desprezasse ou fingisse desdenhar e até se ofendesse, como Augusto. Preferia ser chamado apenas de *princeps* ou Primeiro Cidadão da pretensa República.) Tibério tinha então cinquenta e tantos anos, ainda era alto, de ombros largos, mas estava curvado e com movimentos lentos. Se você acredita na pseudociência da fisiognomonia, o caráter dele podia ser lido nos traços do rosto: os olhos turvos, a boca fina, de lábios caídos, o queixo forte. Ele era formidável. Dizem, não sei baseado em que, que o falante Augusto costumava se calar quando seu enteado entrava num aposento. E outros garantem que o velho imperador uma vez lastimou:

— Pobre Roma, ser mastigada por esse queixo forte.

Mas é o tipo da coisa que as pessoas gostam de dizer.

Ele ficou me olhando em silêncio por um bom tempo, depois mandou um escravo servir vinho e disse que eu me sentasse. Quando ficamos a sós, continuou em silêncio alguns minutos e senti seu olhar fixo em mim. Não ousei encará-lo.

Finalmente, disse:

— Seu pai serviu junto comigo no Ilírico; era um bom soldado, eu o respeitava.

Isso foi animador. Não esperava que falasse em meu pai, que morreu no exílio após ser acusado de adultério com Júlia, esposa de Tibério. Inclinei a cabeça, agradecendo o elogio.

— Foi um bom republicano, como todos nós deveríamos ser — continuou.

Tomou um bom gole de vinho e suspirou.

— Mas a República agora é impossível. Criamos uma geração de homens que só servem para escravos. Chegam a se referir à "família imperial", detesto essa expressão, mas de que adianta? As pessoas usam, o que vou fazer?

Claro que eu não precisava responder a essa pergunta.

— Você é um rapaz bonito e, pelo que lembro, é mais do que se poderia dizer do seu pai...

Olhou-me de alto a baixo, como se eu fosse um escravo à venda no mercado.

Continuou:

— Participei de muitas operações militares, cinquenta batalhas, marchei contra os germanos durante três ou quatro semanas nas florestas deles, tirei meus homens de lá, jamais perdi uma insígnia. Sabia disso? Nem jamais ganhei nada de duradouro. Sabia disso também? Meu sobrinho Germânico, que espero seja seu amigo, e que, por ordem do falecido Augusto, é também meu filho adotivo e herdeiro, é jovem, vibrante e, pelo que me dizem, amado por seus comandados como eu nunca fui, embora não ousem me dizer isso. Será que ele acha que pode ter sucesso no que fracassei e no que fracassou também meu sogro Agripa?

Fiquei sem saber o que dizer. Ele não parecia estar me observando, mas eu me sentia observado. O aposento, no fundo do palácio, era bem tranquilo. Abria para um pequeno pátio com uma fonte de águas dançantes encimada por uma estátua do alado Mercúrio, deus, entre outros, dos mentirosos.

— Não privo da intimidade de Germânico, *princeps* — respondi. — Mas suas campanhas militares foram empreendidas para conter as tribos e mostrar a elas o poder de Roma.

— Apenas isso. Como deveria ser. Você me tranquiliza. Sirva-se um pouco mais de vinho, não é preciso chamar o escravo. Encha minha taça também.

Depois que obedeci, ele estendeu a mão e agarrou minha coxa, cravando as unhas nela.

— Agripina não me ama — disse. — Não se preocupe em negar. Ela me culpa pela desdita da mãe, como se eu ou alguém fosse capaz de controlar Júlia. Um sábio uma vez me disse que todos nós acabamos prisioneiros de nosso caráter. Estava se referindo a Augusto, a quem conhecia muito bem e de quem sempre gostou. Eu não apreciava nem respeitava esse sábio, mas ele dizia a verdade.

"Percebi isso quando me contou que Augusto, por sua vontade, que ele igualava ao bem de Roma, me obrigaria a me divorciar de Vispânia e me casar com Júlia para cuidar dos filhos dela."

Agora Tibério parou de apertar minha perna e prosseguiu.

— Repito as palavras dele em relação a Júlia também e a mim. E talvez a Agripina. Pode ser que, por natureza e experiência, ela seja levada a sentir medo de mim, a não gostar de mim, a me odiar. O problema é — seus dedos agora tocavam levemente, diria até carinhosamente, a minha pele —, será que ela contagiou Germânico com sua desconfiança, seu medo? Você pode ter certeza de que só desejo o bem dele. Pense, antes de responder a minha pergunta — disse.

Fiquei um bom tempo quieto, incapaz de responder ao convite que me fazia trair Agripina, que sempre foi gentil comigo. Olhei para longe, para o pátio com a estátua de Mercúrio, o mentiroso. Olhei de novo para o imperador, que parecia ruminar pensamentos. O aposento estava frio, mas comecei a transpirar.

O imperador sorriu. É possível alguém dar um sorriso amargo?

Ele prosseguiu:

— Esse mesmo sábio depois me falou do mundo que ajudou Augusto a construir, e lembro que rimos do começo da frase: "Restauramos a República e criamos um mundo despótico, dominado pelo poder, um mundo em que todas as qualidades ficaram obsoletas, onde um homem mandava e os outros obedeciam, um mundo onde o coração dos homens era coberto por uma camada de crueldade e os sentimentos generosos eram anulados pelo hábito da sujeição temerosa".

Tibério observou ainda:

— Veja, depois de tantos anos, ainda me lembro perfeitamente das palavras dele. Você pode dizer que ficaram gravadas na minha memória como um epitáfio. Nos tempos da República, homens como você e eu, de famílias como as nossas, competiam abertamente por cargos e por glória. Hoje, a competição foi substituída pela conspiração e vivemos à sombra da desconfiança. Não quero pensar em Agripina como inimiga, menos ainda em Germânico como rival, ele que é filho de meu irmão Druso, a quem tanto amei e cuja ausência não paro de prantear. Entende o que quero dizer?

Ele parou nesse ponto e me autorizou a ir embora, o que fiz com satisfação. Percebi então que estava tremendo: pela primeira vez, vi o que era Império, recebi um aperto frio dele. Tibério me parecia ao mesmo tempo terrível e digno de pena, pois tinha um enorme poder e era prisioneiro dele.

Mas ainda não me deixaram ir embora. Um soldado da guarda pretoriana me deteve e disse que seu comandante exigia minha presença. Assim, fui levado a Sejano.

Na época, o nome não significava muito para mim. Tinha ouvido falar nele alguns meses antes, quando, por ordem do imperador, Sejano esteve na fronteira norte em viagem de inspeção. Não o encontrei, estava numa patrulha. Mas, depois que voltei para Roma, os homens me contaram que era o favorito do imperador.

Encontrei então um homem alto e bonito, com uma cabeleira loura e um sorriso aberto e franco. Disse-me:

— Posso lhe oferecer um vinho melhor do que aquele que o imperador bebe, um autêntico falerniano. Não sei como você definiria o que ele lhe ofereceu, mas garanto que é um veneno que qualquer legionário bebe. O imperador passou a gostar desse vinho nas primeiras campanhas militares que fez e como considera a enologia coisa de efeminados, aos quais detesta acima de tudo, só se serve dele. Há homens cujas preferências sexuais são um pouco grosseiras, se me permite a expressão, e o gosto do imperador em matéria de vinhos é, digamos, correspondente.

Ele riu. Era uma risada farta, calorosa, camarada.

— DIGO ISSO PORQUE GOSTO MUITO DELE, DE CORPO E ALMA — CONTOU, entregando-me o vinho que certamente, como prometera, era bem melhor do que o tinto rasga-garganta de Tibério.

— Não é de se estranhar que o estime, nem mérito meu, pois não seria nada sem Tibério. Ele me fez. Meu pai, L. Seio Strabo, foi prefeito pretoriano antes de mim, depois procônsul no Egito e um dos novos colaboradores de Augusto. Nossa família não é de se gabar, como a sua. Somos de uma pequena cidade na Etrúria e, embora meu pai tivesse se casado bem e minha mãe tivesse parentes cônsules, confesso que sem a ajuda de Tibério eu não estaria onde estou e, para muita gente, não seria nada. Estou sendo bem sincero com você.

Não havia o que dizer, portanto, não disse nada, apenas sorri, esperando que fosse um sorriso educado.

— O imperador fez boas recomendações de você. Por favor, não pense que digo isso porque estou querendo apadrinhá-lo. De todo jeito, ele tem muita boa vontade com você, graças a seu pai — disse.

— Vejo que o senhor merece a confiança dele — observei.

Ele se jogou num divã, e naquela posição relaxada parecia cheio de energia animal, controlada em rédea curta.

— Mas eu soube que você é um favorito. De Agripina.

— É você quem diz.

— Para ser sincero de novo, isso me preocupa. Vou falar francamente. Quando fiz aquela viagem de inspeção, descobri algumas coisas e ouvi outras que me preocuparam. Havia um clima no exército que não me agradava. Corrija-me se eu estiver enganado, mas achei que os homens estavam se preparando para algo grande e perigoso, e não era exatamente uma guerra germânica, embora isso fosse bastante perigoso, além de louco. E mais uma vez eu soube, espero que tenha sido uma informação equivocada, que, após o motim ser contido, no que você teve importante participação, quando Germânico estava fora em campanha, Agripina se comportou como se fosse a comandante em chefe. É verdade? Espero que não.

— Você se esquece de que eu estava acompanhando Germânico — esquivei-me.

— É VERDADE. OUVI DIZER TAMBÉM, ENTENDA QUE ESTOU APENAS REPE-tindo o que me contaram, que a carta de congratulações que o imperador mandou para o exército não foi lida para os legionários, e que em vez disso a própria Agripina agradeceu aos soldados pelo que fizeram, em nome de Roma e de Germânico. Você vê aonde estou chegando. Se os relatos que ouvi tiverem algum fundamento, é como se ela estivesse transformando Germânico num rival do imperador e isso não pode ocorrer. Já aconteceu muito, e acaba em guerra civil. Eu soube ainda que ela leva o filho caçula, como chamam o menino? Calígula, não?, nas visitas que faz às tropas, pois ele é o queridinho, o preferido deles. E de novo me parece que ela está querendo criar uma devoção a ela, à família dela e a Germânico. O que você acha?

VII

Essas conversas com Tibério e Sejano prenunciaram o que estava por vir. Deviam ter me preocupado. Se não me inquietaram foi, sem dúvida, devido à vaidade própria da juventude. Parecia que eu tinha causado boa impressão no imperador e em seus confidentes mais próximos. Sejano mostrou que queria se aproximar de mim. Procurou-me nos banhos romanos, convidou-me para jantares, depois para uma caçada em sua propriedade nas colinas acima de Tibur e, quando os outros convidados voltaram para Roma, me fez ficar mais alguns dias. Em resumo, queria me seduzir.

Perceberam nossa intimidade. Um amigo gentil me fez saber que eu seria o catamita de Sejano, seu namorado. Há sempre um amigo assim. Mas o boato era falso. Sejano tinha tão pouco interesse pelo meu corpo quanto eu pelo dele. Ele era louco por mulheres, como eu também era. (Até me conseguiu uma atlética moça grega.) A sedução que tentava exercer em mim era intelectual, pelo menos em parte. Ele me fez sentir o seu poder e a atração que este possuía. Sejano era ouvido pelo imperador e gozava de sua total confiança, e assim me tentou com a promessa de também desfrutar as boas graças imperiais.

Como não ficar tentado? O Império podia se estender do Reno aos da África, do mar oriental à fronteira com a Pártia, mas o poder ficava concentrado num só lugar. A República em que os homens livres lutavam para se destacar tinha se tornado uma corte na qual ninguém podia subir apenas por mérito, mas por favoritismo e privilégio. Sejano abriu-me essa porta.

Hoje percebo o que na época não era capaz de entender, quando tudo me parecia natural: que a fama terrena, que eu almejava, como faziam todos os homens virtuosos, é apenas uma brisa que sopra ora de um lado, ora de outro, mudando de nome porque muda de direção. Sejano era um homem inteiramente de nossa época, por isso não pode ser criticado. Ele lutava por mestria e, portanto, por fama na corte, não no Fórum.

Germânico foi chamado de volta da Germânia. Tibério o recebeu com toda a efusão que conseguiu demonstrar. Cobriu-o de honrarias. No templo de Saturno, um arco foi dedicado a ele por conseguir recapturar as insígnias que Varo havia perdido. Foi homenageado com triunfo em desfile. Para desprazer do imperador, Agripina insistiu em se sentar ao lado do esposo no carro romano, rodeados dos filhos, as joias dela. O pequeno Gaio gritava de prazer e jogava flores para a multidão. Como os soldados, o povo gostava do menino e chamava-o de "queridinho". Ninguém podia duvidar que Germânico e a família eram mais populares do que Tibério. Mesmo assim, o imperador, que havia muito sabia usar do fingimento, não demonstrou qualquer sinal de inveja. Discretamente, confessou apenas a Sejano sua contrariedade e seus medos. Sejano então me pediu:

— Você é amigo de Agripina. Pode dizer a ela que modere as críticas ao imperador?

As críticas tinham realmente se tornado ferinas e às claras. Por sugestão da sogra Antônia, viúva do irmão do imperador, a irmã de Germânico, Júlia Livilla, se casou com o filho de Tibério, Druso. Sejano aprovou a união. Era amigo de Júlia Livilla e esperava que ela pudesse diminuir a antipatia que Druso tinha por ele, causada por ciúme, pois Druso achava que Tibério valorizava Sejano mais do que ele merecia.

Mas o casamento desagradou a Agripina. Ela logo disse a quem quisesse ouvir que mostrava a intenção do imperador de desprezar a vontade de Augusto e nomear Druso como seu sucessor, em vez de Germânico.

Sejano riu.

— Sei que você gosta dela, mas é uma mulher impossível — disse-me. — Sabe o que sugeri a Tibério? Lembrar a ela que existem ilhas remotas reservadas só para mulheres da família imperial que saem da linha. Ele não achou graça.

Ficou claro que Germânico não teria permissão para voltar ao Reno a fim de continuar sua política perigosamente independente e contra a vontade de Tibério. Também estava claro, como disse Sejano, que ele não podia continuar seguro em Roma, onde seria alvo de revoltosos que Agripina estava disposta a incentivar. Naquele momento em que eu estava, digamos, com um pé de cada lado, via o perigo que ela representava, ao mesmo tempo que compreendia sua indignação.

Afinal, como tanta gente, eu sabia como Germânico era uma pessoa sedutora.

Nesse ponto, devo registrar minha certeza de que eram infundadas as suspeitas de Tibério, incentivadas por Sejano, sobre as intenções de Germânico. Germânico tinha ambição, mas de glória, não de poder. Conversei várias vezes com ele nas semanas após seu desfile triunfal pelas ruas de Roma e nunca ouvi nada que fosse desleal a Tibério, embora ele estivesse desanimado porque o imperador o proibiu de voltar para o Reno e dar sequência a seu plano de conquista da Germânia e de incorporação dos germanos. Mas ele podia esperar. Afinal, ele era o herdeiro designado e Tibério estava ficando velho. Claro que Agripina era sincera em sua desconfiança. Claro também que as comentou abertamente com o esposo. É claro que ele reagiu com um sorriso. Ele não sabia o que era ressentimento. Foi o mais sincero dos homens, ninguém menos adequado para ser conspirador. Preciso deixar isso bem claro.

O problema de o que fazer com Germânico se resolveu sozinho. Houve uma pequena crise no oriente, onde o rei-cliente da Capadócia, Arquelau, agiu de forma insatisfatória. Ele foi chamado ao Senado e ficou decidido que seu reino seria anexado ao Império e ficaria sob o domínio direto de Roma. Essa era uma tarefa de responsabilidade, embora não fosse difícil demais e foi confiada a Germânico. Fazia sentido. Ninguém duvidava de sua capacidade de fazer com que os notáveis da Capadócia aceitassem a mudança da situação.

Mas, antes que partisse para cumprir sua missão, chegaram notícias de uma crise maior na Armênia. O rei Vonones, bom amigo de Roma, foi deposto por um grupo que era contra a influência romana e queria uma aliança com o Império da Párcia. A Armênia é uma espécie de Estado-tampão entre Roma e a Párcia e, portanto, de grande importância estratégica. Não poderia haver uma revolução bem-sucedida por lá.

Germânico recebeu então novas responsabilidades. Tibério pediu que o Senado concedesse a ele o título de *Maius imperium*, com autoridade suprema sobre todas as províncias orientais do Império. O pedido ao Senado foi, é claro, mera formalidade. A designação mostrava, pelo que parecia, a confiança de Tibério na habilidade e integridade de seu provável herdeiro.

— Agora, Agripina vai sossegar. Se isso não a convencer de que o imperador tem apenas amizade pelo esposo dela, o que vai convencer? — perguntou Sejano.

Não respondi, ainda bem.

Quando a vi, ela perguntou o que Tibério queria dizer com aquela indicação, e quando respondi que não era mais do que aquilo mesmo, Agripina disse que eu era um pobre inocente.

Cansado de Roma, pedi e consegui um cargo na equipe de Germânico.

— Claro que o imperador aprova a sua indicação — disse Sejano. — Garanto que sim. Por que não aprovaria? Você é leal, não é?

A infelicidade de Tibério era só poder confiar em seus dependentes, seus inferiores — portanto, em Sejano, e não em Germânico. Isso era consequência de seu forte ressentimento por ter sido usado e descartado por Augusto, depois reconvocado relutantemente por ele. Além disso, muitos anos de sobrevivência às vontades de sua formidável mãe fizeram dele um homem amargo. Tibério não conseguia ser sincero com Germânico. Na verdade, só conseguia ser sincero com poucos contemporâneos, velhos companheiros de copo. Pelo menos, era o que se dizia: que, depois de uns copos, ele soltava a língua.

Um desses companheiros era Calpúrnio Piso, homem decidido, com grande experiência em guerras e uma opinião que costumava ser acentuada pelo vinho. Piso foi oficial de Tibério em inúmeras campanhas e tinha por ele uma lealdade canina, próxima da adoração. O imperador o nomeou então governador da Síria para, segundo se dizia, exercer certo controle sobre Germânico, caso fosse preciso. Tinha medo de que, em seu afã por glória, Germânico fizesse Roma entrar em guerra com a Pártia.

Mas será que o imperador levou em conta a antipatia de Piso por Germânico? Será que sequer sabia dela? Não tenho certeza, depois de tantos anos passados. Mas era uma grande antipatia, tão intensa que é pouco provável que Tibério não soubesse.

Como não posso fingir que leio o que se passa na cabeça das pessoas e interpreto o que sentem, não vou explicar o ódio de Piso por Germânico. Mas creio que, entre outras coisas, sentia a inveja que homens de espírito e sedução provocam nos que não têm tais qualidades, apesar de saberem dos próprios méritos e virtudes. Como Piso era um bebedor contumaz e é sabido que o vício do vinho pode causar todo tipo de ressentimentos, além de distorcer o julgamento, a indicação de Piso para controlar Germânico foi insensata.

Germânico brilhou no oriente. Aonde quer que fosse, era popular. Os gregos e os asiáticos, seres volúveis, inconstantes, propensos a emoções violentas, logo passaram a tratá-lo como se fosse um deus. A missão foi um sucesso. Ele restaurou a ordem na Capadócia e colocou no trono um novo rei favorável a Roma na Armênia. E nada fez que pudesse causar uma guerra com a Párcia. Em resumo, teve atuação exemplar.

Então, ele seguiu para o Egito — o que era, oficialmente, ilegal. O Egito era um feudo imperial onde nenhum senador podia entrar sem permissão do imperador. Germânico não pediu essa permissão. Claro que achou desnecessária para ele. Afinal, não era o herdeiro indicado de Tibério? E, na verdade, queria apenas visitar as inúmeras antiguidades do Egito, que devem atrair qualquer homem de gosto apurado. Pode ser que tenha extrapolado seus poderes quando, por exemplo, amainou uma epidemia de fome ordenando que abrissem os armazéns imperiais em Alexandria. Mas tanto o fim quanto o meio foram fantásticos. De outra feita, pode ter sido falta de tato lançar um édito desaprovando a recepção calorosa que o povo lhe fez, pois chamava atenção para sua popularidade incomparável. Claro que Piso informava por carta ao imperador tudo o que Germânico fazia e tudo da pior maneira possível.

Piso então cometeu um erro. Revogou uma ordem de Germânico quanto à distribuição de duas legiões de soldados. Como Germânico tinha o título de *Imperium*, Piso foi além de seus poderes, cometeu uma insubordinação. Germânico então ordenou que ele deixasse a Síria. Tudo isso ocorreu sem que o imperador fosse avisado ou consultado.

Agripina ficou muito satisfeita. Tinha certeza de que Tibério enviara Piso à Síria para dificultar qualquer medida de Germânico e fazer o possível para transformar a missão dele num fracasso. Ela nem sequer pronunciava seu nome — chamava-o apenas de "o espião".

— Tenho certeza de que os relatos que Piso manda para o imperador estão cheios de mentiras e difamações, e de que o bode velho lambe os lábios de prazer quando os lê — disse ela.

Quanto a mim, não tinha tanta certeza. Achava que, usando de tato e bom senso, as dificuldades poderiam ser resolvidas. Mas tinha de admitir que não conhecia muito a personalidade de Piso. De todo jeito, minha opinião não era levada em conta. Piso reclamou, furioso, e se retirou para a ilha de Cos.

E então, Germânico adoeceu. Na época, eu não estava em Antioquia, havia sido enviado em missão diplomática junto ao novo rei da Armênia, Zeno, filho do rei Ptolemo de Pontos. Foi agradável. Zeno era um anfitrião generoso, gentil, e comprovei que era também um verdadeiro amigo de Roma. Mas minha ausência significa que o relato que faço a seguir é calcado em boatos.

Germânico teve uma espécie de febre que era considerada comum na Síria. Até aí, nada de mais. Ele pareceu melhorar, mas logo teve uma recaída. Os melhores médicos foram chamados e não conseguiram descobrir a causa do mal. Dizem que o próprio Germânico suspeitou de envenenamento e acusou Piso e sua esposa Plancina. Mas Agripina pode ter sido a primeira a falar em veneno. Não queria acreditar que seu amado Germânico estivesse sofrendo uma morte natural e mandou seus escravos e libertos buscarem provas de veneno e/ou magia. Eles examinaram o piso e as paredes do aposento em que Germânico estava deitado, ora transpirando, ora tremendo de frio. Encontraram ossos humanos, sinais de magia, malefícios e invocações, além de tabuletas de chumbo gravadas com o nome de Germânico, cinzas com manchas de sangue e outros "sinais malignos capazes de enviar almas ao túmulo", como dizia o relato deles.

Embora muito fraco, Germânico, ainda deitado, apoiou-se nos cotovelos e falou algo parecido com o que se segue:

— Mesmo se eu estivesse morrendo de morte natural, poderia criticar os deuses por me separarem de minha amada esposa, dos meus filhos, da minha terra, dos meus amigos e por me negarem a glória que mereço. Mas não são os deuses os responsáveis por meu estado físico; são esses demônios em forma humana, Piso e Plancina. Transmitam minha acusação a meu pai adotivo, o imperador. Vocês poderão então levar meus assassinos ao Senado e processá-los como devem.

"Confio a vocês esse dever. Os amigos e entes queridos não devem apenas lamentar e caminhar aos prantos atrás da urna funerária, mas cumprir a vontade do morto. Até os estrangeiros vão lamentar a morte de Germânico. Portanto, aqueles que me amaram têm o dever ainda maior de vingar a minha morte..."

Nessa altura, diz-se que a voz dele falhou e ele se recostou, soluçando. Embora também estivesse chorando, Agripina inclinou-se e passou um pano na testa dele, enxugou-lhe as lágrimas, beijou-o e pediu que descansasse. Ele estremeceu, fechou os olhos, e as pessoas que lá estavam temeram que seu espírito tivesse ido embora. Pouco depois, Agripina umedeceu os lábios dele com vinho e ele voltou a falar, embora mais calmo e fazendo grandes pausas entre as palavras:

— Mostrem a Roma minha esposa, neta do divino Augusto. Mostrem os rostos chorosos de nossos amados filhos. Deixem que a multidão sinta a tristeza deles até que se transforme em raiva contra meus assassinos. Será difícil acreditar em qualquer crime de que Piso seja acusado e mais difícil ainda de provar, mas depois que se acreditar e se provar, será impossível perdoar.

E assim ele morreu.

Pode-se dizer que foi um discurso notável para um homem em seus últimos momentos. Mas a história tem outros exemplos de eloquência no leito de morte. Certamente, essas foram as últimas palavras dele, que Agripina depois me relatou. Ela pode tê-las melhorado, mas na época eu não duvidava da sua honestidade. Na época, não... mas, e agora? Agaton, que leu esse último trecho, está confuso e pergunta o que isso tem a ver com Calígula. Respondo que é impossível entender a tragédia de Gaio Calígula se a biografia não for ligada à história de sua família.

VIII

A história da volta de Agripina para a Itália com as cinzas do falecido esposo é bem conhecida, tanto que foi melhorada e é difícil saber hoje o que é verdade e o que não é. É uma história que continua sendo repetida tarde da noite, em jantares festivos, depois que os escravos foram mandados para seus cômodos e também em longas tardes de verão nas casas de campo, para diminuir o tédio; com um assunto levemente apimentado por escândalo e subversão.

A notícia da morte do amado herói chegou a Brindisi, claro, bem antes da viúva. Ela atrasou a volta em algumas semanas para deixar que o luto popular aumentasse, pois sabia, creio, que a expectativa de seu retorno agitaria o povo e, como faz qualquer hábil contador de histórias, ela o adiou para prolongar a tensão. Enquanto isso, na Síria, Piso pensava que a morte de Germânico lhe daria a oportunidade de reassumir o cargo de governador da província. Estava enganado, porém. Ele foi preso por ordem de Gneu Sentio Saturnino, a quem Agripina, cuja única autoridade era a própria vontade, nomeou comandante das legiões de Germânico e governador da província. Assim, enquanto Agripina tomava o navio em direção a Brindisi, o pobre Piso era enviado a Roma, acusado, até então, apenas do crime de fazer guerra contra as forças romanas como se isso não bastasse.

Tibério enviou dois batalhões da guarda pretoriana para receber Agripina e escoltá-la até Roma. Colocou Sejano no comando, atitude em que alguns viram arrogância e outros, indiferença, pois acreditava-se que ele tivesse sido inimigo de Germânico. Agripina julgou essa indicação uma ofensa, e na viagem até Roma não perdeu nenhuma oportunidade de constrangê-lo e humilhá-lo.

Antes de saírem de Brindisi, onde ela foi recebida com entusiasmo e onde muitas lágrimas foram derramadas por Germânico, ocorreu um fato curioso. Uma mulher de nome Martina, que muitos acreditam ter agido a mando de Plancina, esposa de Piso, foi presa em Antioquia, suspeita do assassinato. Tinha fama de grande envenenadora, ou pelo menos ganhou renome depois de presa.

Também foi levada para Brindisi e confinada numa sala da guarda. No dia seguinte, foi encontrada morta. Seu corpo não tinha marcas de violência, mas os cabelos tinham vestígios de veneno. Alguns acharam que havia se suicidado. Outros, tinham certeza de que fora assassinada para não revelar o tamanho da conspiração que tinha custado a vida de Germânico. Anos depois, Sejano me disse que Tibério tinha comentado com amargura que ela fora assassinada exatamente porque "a pobre coitada não tinha nada a contar". Eu não tenho qualquer opinião sobre isso, já que não disponho de provas, mas a conclusão de Tibério certamente foi a mais plausível.

Agripina viajou lentamente para Roma, com as cinzas do esposo guardadas numa urna na frente de sua liteira. Estava pálida e com círculos escuros em volta dos olhos. As olheiras e a sua palidez eram, sem dúvida, renovadas todas as manhãs. Os filhos viajavam com ela e pareciam tristes, nobres e compostos. Anos depois, o jovem Nero pestanejava ao se lembrar da viagem.

— Foi meio vergonhoso, embora na época eu não achasse. Sentia que havia algo falso, algo exagerado, feito para impressionar a turba. Não sei como explicar e tinha medo... — Medo?

— Sim, lembro-me de pensar como o comportamento daquela mesma turba podia mudar. Você uma vez me disse e, mais tarde eu li que, quando mataram César, a multidão primeiro aplaudiu Bruto e Cássio, mas depois que meu bisavô Marco Antônio fez um discurso aos presentes, o povo quase estraçalhou os autointitulados libertadores, apesar de tê-los aplaudido pouco antes. Na época, eu não sabia, mas não gostava e nem me entusiasmava com a agitação da turba, como ocorria com minha mãe. Pelo contrário, ficava assustado.

— Pobre menino, pobre querido — falei.

Coitado mesmo! Ele devia ter nascido menina, e a irmã Agripina, menino. Eram muito parecidos fisicamente, daí eu ter ido para a cama com os dois. Sempre achei os andróginos irresistíveis. A jovem Agripina era — é? — uma amazona, e Nero era alvo de escárnio como efeminado e, portanto, covarde. Na verdade, ele tinha certa coragem desafiadora, que hoje acho que vinha da desesperança. Daí seu jeito efeminado, o uso exagerado de perfumes e cosméticos que me parecia um jogo sedutor da juventude. Hoje me pergunto se tudo isso não era uma espécie de protesto contra a mãe dominadora e exigente, a quem ele ao mesmo tempo temia e adorava. Exigia mais do que o filho era capaz de dar e os gestos afetados eram a forma de renegá-la.

Mas estou desviando do assunto principal.

O cortejo fúnebre de Germânico finalmente chegou a Roma. Parecia que a cidade inteira tinha saído às ruas para homenagear o herói morto e exigir que seus assassinos fossem punidos. Foi, como diria Nero, assustador. Nenhum homem civilizado consegue ficar à vontade frente à emoção da massa. Naquele dia, pensei: "Basta alguém mandar e eles incendeiam o Palatino".

Em meio à multidão ululante, o jovem Gaio Calígula ria e pegava as flores que o povo jogava no esquife e na carruagem onde Agripina estava com os filhos.

Tibério não acompanhou o funeral. Nem a imperatriz-titular Lívia, que sempre detestou demonstrações exageradas de emoção. E, mais importante, Antônia também não apareceu, a mãe do (talvez) assassinado Germânico. Mas as pessoas disseram que Tibério a proibiu de comparecer.

As cinzas de Germânico foram depositadas no mausoléu que Augusto mandou construir para si mesmo. Agripina fez saber que Tibério relutou em autorizar isso. (Mais tarde, me garantiram que não foi assim.) A multidão deu uma demonstração histérica de tristeza. O Campo de Marte estava todo iluminado por tochas. E durante a noite, houve tumultos no Trastevere, em Suburra e no Campo de Marte.

Quando o dia amanheceu, Roma parecia uma cidade saqueada por invasores.

Tibério fez uma séria reprovação, declarando:

— Diversos romanos famosos já morreram, mas nenhum foi tão profundamente pranteado. Admiro a dedicação que todos vocês demonstraram pela memória de Germânico, meu amado filho e sobrinho, mas agora devemos usar de moderação. Depois das lágrimas que derramamos, devemos ter calma, como convém ao povo do Império. Lembrem-se de com que decoro e dignidade Augusto pranteou seus amados netos, e Júlio César, sua filha. Lembrem-se de como nossos antepassados suportaram a perda de exércitos, a morte de generais e a destruição de grandes famílias, e não se permitiram as lágrimas e lamentações que são próprias apenas das mulheres. Os romanos não devem imitar os histéricos e efeminados povos orientais. Grandes homens morrem, mas a República continua viva para sempre. Por isso, peço a todos os cidadãos que voltem às suas ocupações rotineiras e, como os Jogos Megalésios estão para começar, dediquem-se ao lazer.

A última recomendação surtiu efeito. Os Jogos, com a oportunidade de fazer apostas, distraíam a plebe que, em poucos dias, parecia ter esquecido Germânico, para surpresa e desapontamento de Agripina.

Mesmo assim, ainda se podia esperar pelo julgamento de Piso. Talvez com relutância, Tibério levou ao Senado a acusação contra seu velho amigo. Usou um tom moderado, o que todos criticaram. Alguns acharam que a moderação era um convite ao Senado para absolver Piso. Por outro lado, os amigos de Piso condenaram o imperador por tê-lo abandonado. Fizeram circular a notícia de que, na hora oportuna, Piso apresentaria um documento provando sua inocência e, ao mesmo tempo, comprometendo o imperador. A tensão foi grande. Piso estava em prisão domiciliar e recebia ameaças e insultos ao fazer sua caminhada diária para o Senado. As pessoas gritavam que ele podia escapar do Senado, mas não da vingança delas. Era tudo muito estranho.

A existência do documento jamais foi provada. Claro que Agripina tinha certeza de que fora destruído por agentes do imperador. Pode ter sido, se tal documento existisse. Mas não importa. Piso escapou tanto da justiça quanto da injustiça. Ele se atirou sobre a própria espada ou cortou a garganta, não sei. Agripina declarou que isso provava que era culpado. Achei que provava apenas o desespero dele. Tibério então falou em nome da viúva Plancina no Senado.

Assim, a morte de Germânico jamais foi vingada, se é que ele foi mesmo assassinado. Lembro-me de três conversas ocorridas nos meses seguintes.

A primeira, com Sejano. Ele apareceu em minha casa à noite, com o rosto escondido para que não o reconhecessem nas ruas. Achei tal precaução ridícula, sobretudo quando informou que era para minha segurança, não a dele.

— A viúva Agripina confia em você, não é? Você gostava de Germânico, não é?

Ele se atirou num divã. Todos os seus gestos eram rápidos e decididos, ao mesmo tempo que tinham um curioso langor. Mais uma vez, ele me lembrou um leão.

— Agripina perderia a confiança em você se soubesse que estive em sua casa. Nunca mais confiaria — garantiu.

— Por que você se incomoda com isso? — perguntei, servindo-lhe uma taça de vinho.

— Por quê? Você pensa como todos — disse ele, sorrindo.

— O que quer dizer com isso? Eu devia me sentir ofendido.

— Quero dizer o seguinte: você acha que sou tão ambicioso quanto sem escrúpulos. Não discuto essa última acusação, não me importo se me acham inescrupuloso. Mas ambicioso? O que eu poderia ambicionar? O que poderia ambicionar que não tenha conseguido, que é a confiança do imperador? Isso me basta. Sou homem da confiança dele, você sabe. Eu não seria nada sem Tibério.

— Está certo — falei, ainda pensando por que ele teria vindo.

— Sou grato e, mais que isso — continuou ele. — Ele é um homem esquisito, difícil, de mau temperamento, desconfiado a não mais poder. Veja, estou me colocando em suas mãos quando digo essas coisas.

Estendeu a taça pedindo mais vinho.

— Esse vinho não é ruim. Produzido em suas propriedades? Achei que sim. Mas Roma precisa dele, você sabe. Aqui dentro da cidade, podemos esquecer, se é que percebemos, a extensão do nosso Império. Você viajou bastante, prestou serviço nas fronteiras, portanto tem uma ideia do que seja o Império. Mas tem noção do que ele exige de dedicação ao trabalho, de discernimento, de bom senso para que a paz seja mantida?

— Tenho uma certa noção — respondi. — Bom. Mas ninguém consegue ser melhor que Tibério em matéria de governar, que consiste em administrar. Ele é rápido e seguro ao julgar. É dedicado, trabalha quase a noite inteira, você sabe. Já me disseram que chega a ser mais competente do que Augusto. Nunca erra, a não ser talvez quando se trata da própria segurança. Mas sabe qual a melhor herança que ele recebeu de Augusto? É que a paz romana jamais será perturbada por outra guerra civil. Entende aonde quero chegar?

Concordei com a cabeça, mas não disse nada.

— As pessoas me acham um carreirista de última categoria. Pois que achem o que quiserem. Minha preocupação é manter a segurança do imperador e sua paz de espírito, para que ele possa se dedicar ao governo. Não permito que nada atrapalhe isso. Eu gosto dele do meu jeito.

— E então?

— Então? Este é um bom vinho, quase tão bom quanto o meu falerniano.

— Obrigado.

— Voltando ao assunto, a segurança do imperador está ameaçada, a paz dele está perturbada. Não quero dizer nada contra Germânico, de todo jeito, ele não está mais aqui para nos criar problema. Pode ter sido o herói e o homem virtuoso que você acha, não discuto. Mas a esposa dele é outra coisa...

— O que você quer de mim? — Resolvi forçá-lo a dizer. Ele sorriu, um grande sorriso de gato.

— Tire essa puta das nossas costas. Faça o que entender, não me interessa o quê. Jogue um balde de água fria nela, se quiser. Tenha uma conversinha com ela, se acha que adianta. Ou então...

— Ou então o quê? — perguntei.

— Lembre a ela que existem prisões em ilhas só para as mulheres da família imperial que saem da linha.

Minha segunda conversa foi com Druso. Até agora não comentei nada sobre ele porque sabia muito pouco a seu respeito. Apenas disse que contive o motim das legiões panonianas usando métodos bem diferentes dos de Germânico. Mas como servimos em frentes diferentes, eu ainda não tinha falado com o filho do imperador.

Recebi a ordem de comparecer à presença dele — e escrevo assim porque foi dito como uma ordem e não um convite. Não gostei. Podíamos estar num Império, ele podia ser o filho do imperador e, com a morte de Germânico, seu provável sucessor. Mesmo assim, eu tinha tão boa origem quanto ele e, embora fosse mais jovem, devia ser considerado um igual — em termos republicanos. Augusto, como eu bem sabia, tivera cuidado em amenizar e disfarçar as realidades do Império ao viver com simplicidade, sem qualquer pompa ou cerimônia e mantendo o jeito simples dos tempos republicanos. Detestava, acima de tudo, o servilismo, sentia-se constrangido. Felizmente, Tibério também não gostava de ser chamado de "senhor e amo", ficava ofendido. Pela ordem que deu, percebi que Druso era de outro feitio. Preparei-me para ser frio e discreto durante a conversa.

Na época, Druso tinha uma bonita casa no Aventino, situada em meio a um jardim com fontes jorrando sob pinheiros e azevinhos. De sua varanda, podia-se ver do Circo Máximo até os palácios imperiais no Palatino. Achei sensato que Druso preferisse isolar-se lá, à certa distância da agitação do Fórum e do crivo diário dos outros membros da família imperial e seus escravos, libertos e espiões. Parecia uma casa de campo dentro da cidade.

Um guarda pediu que eu me identificasse, mas não me revistou. Se revistasse, eu iria embora na hora, ofendido. Como ainda era ingênuo naquele tempo! A seguir, fui conduzido por corredores até um aposento comprido no fundo da casa, abrindo para um segundo jardim onde pombas de diferentes matizes voavam nas árvores e uma trepadeira de rosas amarelas subia por um muro alto.

Druso estava num divã, ditando para um secretário. Acenou de leve para mim, mandando que me sentasse, sem interromper o ditado. Ele tinha o corpo atarracado como Tibério, cabelos e olhos negros, era feio. O secretário era um jovem grego, ou talvez asiático, bonito, de lábios carnudos, cabelos fartos e cacheados. Usava uma túnica curta de franjas douradas na barra e tinha pernas compridas e macias, cor de areia.

Druso disse ao rapaz:

— Escreva isso e me traga para conferir e assinar. Agora, pode sair.

O rapaz deu um sorriso rápido e Druso acompanhou-o com os olhos até sair do aposento.

Virou-se então para mim:

— Meu primo Germânico falou bem de você.

Inclinei a cabeça e esperei.

— Meu pai também aprecia muito sua capacidade.

— Sinto-me honrado.

— Eles não concordavam em muita coisa, por isso me impressionei. Você é também soldado e tenho certeza de que espera receber logo um comando militar.

— Gostaria, realmente.

— Pois lhe será concedido.

Ele fez uma pausa, pegou a folha de uma erva no jarro sobre a mesinha ao lado do divã e mastigou-a. Houve um silêncio, exceto pelo arrulhar dos pombos.

— Peço desculpas por recebê-lo no divã, é que minhas costas... — disse ele. — Germânico era meu primo e também cunhado, como você deve saber.

Claro que eu sabia. Também tinha ouvido dizer que Druso e a esposa Júlia Livilla não estavam se entendendo, embora ela tivesse acabado de dar à luz dois meninos, um dos quais faleceu, e ninguém ousava questionar a paternidade. Ele prosseguiu:

— Assim sendo, tenho certa responsabilidade em relação aos filhos de Germânico. Você os conhece bem, claro. Eu também gostaria de conhecê-los melhor, mas a mãe não permite. Tenho a impressão de que ela tem ciúme e medo, teme que eu possa ter alguma influência sobre eles. Claro que acredita que Germânico foi assassinado e até com a cumplicidade de meu pai, se não por ordem direta dele. O que você acha disso?

— Eu não estava na Antioquia quando Germânico morreu. Não sei das circunstâncias em que ocorreu, exceto por relatos, como todos os que não estavam lá. Mas acho absurdo acreditar, mesmo se ele tiver sido envenenado, que o *princeps* tenha tido alguma participação. Absurdo e, pior ainda, criminoso. As pessoas dominadas pela tristeza, como Agripina está, ficam com o juízo alterado, não sabem direito o que dizem. Não posso crer que realmente ache que o *princeps* tenha...

— Certo. É lastimável que nossa família tenha tantas mulheres difíceis. Minha avó, a imperatriz, minha madrasta Júlia, embora ela fosse uma pessoa encantadora e eu a tenha adorado por algum tempo. Nero, o mais velho, parece com ela fisicamente, e espero que só nisso. Minha esposa, outra mulher difícil. E Agripina. Todas difíceis, exigentes, irracionais. O que fizemos para merecer essas mulheres? Espero que Agripina não faça os filhos detestarem a mim ou a meu pai, pensando que somos inimigos. Só quero o bem deles. Ela confia em você? Tem intimidade com ela?

— Intimidade? — repeti, ciente de que a qualquer momento eu podia entrar num terreno perigoso. — Não. Mas espero que ela confie em mim.

— Muito bem. Já basta. Tenho um pedido a fazer, não pode ser uma ordem, como se você fosse meu tenente na guerra. Gostaria que falasse com Agripina, procurasse tirar a desconfiança da cabeça dela.

O secretário entrou no aposento sem bater na porta. Olhei para Druso reprovando aquela insolência, mas ele apenas sorriu.

— Ligdo, você terminou rápido, meu caro — falava com o rapaz em grego, e ele respondeu:

— Não terminei, senhor. — A voz do rapaz era fina e esganiçada, percebi que era eunuco. — Não entendi uma coisa. Veja aqui, não sei se ouvi mal ou me enganei...

Druso olhou o texto. O rapaz ficou ao lado do divã, seguro e tranquilo como quem sabe que é o favorito, com direito a liberdades e perdão por atitudes que, fosse outro, mereceriam castigo.

— É, a frase não faz sentido, não foi isso que eu quis dizer. Ótimo que você percebeu.

Druso voltou a falar latim e me perguntou:

— Você faz esse favor para mim, não? É uma gentileza e também um serviço de utilidade pública — suspirou. — É pedir muito, eu sei, e um aborrecimento para você. Mas é importante, concorda? Dessa vez, o sorriso foi em minha direção, com muita simpatia, e iluminou o rosto pesado e sombrio.

— Ligdo, faça o favor de acompanhar este senhor enquanto tento dar sentido à confusão que fiz ao ditar. Na volta, dê ordem para não sermos incomodados.

Quando estávamos prestes a sair, ele disse:

— Ouvi dizer que o caçula Gaio é desequilibrado. Espero que não seja, mas é verdade?

— Para mim, não — respondi. — Ele é esperto, animado e goza de todas as faculdades mentais.

— Não é como o tio, o pobre Cláudio, não?

— Não.

— Que bom, basta um doido na família.

Na porta da casa, dei uma moeda de ouro ao rapaz como gorjeta.

— Você é grego? — perguntei.

— Não, senhor, sírio.

— E gosta muito do seu patrão, não?

— Ele é muito bom para mim.

Ao contrário de muitos escravos, ele me encarou e não enrubesceu, nem pareceu constrangido com a pergunta, que deve ter soado estranha — ou melhor, o estranho é que alguém como eu se preocupasse em fazê-la.

Agripina se instalou numa casa em Suburra, um bairro popular, considerado entregue ao vício.

Escolheu o lugar, claro, para mostrar que era diferente da família imperial, mostrar que não podia confiar seus amados filhos a eles, preferia o amor do povo para protegê-los. Alguns, entre eles a antiga imperatriz-titular Lívia, condenaram isso como hipocrisia. Agripina tinha se tornado uma obsessão para Lívia. Sei disso porque minha mãe e minhas tias tinham de aguentar as reclamações, o veneno que ela destilava toda vez que falava "naquela mulher", o que fazia sempre. Eu sabia também que Lívia tinha criticado Tibério por não conseguir defender Piso e Plancina das acusações — todas, segundo Lívia, orquestradas por Agripina, ou a mando dela. Minha mãe me disse que Lívia tinha reclamado da "fraqueza" de Tibério e que o filho não conseguia ser como o esposo, "sempre decidido e perspicaz ao enfrentar uma crise". Segundo minha mãe comentou, de um jeito mais cáustico que o habitual, "não era assim que ela costumava falar de Augusto quando ele era vivo". É preciso lembrar, claro, que Agripina era neta de Augusto e que Lívia sempre teve ciúme da longa e duradoura estima dele pela filha Júlia, fruto do casamento anterior, com Escribônia, segundo consta, outra "mulher impossível".

Agripina tinha perdido a beleza que vinha da felicidade que sentia e que dava vivacidade às suas feições angulosas. Agora, podia-se ver que o nariz dela era comprido e pontudo demais, e que as dificuldades fizeram despencar os cantos de sua boca.

Ela não estava só. Para minha irritação, estava acompanhada do cunhado Cláudio. (Na versão da biografia de Gaio que devo apresentar à jovem Agripina, se os deuses permitirem que eu chegue a uma conclusão satisfatória, terei de ser prudente, pois Cláudio hoje é nosso imperador. Como Germânico teria achado graça dessa situação, como Tibério teria torcido a boca com desprezo! Tão absurdo quanto Cláudio ser imperador é Agripina ser hoje sua esposa, aquela Agripina mais jovem com quem tive tantas horas de paixão, confidencio agora. Como ela se rebaixou por ambição! Mas aqui, nessa versão secreta da biografia, posso dizer com sinceridade o que todos diziam antes de chegar aquela hora inimaginável em que ele foi indicado imperador, que Clau-Clau-Cláudio, o gago de andar bamboleante, o pernóstico baboso estava muito perto da idiotice, embora ainda escapasse da internação. A própria mãe, aquela admirável senhora Antônia, chamava-o simplesmente de "monstro", Lívia o detestava: "Ele me dá arrepios", e Augusto, que costumava ser tolerante com os jovens da família, se perguntava se aquele sobrinho-neto não seria deficiente mental, além de físico. Quanto ao tratamento que Gaio concedia ao tio... bem, falaremos nisso adiante.) Ao chegar com Agripina, Cláudio me cumprimentou com um dos seus gracejos inoportunos e rudes. Certos gagos conseguem tirar bom proveito de sua dificuldade usando-a de forma que um erro comum pareça espirituoso. Não era o caso de Cláudio.

Felizmente, Agripina logo achou a presença dele tão desagradável quanto eu e disse que os sobrinhos e sobrinhas o estavam chamando. Assim, ficamos a sós, mas só depois que ele cobriu a cunhada de beijos babados.

Ela disse:

— Vejo que ele incomoda você, como a muita gente, pobre Cláudio. Mas meu estimado esposo sempre tratou o pobre irmão com gentileza e acabo fazendo o mesmo. Além do mais, o pobrezinho tem bom coração.

— Deve ser assim mesmo.

— E bondade é algo que aprendi a valorizar.

O que eu podia acrescentar?

— Você tem muitos amigos fiéis, inclusive eu. Devo muito a Germânico, é uma dívida tão grande que acho que nunca conseguirei pagá-la. O mínimo que posso oferecer a você e seus filhos é estar sempre ao seu dispor — declarei.

Será que fui sincero? Não sei. A vida de um homem tem tantos abismos ocultos e grandes espaços escuros que nem ele conhece. Certamente, naquele momento, tive pena de Agripina. Ela estava esplêndida em sua obstinada solidão.

— Eu só tenho meus filhos — disse ela. — Nunca mais me casarei. A experiência que tive com meu padrasto não me deixa impor isso a minhas pobres joias...

Comentei então:

— Mas seu padrasto hoje é o imperador de quem, em última instância, dependem o bem-estar de seus filhos e a carreira dos meninos. Consciente da dívida que tenho com Germânico, do amor que tive por ele e ainda tenho pela memória dele, diria que é temerário, embora seja natural, demonstrar abertamente seus sentimentos em relação a Tibério. Não convém a seus filhos que você o trate como inimigo.

—Trato-o do jeito que sinto.

Eu não sabia como continuar aquela conversa. Ela estava com o rosto duro e frio como mármore.

Então, calei-me. Hoje, a inércia passou a ser considerada uma atitude sábia, mas nesse caso não foi nada planejado. Eu estava tão pasmado e, portanto, tão indefeso quanto Germânico, quando os legionários amotinados ouviram seu discurso comovido pedindo que voltassem a seus afazeres e agiram como se ele não tivesse dito nada.

Então, ela disse:

— Se não fosse o afeto que o povo tem por mim e por meus filhos em honra do meu amado esposo, faria algum ato desesperado.

A declaração me irritou. Respondi:

— É loucura achar que a turba tem um comportamento imutável. Um dia ela agrada você, no outro quer que você morra. O povo é assim, age conforme o vento mais forte. Passa rapidamente da raiva para a alegria, não controla suas emoções.

— Onde você aprendeu a falar assim? — perguntou ela. — Deve ter sido em livros de retórica. Quanto a mim, aprendi com a experiência e confio na qualidade inata do povo, embora tenha conhecido a traição de príncipes.

— Germânico era príncipe e nobre — observei. — Ouça o que digo, Agripina, sem esquecer que falo como amigo e alguém que estimava Germânico. Se demonstra sua amargura em relação ao imperador, você se coloca numa situação muito perigosa. E deixa seus filhos à mercê desse mesmo perigo. Antes, nos tempos da República, a competição por cargos, e até pela honra, era livre. Então, partidos que se opunham podiam disputar o favoritismo na Assembleia e no Senado. Era possível falar contra aqueles que se considerava inimigos, sem com isso correr risco de vingança. Mas esse tempo acabou. A República já não existe. Vivemos num Império que não permite que se discorde às claras. Por isso, digo que, quanto mais alto você disser que desconfia de Tibério, quanto mais mostrar sua oposição a ele, maior o perigo para você e seus filhos. Já esqueceu com que crueldade Augusto tratou sua mãe Júlia quando desaprovou seu comportamento? Esqueceu que mandou seu irmão Agripa Póstumo para uma ilha-prisão? Esqueceu o destino infeliz de seu irmão? E, em sã consciência, quer um final assim para você e seus filhos? Peço que avalie a realidade do mundo onde estamos condenados a viver e aja de acordo com suas necessidades. Compreendo sua raiva. Ela vem de uma grande tristeza. Mas lembre-se das sensatas palavras de Cícero: "O tempo é o melhor remédio para a raiva". — Fiquei surpreso com minha eloquência, mas Agripina não se impressionou.

Olhava-me como se quisesse ser a Medusa e pudesse me transformar em pedra.

— Você não entende que minha rebeldia e o apoio do povo são a única proteção que tenho. Ou então você me abandonou e aos meus filhos e se uniu aos que conspiraram contra meu esposo, a quem finge reverenciar.

Ela se levantou e disse:

— Desejo-lhe um bom dia. Você não é mais bem-vindo nesta casa.

IX

Há mais um encontro que preciso lembrar, embora não consiga precisar a data. Certamente, deve ter sido dois anos após a morte de Germânico. Sei disso porque minha mãe serviu de intermediária e ela morreu no ano 21.

A imperatriz-titular Lívia era, como já disse, velha amiga dela, talvez, mais exatamente, sua protetora. Havia muito tempo, minha mãe a acompanhava em eventos, mas Lívia agora não aparecia mais em público. Avisou que era por causa da artrite, porém minha mãe achava que ela não tinha mais disposição:

— Quanto à artrite — ela disse —, toma tantos remédios que eu não estranharia se estiver se envenenando aos poucos.

Como, depois que Lívia morreu, houve um escândalo que a deixou como suspeita de vários envenenamentos, acho a opinião de minha mãe uma agradável ironia.

Mas, se a imperatriz Lívia não aparecia mais em público — não se dignava a aparecer —, continuava com a firme intenção de saber tudo o que acontecia e de influenciar a política do Império, que considerava, como as mulheres gostam de fazer, como pertencente à família dela. Em vista da situação, acho que fazia sentido.

Seja como for, fui intimado a visitá-la, sendo a intimação passada, conforme percebi, indiretamente por minha mãe.

Lívia tinha envelhecido muito desde a última vez em que a vira, era agora uma velhinha de cabelos ralos, que andava curvada numa bengala.

Seu olho direito lacrimejava, mas o esquerdo continuava controlador e seu nariz estava agora curvo como um bico de águia.

— Soube que Agripina proibiu você de entrar na casa dela — disse, de repente, sem qualquer preâmbulo, e deu uma risada cacarejante. Minha mãe sempre se referiu à risada desagradável e destoante que Lívia costumava dar diante da loucura ou desdita dos outros. Mas senti uma sutil maldade naquele riso. — Estou velha demais para ficar de muita conversa. Canso logo, por isso falo pouco. Você ficou um jovem bonito. Tem a cabeça tão boa quanto a aparência?

O que eu podia responder? Acho que ruborizei e fiz uma reverência. Ela me disse que não fosse um simplório.

Depois, perguntou:

— Sabe qual a única coisa que aprendi na minha longa vida? Que quase todos os homens são bobos, e as mulheres também. Por mais que queiram uma coisa, são impelidos por alguma força a lutar contra seus próprios interesses. Agripina sempre foi uma menina difícil. O fato de ela ter ficado contra você deve contar a seu favor. O que ela quer, afinal? Conseguir o afeto, a confiança e o respeito de meu filho *princeps* para garantir o atual bem-estar e a futura ascensão dos filhos. Mas o que ela faz?

Lívia bateu a bengala com força no chão, como se exigisse uma resposta. Mas continuei calado.

— Eles também são meus bisnetos, boas crianças, embora precisem de disciplina. Ela estraga os filhos, não? — perguntou.

Minha mãe contava que Lívia costumava chicotear Tibério quando menino e que, depois da surra, faziam as pazes, carinhosos. Tibério passou anos achando que era o preferido da mãe, embora na verdade ela gostasse de Druso de um jeito diferente, e Tibério tinha ciúme, um ciúme louco, de Augusto. Minha mãe gostava de fazer esse tipo de intriga.

Lívia continuou falando:

— Agora, fiquei sabendo que, quando Agripina jantou com meu filho, ele ofereceu uma maçã ou pode ter sido um pêssego, o que é natural, pois sempre falei que frutas fazem bem à saúde, e ele não gostava muito; e o que fez a boba da moça? Recusou a fruta com firmeza e pegou outra na fruteira, mostrando a todos os presentes que meu filho podia querer envenená-la. Você consegue imaginar algo mais estúpido, mais contra os interesses dela? — Bateu três vezes com a bengala no chão e uma criada trouxe uma taça de vinho. — Bebo para manter a saúde — explicou. — Hoje em dia, a conversa deixa minha garganta seca. Não vou lhe oferecer porque um jovem como você não deve tomar vinho antes do anoitecer. Na idade em que estou, quando anoitece vou para a cama. Mas recomendo este vinho. É de Pucino, no golfo de Trieste, onde as uvas recebem uma brisa do mar.

Suspirou, bebeu o vinho e fechou os olhos por um instante.

— Mandei para ela um remédio de que o *princeps* gostava. Relaxa os nervos, é bom para a tensão. Contém orégano, alecrim, semente de feno, vinho, azeite. Ela devolveu dizendo que seus nervos estavam muito bem, sem qualquer problema. Mentira, que boba, nem para agradecer minha gentileza. Vai ver está dizendo que eu queria envenená-la. Na minha idade! Ridículo! Você deve estar pensando por que mandei chamá-lo, não?

Aguardei. Estávamos no aposento que se abria para o jardim da casa dela, Primaporta, perto de Veii, pouco depois do oitavo marco da via Flamínia. Atrás dela, havia um mural pintado que dava a impressão de um pavilhão num jardim luxuriante, com muitas flores, loureiros e árvores frutíferas onde pássaros voavam soltos, exceto por um rouxinol que estava engaiolado.

Ela disse:

— Se viver, Druso vai ser um bom *princeps*, melhor do que Tibério. Mas tantos morrem...

Por um instante, a voz dela pareceu tão longe como se viesse do passado distante. Não tive certeza se estava falando do filho Druso, morto há muito tempo, ou do filho de Tibério e, portanto, neto dela.

— Sabe do que meu caro esposo se vangloria? De ter encontrado Roma construída de tijolos e a ter deixado coberta de mármore. Como se usa o mármore? Você é engenheiro? Sabe responder isso?

— Os escultores lapidam o mármore e fazem algo novo e belo — respondi.

— Muitos estragam peças lindas — apartou ela, rápida como uma mordida de cachorro —, o que foi feito pode ser desfeito, o que foi construído pode ser destruído — continuou, baixo, como se estivesse resmungando para si mesma, esquecida da minha presença. — Estou muito velha para ser discreta. As pessoas acham que eu dominava o *princeps*, embora seja verdade que ele costumava ouvir meus conselhos, por isso dizem que fazia o que eu mandava. Mas não era assim. Era uma parceria e eu sempre pensava antes de falar, entende o que digo, jovem?

Concordei, embora não fosse sincero, apenas educado. Para dizer a verdade, pelo que me lembro, aquilo estava me aborrecendo. Ela estava devaneando.

— Agora, não me importo mais, falo o que penso. Estou velha demais para ter medo do futuro. Com isso, fiquei ousada.

(De minha parte, não acho que o medo do futuro diminua, pois não confio mais no futuro e sei que a deusa Fortuna me abandonou, existe apenas uma imensidão vazia, fria, escura, sem recompensa, glória ou sequer respeito.)

Ela continuou:

— Você não pode falar com Agripina, mas alguém precisa cuidar dos seus pobres filhos e impedir que ela os destrua.

— Druso — respondi, referindo-me ao filho do imperador — está fazendo isso. Soube que sugeriu levar para casa os dois mais velhos, Nero e o homônimo dele, Druso. Deve saber disso, senhora.

Ela se virou.

— Druso parece forte, mas é fraco. É um bom menino, mas... Estou com sono, vá embora.

X

Uma conversa estranha, que não terminou e acabei não entendendo por que Lívia mandou me chamar. Mais tarde, soube que Tibério quis excluí-la de todas as cerimônias públicas e evitar sua presença, a fim de que ela não tivesse ocasião para criar problemas ou fazer reclamações, exceto nas cartas que escrevia, e que, ouso dizer, ele jamais leu. Por isso, pensei que eu devia ser um entre vários jovens que ela chamava como se quisesse se convencer de que ainda era o centro dos acontecimentos. Achei que intencionava fazer mais perguntas, mas cansada, com a mente falhando à medida que a velhice chegava, não conseguiu e falou a esmo, indiscreta, irritada, até patética. Agora que estou na mesma situação que ela, compreendo-a melhor, embora eu ainda esteja longe da idade dela.

Nunca mais falei com ela. Poucos meses depois, a meu pedido, Druso me convocou para o exército no norte da África. Ele concordou em me enviar para lá porque o comandante na guerra contra o rebelde númida Tacfarinas era Quinto Júnio Bleso, tio de Sejano. Era conveniente para Druso ter alguém que quisesse, como ele disse, "ficar do meu lado".

Não é minha intenção fazer agora um relato daquela guerra longa e irregular. Basta dizer que agi de forma digna dos meus antepassados, que Bleso conseguiu vitórias que nada acrescentaram, embora lhe tenham garantido o título de *imperator*. Depois de ser chamado de volta a Roma, seu sucessor, P. Cornélio Dolabella, descendente da velha nobreza como eu, além de amigo de Druso, terminou a rebelião com eficiência e, a conselho meu, atraiu Tacfarinas para uma cilada e o matou.

Fiquei mais dois anos no norte da África, envolvido em projetos de reconstrução cujos bons resultados podem ser avaliados pela grande prosperidade da província e sua importância para Roma como um dos maiores celeiros do Império.

Nessa época, fui a Roma todos os anos, mas sempre por poucas semanas. Fiquei, portanto, longe dos fatos que levaram ao que parecia ser a ascensão rápida de Sejano. Apesar disso, tive o cuidado de conferir exatamente o que estava acontecendo na cidade e o relato que se segue é real.

O fato mais importante foi a morte de Druso, no ano 23. Na época, não havia por que não achar que não fosse uma morte natural. Ele estava havia alguns meses reclamando de cansaço, sentia os membros pesados e só conseguia trabalhar por curtos períodos de tempo. O imperador chamou médicos de Alexandria e Atenas para consultas com especialistas além dos locais. Pode ser que, com isso, tenha havido um excesso de diagnósticos e nenhum remédio que fizesse efeito. Não sei. De todo jeito, não confio em médicos. Às vezes, acho que os deuses decidem quando morremos e que todas as tentativas de impedir isso são inúteis.

Nos círculos próximos da corte, sabia-se, naturalmente, que a relação de Druso com a esposa Júlia Livilla não ia bem. Nunca houve muito afeto entre eles, embora tivessem filhos gêmeos (o menino, Tibério Gêmelo, e a menina, Júlia Lívia), nascidos no ano 19 e cuja paternidade jamais foi questionada. Mas Júlia Livilla era uma mulher difícil, dada a ressentimentos. Irmã caçula de Agripina, não era bonita nem inteligente, mas corpulenta e de feições brutas. Passou a desprezar o esposo por ter aceitado a supremacia de Germânico e tinha muito ciúme de Agripina. Era dada a acessos de raiva que incomodavam Druso.

Dizem que os dois deixaram de dormir juntos após o nascimento dos gêmeos e que Druso levou Ligdo, o rapaz sírio (ou eunuco), para a cama. Certamente, ele não teve escrúpulos, como já contei, em demonstrar afeto pelo rapaz. É natural uma mulher desprezar o marido que prefere rapazes a ela, e havia boatos da existência de outros, além do sírio. Júlia Livilla tinha mais motivos para ressentimento porque, como sua mãe Júlia, era uma mulher de grande apetite sexual. Segundo os boatos, quando sugeriram que ela tivesse um guarda particular, Cornélio Dolabella disse:

— Bem, um agora e sempre.

Na verdade, quem se tornou amante dela foi o prefeito dos pretorianos, o próprio Sejano, ainda casado, mas não me lembro agora o nome da esposa. Podia mandar Agaton pesquisar, mas é um detalhe sem importância. Júlia Livilla poderia ter qualquer outro amante, que Druso não se incomodaria. Ele tinha um forte desprezo pela ideia de honra, pelo menos no contexto do casamento, e devia achar que era mais simples viver com a esposa, contanto que houvesse alguém disposto a atender à luxúria dela e a satisfazê-la, o que não era fácil. Porém, Druso tinha ciúme de Sejano pela influência que este tinha sobre seu pai, que julgava perigosa. Uma vez, numa discussão sem importância, ele se irritou com Sejano e deu-lhe um soco na boca, que sangrou. Sejano não revidou, apenas disse:

— Pena que o filho e herdeiro do imperador seja tão mal-educado e incapaz de controlar sua raiva.

Mas tenho certeza de que ele ficou ferido em seu orgulho, que era muito grande, deve ter sentido prazer ainda maior ao colocar chifres em Druso.

Tibério não chorou quando Druso morreu, embora tenha ficado à cabeceira do filho até o fim.

Saiu do aposento como se tivesse envelhecido vinte anos, e foi depois disso que passou a chamar Sejano de "companheiro de labuta" e a tratá-lo como um filho substituto.

Para mim, era compreensível. Como já observei, eu achava Sejano muito capaz e sinceramente dedicado ao Império.

Só dois anos após a morte de Druso passei a pensar de outra forma.

Eu estava em Corinto, cidade conhecida pela imoralidade. Devo acrescentar que, ao voltar do norte da África, não consegui uma colocação imediata. Talvez eu tivesse tido um desempenho bom demais lá. É perigoso se exceder em época de tirania, como estava ocorrendo então em Roma. Por isso, continuei viajando e decidi ir às famosas cidades da Grécia e da Ásia, que só conhecia de leituras e de ouvir falar.

Então, uma noite, em Corinto, fui a um bordel, como é hábito lá, pois é sabido que as prostitutas da cidade oferecem raros e incríveis prazeres aos apreciadores do sexo. E realmente me deliciei com uma morena armênia tão mestra nas artes do amor que não me desapontei com a paixão que ela fingiu sentir. Depois, fui para um aposento especial e me deliciei observando os outros clientes e suas parceiras. Um deles, que reconheci ser senador, avô de um amigo meu, estava tão exausto com o exercício do sexo que seu peito arfava, escorria suor da testa e ele babava. Mesmo assim, tinha uma expressão beatífica e eu tinha certeza de que se preparava para outro ataque. De vez em quando, dizia para si mesmo:

— Ah, que corpo, ah, que partes pudendas...

Mandei que me trouxessem vinho. O rapaz serviu sem olhar para mim, com o rosto virado e a mão tremendo. Derramou um pouco no chão. Sua túnica curta subiu quando foi enxugar a poça no chão. Tinha as pernas macias, bronzeadas. Estava perfumado, mas seu cheiro era de medo. Segurei nele com o polegar e o indicador pouco acima do cotovelo e apertei até que gritasse.

— Olhe para mim — mandei.

Relutante, ele olhou. Seus lábios tremiam.

— O que você está fazendo aqui? — perguntei, ainda apertando seu macio braço bronzeado.

Levantei-me e, sem soltar o rapaz, paguei à mulher que tomava conta do bordel e pedi um aposento. Mandei o rapaz se sentar na cama e perguntei:

— Você me reconhece, por que pensou que podia se esconder aqui?

Ele balançou a cabeça e pôs-se a chorar. Finalmente, disse:

— Esse bordel é da minha tia, não sabia para onde ir — murmurou.

— Está com medo de quê? — perguntei.

Fiquei irritado porque, embora soubesse que ele era o catamita de Druso, não conseguia lembrar seu nome. Esperei uma resposta e vi, com certo prazer, que o medo o enfeava. Lembrei-me então do seu nome:

— Ligdo, há coisas que desejo saber — falei.

Talvez fosse o nome ou o tom que usei, não sei, mas ele se recompôs e falou. Sim, claro, estava com medo. Tinha sido o favorito e o catamita do patrão, a quem amou, amou de verdade, e que agora estava morto e...

— Ele foi envenenado. Sei que foi. Ele também sabia. Por isso, eu estava com medo. Eu fazia tudo para ele, servia o vinho misturado com água e ele foi envenenado, e assim...

— Ninguém acha que ele foi envenenado — falei.

— Mas foi. Ela o detestava e o matou.

— Ela?

— Sim, claro. E eu sabia que se desconfiassem de alguma coisa, eu seria culpado. Diriam que fui subornado...

— Por quem?

— Não sei e não interessa. Era o que iam dizer, e como provar minha inocência? Eles me pegariam, por isso fugi.

— É, estou vendo. As coisas são assim mesmo. Pare de chorar. Chorar é coisa de mulher. Os homens devem lembrar...

— Homens? — perguntou ele, levantando os olhos, a boca querendo sorrir. — Homens, sim, mas os que são como eu... Não posso esquecer, mas também não posso chorar?

Dei dinheiro a ele, disse que aquele lugar não era seguro, pois eu o reconheci e isso podia acontecer com outras pessoas com piores intenções.

Não me agradeceu. A boa Fortuna lhe deu o ouro, a má Fortuna tornou a dádiva possível.

— Eu amava meu patrão — repetiu ele, sem qualquer expressão no rosto. Depois, com os longos cílios úmidos de lágrimas, retomou o trejeito que era, acho, natural nele e que parecia um convite.

— Você tem que ir embora de Corinto. Esconda-se num lugar mais longe — sugeri.

As coisas que acontecem na vida são como as folhas de uma árvore no verão. O que fica na nossa lembrança são só as últimas folhas presas aos galhos quando sopra o vento do inverno. Se ainda vejo seu rosto cheio de lágrimas, se o medo que fez tremer aquelas pernas macias ainda está vivo na minha memória, é porque aquele breve encontro, aquela conversa de frases curtas com um rapaz amedrontado, acabou com as ilusões que eu ainda tinha.

Não tinha sido difícil deixar de lado os boatos de que Germânico havia sido assassinado, nem julgar que a certeza de Agripina era fincada no desespero, no ressentimento, no ódio. Mas não duvidei nem por um instante de que o eunuco Ligdo disse a verdade, e isso me mostrou que Roma tinha se tornado o que nós, de geração a geração, tínhamos feito dela.

A partir daquela noite, passei a ser um pessimista sem ilusões, e Roma, um campo de extermínio. E repito para mim mesmo: "Lembre-se disso quando for escrever sobre o pobre Gaio. Sim, pobre Gaio".

XI

Sim, pobre Gaio. É um absurdo que eu agora tenha pena dele. No entanto...

Eu o vi logo após minha volta a Roma, na primavera do ano 26. (Preciso mandar Agaton conferir as datas antes de escrever a outra versão para Agripina. Acho que corro o risco de contar minha história, em vez da história de Gaio. Mas só se pode escrever o que se conhece.) Gaio estava com a avó paterna, Antônia. A filha de Marco Antônio e de Otávia, irmã de Augusto, era respeitada por todos, uma mulher decidida e virtuosa. Se alguém pudesse ser uma boa influência sobre o menino Gaio, era ela.

Eu tinha o hábito de visitá-la assim que chegava a Roma. A vida inteira ela foi amiga de minha mãe e de minhas tias. Adorava Germânico e gostava de falar sobre ele com alguém que serviu sob suas ordens. Ao mesmo tempo, não tinha paciência para as teses de conspiração da nora. Achava Agripina muito cansativa, nem sequer aceitava que ela fosse uma boa mãe.

Pelo contrário.

— Reconheço que ela é muito dedicada, mas uma boa mãe não cria os filhos para serem instrumentos de vingança. Felizmente, Nero tem muito boa índole, não vai pensar nisso. Quanto a Druso, não tenho tanta certeza. Ele acha que a mãe gosta mais do irmão mais velho, que, a propósito, morre de medo dela. Por isso, Druso faz qualquer coisa para conseguir e manter seu amor.

— E Gaio? — perguntei.

— Gaio? Sabe que ele está morando comigo, não? Ele era demais para a mãe, que não tem paciência, como você talvez se lembre. E Gaio precisa ser tratado com cuidado, sem dúvida.

— Lembro que era um menino esperto, até encantador.

— Esse menino continua existindo dentro dele e, de vez em quando, aparece. Mas Gaio é taciturno, indeciso, sofre de pesadelos noturnos, alterna fases de muita agitação com outras de grande inércia. Gosto demais dele, mas confesso que não sei o que fazer com ele.

Calou-se e deu um suspiro.

— Embora ele seja decidido, é muito influenciável e passa seu tempo com os filhos dos reis orientais que não são, para ser sincera, o que eu gostaria.

Então, mandou chamá-lo.

Gaio entrou no aposento sem jeito, como quem espera uma reprimenda ou uma rejeição: era um jovem magro, com cabelos louros cor de palha, boca larga e rosto comprido, olhos azuis como o sol da Sicília ao entardecer. Acho que tinha quinze anos, na época. Difícil acreditar que eu o havia carregado nos ombros no acampamento do Reno, enquanto ele dava ordens aos legionários que o adoravam. Antônia disse quem eu era. Ele fingiu estar encantado. Talvez não fosse afetação, mas a conversa dele logo perdeu o rumo, ficou vaga, sem fio. Mesmo assim, deu mostras de inteligência.

Seus braços e pernas mexiam como se estivessem fora do controle. Mesmo quando se sentou num banquinho ao lado da avó e deixou que eu passasse a mão em seu cabelo, continuou agitando as pernas. Conversou sobre os Jogos, pelos quais tinha um grande interesse, e sobre leões.

— Acha que o homem é um animal de rapina? — perguntou e, sem esperar resposta, acrescentou: — Eu não tenho dúvida. Os filósofos que fingem achar outra coisa e falam em virtude são covardes cujos dentes foram arrancados. Acho isso e quando digo que o homem é um animal de rapina, não estou ofendendo ninguém. Pois para mim não existe nada mais requintado e nobre, e os animais de rapina são criaturas bem mais admiráveis que os sofistas carecas e pedantes que pregam uma moral que não passa de desculpa para a própria fraqueza. Você é soldado, deve concordar comigo.

Ele então me deu um rápido e atraente sorriso no qual, no tempo que um pardal leva para voar de um galho a outro, vi o menino que tinha empunhado sua espada de madeira na mesa e se proclamado comandantes das legiões.

Claro que também pensei que ele estava falando sem pensar, querendo se exibir e não sendo sincero. Os adolescentes costumam dar opiniões extravagantes.

Não foi Antônia quem me disse que o jovem Nero estava se tornando um constrangimento para a família imperial. Ela era orgulhosa demais para admitir isso. Mas eu tinha voltado a Roma havia poucos dias e já sabia que todo mundo achava que seu jeito efeminado era motivo de zombaria — pelo menos entre aquela parcela do povo que mantinha o rigor dos tempos republicanos e que não era leal à família de Germânico. Assim, quando ele aparecia na tribuna imperial, nos Jogos, o que ocorria raramente, já que o evento não era do seu gosto, pois "ofendia seu refinamento", como observou alguém, ouviam-se gritos de "príncipe veado", "maricas", "frutinha" e outros insultos similares.

Meu informante disse:

— Ele passa tanto ruge nas maçãs do rosto que não se sabe se enrubesce ao ouvir esses nomes e frases de zombaria. É chocante, realmente. O pai, o abençoado Germânico, ficaria morto de vergonha.

— E o imperador? — perguntei, guardando para mim meus pensamentos sobre Germânico, agora menos favoráveis do que foram um dia. — Como reage o imperador já que, após a morte do filho, indicou Nero como sucessor? Ou, pelo menos, foi o que ouvi dizer.

— Não indicou exatamente como sucessor, embora seja verdade que pegou Nero e o irmão Druso pela mão e recomendou-os ao Senado. Você perguntou como ele reage? O que você imagina? Ele menospreza a multidão. Então, faz caras e bocas, e ninguém sabe o que está pensando. Mas um dia o vi apertando o ombro do jovem Nero, como quem dá apoio. Por outro lado, Agripina, como você sabe, não perde a oportunidade de espalhar boatos ofensivos sobre Tibério e mostrar como o despreza e desconfia dele. Assim, não acredito que ele se aborreça de ver um dos filhos dela ser tão aviltado. Claro que há quem diga que ele e Nero… mas você sabe como Roma é um mar de boatos maldosos e indecências. Não acredito nesses boatos, Tibério nunca se interessou por efeminados, prefere algo mais masculino, de preferência germano.

Ele me contou como um dia Tibério provocou a fúria da turba impedindo que um jovem gladiador louro fosse morto e depois levou-o para casa, onde se tornou o catamita do imperador.

— Vivemos uma época interessante — disse-me ele. — Quando penso que meu ilustre antepassado Marcos Pórcio Catão denunciou a imoralidade de sua geração, que era nada comparada com a de hoje, bem, fico sem palavras.

Mas as palavras não lhe faltaram. Meu amigo continuou falando no assunto, no mínimo meia hora.

"Acho", eu pensei, "que essa é a verdadeira decadência: posar de moralista para ter o prazer de discorrer longamente sobre tudo o que é considerado doentio".

Disse finalmente o descendente do virtuoso Catão:

— Esses boatos sobre o jovem Nero podem ser exagerados para desacreditar a ele e a família de Germânico. Eu não me surpreenderia se soubesse que todos os boatos são criados no círculo de Sejano, até por ele mesmo. Você, aliás, deve saber que ele é amante da viúva de Druso, Júlia Livilla, desde quando o marido era vivo. Mas Druso preferia um lascivo eunuco sírio, você acredita? Depois disso, nenhum boato sobre Nero soará falso. Eu mesmo conheço um senador, não vamos citar nomes para não criar caso, a quem Nero escreveu pedindo uma audiência e se oferecendo. Isso é fato, o próprio Nero me mostrou a carta. Nunca li nada mais nojento. E pensar que o rapaz é bisneto do divino Augusto!

— É verdade — concordei.

— Não que isso signifique alguma coisa, claro. Todos nós sabemos o que Augusto fez para conseguir que o Divino Júlio o indicasse como herdeiro. Augusto certamente aqueceu a cama de César. Não há a menor dúvida, embora seja perigoso dizer essas coisas. Hoje em dia, é preciso segurar a língua em todo lugar. Mesmo assim, não chega a ser traição dizer que meu avô uma vez me contou que, quando jovem, muito antes de se tornar Augusto, quando ainda não era nem César, mas era, sim, conhecido como Gaio Otávio Turino, neto de um agiota, como você se lembrará, ele costumava raspar as pernas com casca de noz em brasa para ficar mais sedutor.

As pernas do jovem Nero também eram lisas, mas pode ter sido de nascença e não por artifício. Foi uma criança bonita. Agora, era um jovem bonito com cabelos pretos e ondulados, pele suave, um perfil atraente e lábios que tremiam sempre que ele ficava nervoso. Ou seja, muitas vezes, pois era um jovem infeliz. Certamente, estava longe de ser o devasso que os boatos querem mostrar. Era tímido, gracioso, educado, reservado e continuava afetuoso, como descobri logo. Gostava de poesia, apreciando especialmente Anacreonte, Calímaco, Meleager e Teócrito, entre os gregos, e Propércio entre os modernos. Ele também escrevia boa poesia em grego e latim. Achei-o inteligente, bem mais que seu glorioso pai. Assim, ele era capaz de entender a precariedade de sua situação. Disse-me:

— O imperador tem sido gentil comigo, e por que não? Afinal, é meu tio-avô. Eu o respeito. Também sinto pena dele, embora ele não seja o que se possa chamar de solidário. É um homem solitário, sempre triste. Pelo menos é o que eu acho. Não é um cargo que eu gostaria de ter, mesmo assim... a possibilidade de ser obrigado a assumi-lo me assusta. Mas sei que ele não pode me olhar sem lembrar que o povo e até as legiões preferiam meu pai a ele, e sem pensar em minha mãe, que considera sua pior inimiga. Tenho certeza de que Sejano incentiva a desconfiança dele. Repito, isso me assusta. Mas o que posso fazer?

Por questões de conveniência, resumi numa só muitas conversas e observações soltas. Ele falou bastante nisso, naquele verão em que nos encontramos amiúde. Se ele aproveitava a oportunidade e fazia amor com ardor e uma energia que me deixavam surpreso, era porque temia o futuro. É o que acredito hoje. Nero costumava chorar depois do amor e não era por vergonha.

— Se eu pudesse viver na Grécia como um cidadão comum, ficar fazendo poesias e tomando vinho à beira-mar...

Pobre Nero. Eu devia tê-lo levado comigo para o Oriente. Mas claro que era impossível.

Pareceria algo próximo de uma conspiração.

XII

Passei três anos no Oriente, reforçando a fronteira, feliz de estar longe de Roma. Detenho-me nesse final da frase. Houve época em que isso não poderia ter sido escrito por um homem da minha origem. Foi na época da política em que os homens livres competiam por trabalho e responsabilidade. Roma então enriqueceu, as fronteiras do Império se ampliaram e o dinheiro corrompeu a política. A cobiça grassava. A violência dominava. As ordens eram desrespeitadas, a honra foi menosprezada até chegar ao ponto de ser esquecida por quase todos.

O imperador Tibério foi um dos que não se esqueceu do que era honra. Muitos achavam que ele era hipócrita por sentir falta dos tempos republicanos. Claro que os historiadores, certos da própria virtude, vão descrevê-lo assim. E vão zombar ao contar como ele lastimava o fim da República nos horrendos tribunais de traição que proliferaram e desgraçaram os derradeiros anos de sua vida, os últimos anos daquele Império que no fundo ele desprezava. Mas os historiadores farão vistas grossas, de propósito, para a cruel necessidade que o motivou.

A família de Germânico foi quase completamente dizimada enquanto eu comandava as legiões na Ásia. Durante minha estada lá, naveguei pelo Euxino até Cólquida — terra onde Jasão plantou os dentes do dragão que brotaram como homens armados, ansiosos por destruí-lo. Na viagem de volta, pensei em Medeia que, enjoada do aventureiro grego, matou seu jovem irmão Absirto e espalhou pedaços dele nas águas para protelar a ira do pai. Roma não era menos selvagem.

Sejano ficou com medo de Agripina, que sabia ser sua inimiga, e do que poderia acontecer se Tibério morresse, pois o imperador estava com quase setenta anos. Infiltrou espiões na casa dela para ver se encontravam algo que pudesse servir para acusá-la. Os relatórios que ele entregou a Tibério eram impressionantes. Anos depois, quando Gaio Calígula era imperador, mandou que eu examinasse esses relatórios e, depois de conferir meu resumo, leu alguns. Então, transpirando, passou um lenço na testa e disse:

— É impossível que o velho não acreditasse nessa prova. Cheira a traição.

Parte dessa prova foi fornecida pelo irmão do meio, Druso. Sejano o subornou com a promessa de convencer Tibério a indicá-lo como sucessor. Bastou isso. A ambição e o desejo de poder destruíram qualquer afeição natural que o jovem pudesse ter. Havia muito ele tinha ciúmes de Nero e agora até se dava a liberdade de contar, inclusive com floreios, as amargas e venenosas críticas da mãe a Tibério.

Então, tentando fazer com que a tola Agripina ficasse ainda mais ousada, Sejano mandou seus agentes avisarem que o imperador ia exilá-la e matar o jovem Nero. Os agentes avisaram também que ela só tinha uma saída, uma única esperança de se salvar: sair de Roma com Nero e buscar proteção com as legiões acampadas à margem do Reno. Lembraram a ela que lá as legiões ainda tinham uma ótima lembrança de Germânico. Lá, ela encontraria apoio. Mostrando uma cautela fora do comum, ela recusou a isca. Mas as discussões em sua casa antes que ela tomasse a decisão foram comunicadas a Tibério de um jeito que ele passou a acreditar que a conspiração a princípio tinha sido aceita por ela, sendo depois rejeitada apenas por ser perigosa demais.

O imperador então já havia saído de Roma e se retirado para Capri onde, segundo os boatos, poderia se dedicar melhor a seus vícios. (Isso era absurdo, mas voltarei ao assunto mais tarde.) Ele não retornou a Roma nem para o enterro da mãe, mandou apenas um elogio fúnebre para ser lido em seu nome por um dos cônsules daquele ano. Cheguei à conclusão de que, estando longe da cidade, ele dependia só dos relatos que Sejano fizesse. Estava envolvido numa rede de mentiras e falsidades.

Mesmo assim, Sejano ficou decepcionado com a reação dele às histórias sobre Agripina e Nero. Em vez de mandar prendê-los e acusá-los de traição, apenas enviou uma carta ao Senado — que era então sua única forma de comunicação com a augusta Assembleia onde antes costumava debater os assuntos como se fosse um integrante comum. Nessa carta, reclamou da hostilidade que Agripina demonstrava e lastimou a "flagrante imoralidade" do comportamento de Nero.

Considerando os boatos que já circulavam sobre o estilo de vida do próprio Tibério em Capri, os senadores devem ter achado certa graça no comentário, disfarçando o riso com a mão levantada, enquanto outros devem ter transpirado de medo de que suas luxúrias e seus pecadilhos fossem descobertos.

A notícia dessa carta irritou uma parte do povo — ou foi o que pareceu. Enquanto os senadores ficaram indecisos, sem saber o que Tibério queria que fizessem e não ousando adivinhar o que poderia ser, uma multidão fora do Senado apoiava, aos gritos, Agripina e a "abençoada família do glorioso Germânico". Parecia uma manifestação espontânea e foi recebida como prova da perene popularidade do herói morto. Mas eu não tenho dúvidas de que foi organizada por Sejano para assustar o imperador.

O que Tibério quis dizer nessa primeira carta, tão mal explicada? Mais tarde, disse-me que esperava convencer Agripina a desistir de tumultos e Nero a levar uma vida mais virtuosa ou pelo menos dar essa impressão (para horror e desânimo de Nero). Aliás, Tibério tinha casado Nero com sua sobrinha-neta, a pequena Lívia Júlia. Mas acho difícil acreditar na explicação, foi uma desculpa que Tibério inventou depois. Para mim, ele já estava com a cabeça meio confusa a respeito de certos assuntos e, como era meio inseguro, escreveu a carta sem saber direito o que queria. Foi uma demonstração de seu descontentamento em relação a tudo. Seja como for, Sejano não desistiu de seus intentos. Foi até Capri informar a Tibério que o imperador estava correndo muito perigo.

Conspirações o cercavam. Não devia confiar nem nos de casa. E contou-lhe como um dos libertos de Agripina tinha saído da casa dela disfarçado de comerciante de pedras preciosas. Primeiro, o liberto conseguiu enganar os agentes de Sejano e só foi preso quando chegou a Lyon. Encontraram uma carta com ele sem destinatário, mas o coitado foi interrogado e, sob tortura, confessou a quem seria entregue.

Depois, Sejano mostrou a carta a Tibério. Um trecho dizia o seguinte: "Quanto ao velho, teremos tempo de resolver o que fazer com ele quando estivermos no controle do Estado. Sei que vocês ainda têm sentimentos de lealdade e isso será respeitado. Portanto, podem decidir perguntando a meu filho que, tendo bom coração, compartilha dos mesmos sentimentos. Vejam se o velho deve ficar preso em alguma ilha mais insalubre do que onde está agora, ou ser descartado totalmente. Sou inclinada a dizer que, para nossa maior segurança, prefiro a última possibilidade, pois não se sabe quantos adeptos ele ainda tem ou se pode, caso continue vivo, se tornar um foco de generais insatisfeitos".

Seria essa carta autêntica? Talvez fosse, pois Agripina estava tão temerária quanto amarga. (Mesmo se fosse autêntica, não creio que o jovem Nero tivesse conhecimento dela ou da existência da conspiração.) Como o próprio Tibério observou, a letra não era de Agripina, o que não queria dizer nada. Também não estava em código, o que sem dúvida era uma precaução elementar, em vista da situação.

Admito que nada agradaria mais a Agripina do que a morte de Tibério, mas creio que Sejano forjou a carta. O certo é que a usou para aumentar o medo que o velho imperador já sentia. E apelava à generosidade dele também, pois, sendo Sejano tão leal, mostrava que seria o primeiro alvo dos conspiradores. E disse:

— Sempre que alguém se aproxima de mim com um pedido ou uma petição, fico pensando se não é o assassino enviado por eles. Tento me tranquilizar pensando que a pessoa foi revistada por meus guardas, não pode ter uma arma escondida. Depois, penso que meus guardas podem ter sido subornados. É a tais pensamentos indignos de um homem, que minha devoção a você e aos seus interesses me condenaram.

Tibério acabou se convencendo quando Sejano confessou sentir medo. E também ficou excitado, como quando viu as pernas trêmulas daquele rapaz germano deitado na areia, esperando a morte da qual o imperador o salvou. Assim, Tibério concordou em prender Agripina e Nero.

Escreveu outra vez para o Senado uma carta mais clara. Foi aprovada por unanimidade uma moção de agradecimento por ele ter se livrado dessa "vil conspiração". Alguns bajuladores exigiram a pena de morte para os dois conspiradores. Mas, para desgosto de Sejano, Tibério não podia aceitar.

Agripina foi enviada para a ilha de Pandateria, onde a mãe dela, Júlia, já havia estado presa, e o pobre Nero foi para a ilha de Pôncia, onde alguns amantes de Júlia também estiveram detidos e morreram.

Passei semanas sem ter conhecimento de nada disso. Quando soube, a primeira coisa em que pensei foi, confesso envergonhado, na minha própria segurança. Pois eu não tinha sido um dos amantes de Nero? Há um segundo motivo de vergonha: Sejano não achou que eu fosse importante a ponto de precisar ser afastado do meu posto. Em vez disso, me escreveu em termos aparentemente amistosos, mas com uma ameaça nas entrelinhas. Era para eu saber que ele confiava em mim, porque eu sabia que ele podia me destruir. E assim não fiz nada, não disse nada e pensei muito, com medo. Temia que Nero encontrasse meios de se comunicar comigo. Hoje, me censuro por esse medo e torturo minhas noites insones com a certeza de que, se ele o tivesse feito, eu, para minha própria segurança, o teria traído ante Sejano e Tibério.

XIII

Enquanto isso, Gaio continuava morando com a avó Antônia. E mantinha-se ligado aos herdeiros das famílias reais do oriente — os príncipes tracianos Polemo, Remetalces e Cotys, jovens enviados para serem educados em Roma e mantidos lá como garantia do bom comportamento dos pais, reis-clientes do todo poderoso Império Romano. Eram jovens de vida dissoluta, dados à bebida e ao sexo, orgulhosos de sua origem e ressentidos com a impotência a que seus reinos, antes livres e independentes, haviam se reduzido. Não os conheci direito, mas só posso achar que sua influência sobre Gaio foi prejudicial. Antônia certamente concordava comigo. Deve ter mandado o neto evitar a companhia deles, mas é difícil uma senhora de idade controlar um potro indócil. Ela acabava sempre concordando com as birras e adulações de Gaio. Gostava muito dele, mas não de forma sensata, e achava que ele tinha a rebeldia natural dos jovens.

Ela dizia:

— Afinal, meu pai Marco Antônio foi o que chamam de um rapaz agitado, sempre metido em problemas. Prefiro achar que meu querido Gaio puxou a ele. Sem dúvida, Gaio tem muito da sedução do bisavô. E seja lá o que meu pai tenha sido quando menino e jovem, ninguém pode negar que se tornou um grande general e um político sério e competente.

Havia, entretanto, uma coisa de recomendável nesses príncipes do oriente: não tinham o menor interesse pela política romana. Gaio demonstrou total indiferença pela prisão da mãe e do irmão. Simplesmente jamais tocou no assunto, nem falou nos dois. Sei disso pela irmã dele, a jovem

Agripina. (Para quem, preciso me lembrar, será feita a versão revista dessas memórias. Mas, para ser sincero, fiquei tão envolvido nesse exercício de memória que faço mais por mim e pelo prazer de fazer. Isso torna ainda mais certo que o texto que vou entregar a ela será pouco parecido com o que escrevo agora para mim.)

Em que ponto da narrativa eu estava? Sim, Antônia me contou que durante alguns anos Gaio nunca falou na mãe e no irmão Nero nem mesmo com as irmãs, apesar de continuar gostando delas. Assim, quando a jovem Agripina tentou conversar com ele sobre isso, ela me contou, foi olhada "com tanta frieza como se fosse a Boca da Verdade esculpida na pedra do Capitólio", e Gaio apenas disse:

— Não temos nada a ver com isso. É um assunto que pertence a uma outra vida. É melhor você acreditar nisso, para sua própria segurança.

No ano seguinte, Sejano se opôs ao outro irmão dele, Druso, que, como já escrevi, teve participação importante na destruição de Nero e Agripina. Sejano então convenceu Tibério de que Druso também estava tramando contra ele. Ouvindo a conversa, Gaio apenas resmungou:

— Ele sempre foi doido.

Druso foi preso e confinado numa masmorra embaixo do palácio no Palatino, onde morreu louco. Chegou a comer a roupa de cama. Gaio não comentou nada, mas deve ter percebido que essa morte deixava-o mais perto do perigo — ou do trono.

Agripina protestou contra a prisão de Druso fazendo greve de fome. O administrador da prisão, temendo que morresse de inanição e que culpassem a ele, mandou alimentá-la à força. Ela resistiu lutando com os guardas, levou um soco que a deixou cega do olho esquerdo. Escreveu então cartas irritadas e indignadas denunciando seus guardas, o administrador, Tibério, o mundo. As cartas foram apreendidas pelo administrador. Achando que algum dia poderia usá-las a seu favor, escondeu-as em local secreto. Mais tarde, mostrou-as a Gaio, que leu sem qualquer emoção e deu moedas de ouro ao ex-administrador.

— Por que não? Eu o desprezava — disse Gaio.

Nero morreu, ou foi assassinado. Eu nunca soube direito. Esta é a versão de Sejano, a partir de uma carta endereçada a Tibério, que ele guardou num cofre, aberto após sua morte: "O miserável príncipe seduziu um de seus guardas, um calabrês bronco, e convenceu-o a ajudá-lo a fugir de Pôncia. Os outros guardas, desconfiados, informaram ao administrador que, por sua vez, me avisou. Mandei que os dois fossem bem vigiados, e foram surpreendidos quando tentavam pegar um barco. Houve uma briga, e os dois foram mortos. Lamento dizer que, em seus últimos instantes de vida, Nero demonstrou enorme covardia e implorou ser poupado como só uma mulher faria".

Jamais perdoei Sejano pela crueldade e o desdém dessa última frase. Ninguém sabe exatamente como o jovem Nero morreu e qual a veracidade desse relato. Suspeito que seja muito pouca. Sejano, que agora está casado com a viúva de Druso, Júlia Livilla, ficou embriagado pelo poder. Sua personalidade, que era admirável, se corrompeu. Eu acredito que ele tenha mandado matar Nero e inventou essa história. Pode ser também que tenha mandado um guarda seduzir Nero ou se deixar seduzir para causar a tentativa de fuga que conta.

Honestamente, isso não interessa mais.

Mas o que interessa? Agripina, refiro-me à jovem, está casada com o ridículo Cláudio, tio dela e de Gaio, aquela esquisitice bamboleante, bêbado, glutão e bufão. E ele é imperador. Ele, o homem que Tibério não quis que se dirigisse ao Senado, com medo de os senadores rirem, o homem cujas esposas anteriores o traíram quase embaixo do nariz dele. A antecessora de Agripina, Messalina, tinha apenas quinze anos ao se casar com Cláudio e era mais promíscua do que qualquer dançarina egípcia. O imperador, chefe do mundo romano, passou anos sem perceber. Gaio costumava dizer que nenhuma mulher era casta; o sucessor dele deve ter escolhido aquela esposa para mostrar que Gaio tinha razão.

Mas estou fugindo do tema. Por que não? Ainda não estou velho e continuo parecido com o jovem que fui, no corpo e no rosto, se não na cabeça. Quando bebo a segunda garrafa de vinho — e estou agora na terceira —, tenho dificuldade de concentração, de me fixar no que estou fazendo. E a série de amores passados e amigos assassinados turva minha visão dos fatos. Há muito tempo os deuses abandonaram Roma. Só os admiramos da boca para fora. Cheguei a um ponto em que já não acredito em presságios, os quais, no entanto, ainda procuro, embora o futuro não me interesse.

Acredita-se que Gaio tenha enlouquecido. Não tenho tanta certeza. A horrível possibilidade é que tenha provado sua sanidade mental ao mostrar o inferno que é Roma. Uma vez, ele disse a Antônia:

— Posso tratar qualquer pessoa exatamente como bem entender.

Disse a verdade. Será que isso era loucura? Sem dúvida, Antônia salvou a vida dele. Druso foi preso, Agripina ainda estava encarcerada na ilha, e o jovem Nero tinha morrido. Antônia então pegou Gaio e levou-o para o imperador em Capri. Chegou no dia seguinte ao casamento do rapaz germano, Sigismundo, com uma moça grega chamada Eufrosina. Anos depois, Antônia me contou a conversa que teve, que reconstituo da melhor maneira possível.

— É estranho como permanecemos amigos — disse Antônia a Tibério.

Imagino os dois idosos: o curvado Tibério, com os cantos da boca caídos, os cabelos grisalhos, ao lado da Antônia encanecida, mais gorda, mantendo uma expressão de serenidade, apesar de todo o sofrimento que passou. Vejo os dois sentados num terraço sob um caramanchão de rosas em flor, olhando para o mar, que era o último prazer de Tibério. Ela continuou:

— Mesmo assim, todos me dizem que você é inimigo da minha família e que jurou destruí-la.

Tibério teria desviado o rosto, não querendo encarar o olhar sincero dela, e resmungou uma resposta.

— Nós jamais poderíamos ser inimigos. Lembro com gratidão que você não acreditou nos boatos vis que me acusavam da morte de Germânico.

Ela fez um gesto de quem afasta algo.

— Sabia que eram mentira. Sabia que você jamais atacaria o filho de seu querido irmão. Mas agora você condenou dois netos dele.

Tibério não respondeu. Desviou o olhar e sua mão tremeu. Tomou vinho, a mão trêmula, até finalmente resmungar alguma coisa sobre a prova ser incontestável.

Ela disse que tinha chegado um dia antes do que pretendia porque não se preocupava mais em avisar com exatidão aonde ia. Disse também que trouxe o jovem Gaio Calígula porque, fez uma pausa longa o bastante para obrigá-lo a olhar para ela, "tenho medo do que possa acontecer com ele, se não estiver com você". Ele não disse nada.

— Tenho medo de irritar você — disse ela.

Ele balançou a cabeça. Ela continuou:

— Desconfio de alguns amigos novos dele. Falam muito. Fazem com que meu menino beba demais e desconfio que falam em perturbar a ordem. Contam muitos casos para desacreditar você e fazem com que ele fale agressiva e estupidamente. Ele não é estúpido. Na verdade, naquele seu estilo, é muito inteligente, diria bem mais até do que Germânico, ou do que os outros irmãos. Mas talvez por ter uma inteligência ao mesmo tempo arguta e indócil, fale muita bobagem. Descobri que pelo menos dois desses novos amigos são falsos, se aproximaram do meu menino para obrigá-lo a cometer indiscrições.

Nesse ponto da conversa, Antônia calou-se, esperando que ele opinasse. Mas o imperador continuou quieto e sem encará-la. Olhava para o mar que estava tão vazante quanto belo.

Antônia então me disse:

— Percebi como ele estava sozinho, tão isolado, magoado e oprimido pelo peso do Império que achava insuportável. Mas eu fui lá com uma meta e não iria largá-la.

— Não sei como dizer, tenho medo de irritar você — disse Antônia ao imperador.

Ele fez um gesto vago, como se quisesse acalmá-la ou afastar tais temores. Ela segurou a mão dele que, mesmo naquela tarde de sol estival, estava fria.

— Alguém me disse que esses novos amigos, esses falsos amigos, eram íntimos de Sejano. Protegidos dele. Por isso, mandei vigiá-los. Em várias ocasiões, depois dos jantares onde estiveram com meu menino, um deles foi direto para a casa de Sejano. Esse tal rapaz foi para a casa de Sejano no Esquilino e ficou lá bastante tempo, como se estivesse fazendo um relato. Tibério, o meu menino é agitado e não mede o que diz. Mas é só conversa. Mandam nele com facilidade porque não confia em si mesmo, portanto não é difícil fazer com que fale bobagens, até em traição. Assim, temo por ele, tenho muito medo, acho que um dia, que talvez esteja próximo, Sejano vai chegar aqui e dizer que tem provas de que meu menino se envolveu em tumultos e trará testemunhas. Por isso, imploro que fique com ele aqui, na sua casa. Por segurança.

Tibério não deu sinal de ter ouvido. Mas ela o conhecia e, portanto, sabia que estava avaliando, naquele jeito dele, lento e ponderado. Ela continuou:

— Foi Sejano quem trouxe provas contra os irmãos de meu menino?

Ela me disse:

— Nunca fiquei tão nervosa como quando esperei essa resposta.

Finalmente, o imperador falou, e parecia que as palavras não queriam sair:

— Confio em Sejano.

— Onde há confiança, há chance de traição. César não teria sido morto por Bruto se não tivesse tanta confiança nele — lembrou ela.

Tibério repetiu aquele gesto vago com a mão, e ela então achou que era uma fraca tentativa de empurrar para longe a realidade. Antônia conseguiu ter mais coragem.

— Fui mais corajosa do que achava que era — disse-me ela, lembrando e ruborizando ao lembrar.

"Ninguém mais vai ousar dizer a você, Tibério, o que vou dizer agora. Ao depositar confiança absoluta em Sejano, você se isolou. Ele transformou você num mistério em Roma, e os mistérios são sempre temidos. Você fez dele o que é, mas tem certeza de que não escapou do seu controle? Tenho certeza de que ele diz que faz tudo por você. Mas tem certeza de que ele não está buscando o próprio interesse? Agripina foi sua inimiga, não nego. É uma mulher idiota, boba, amarga e sem papas na língua. Mas tem certeza de que os filhos dela, pouco mais que crianças, não foram mostrados como inimigos seus por ideia desse Sejano? Hoje, em Roma, não é difícil conseguir provas, ou o que parecem provas, de um plano criminoso."

— Sejano jamais mentiu para mim — garantiu o imperador.

Antônia me disse que ficou desesperada.

— Tão desesperada que arrisquei e disse: "Meu caro Tibério, você está querendo dizer apenas que ele nunca disse algo que você descobrisse que era mentira". Pensei em Júlia — continuou ela para mim, agora sorrindo — e em como Tibério confiou nela e se enganou, e acusei: "Meu caro, essa não é a primeira vez que é traído pela afeição e iludido por achar que os outros são tão honrados quanto você. Escute, caro, se o que digo agora ecoa, como acho que deve, suspeitas que você teve mas negou, então precisa saber que você é tão vítima desse Sejano quanto foram Nero e Druso, ou como temo que meu pobre filhote Gaio Calígula possa vir a ser. Sugiro que peça a Sejano informações sobre meu menino, e aposto que ele vai aparecer lacrimejando e mostrar a prova que vai destruí-lo. Você não percebe que o grande, na verdade, o único a ter vantagem com as supostas tramas de meus netos é esse Lúcio Élio Sejano, a quem ouso chamar de seu gênio do mal".

Perguntei a ela então:

— Você foi embora e o deixou pensando em tudo isso?

Ela respondeu, ruborizando outra vez:

— Não, fui mais ousada ainda. Disse-lhe que em Roma agora ele era considerado um monstro que tinha se entregado ao mais vergonhoso dos vícios. Cheguei a contar uma história que ouvi: um dia, fazendo um sacrifício aos deuses, Tibério se sentiu atraído pelo ajudante da cerimônia, o rapaz que leva o turíbulo com o incenso, e apressou tudo para tirar o rapaz do templo e atacá-lo.

— E o que disse Tibério? — perguntei.

— Ele ficou com lágrimas nos olhos e resmungou que os romanos eram sempre grosseiros, adoravam contar escândalos como as histórias que ele ouviu sobre Augusto e Júlio… Mas insisti. Falei que procurei o autor dos boatos e era ninguém menos que Quinto Júnio Bleso, que é, pelo que sei, tio de Sejano. Tibério reclamou, sem muita firmeza, não acreditava que Sejano tivesse interesse em que os homens o desprezassem ou achassem que ele era horrível. Falei que era por interesse de Sejano que Tibério era considerado instável, cruel, caprichoso, quase louco. As pessoas então vão se apegar a Sejano como o único capaz de conter sua selvageria. Disse-lhe: "Sei que você não é esse monstro, por isso ousei dizer o que disse. Se você fosse um homem assim, eu não teria esperança". Ele me olhou como se estivesse desesperado.

— Se o que você diz é verdade, gostaria de morrer esta noite — concluiu.

— Deixei-o chorando e fui embora quase chorando também.

XIV

Assim, Antônia salvou a vida de seu menino. Não tenho dúvidas. Sem a intervenção dela, Sejano teria conseguido destruir o rapaz, como fez com os irmãos dele. Apesar disso, Sejano não era um homem cruel ou mau. Como já escrevi, eu o achava inteligente, responsável e até agradável. Se você dissesse ao jovem Sejano o que ele seria capaz de fazer mais tarde, os crimes que cometeria, acho que ele olharia assustado e fugiria para algum lugar distante a fim de escapar de tal futuro.

Mesmo assim, aos poucos, sem sentir, o futuro o pegou, e o desejo de poder se apossou dele. Não há outra explicação. Se eu fosse poeta, transformaria sua vida numa tragédia.

Não vou relatar a decadência de Sejano. A história é por demais conhecida. Basta dizer que Tibério preparou a destruição de seu favorito com medo e ansiedade, pois se convenceu de que Sejano queria o poder supremo, incitado por Júlia Livilla. O imperador se convenceu também de que sua vida ou, pelo menos, sua liberdade estava ameaçada. Porém, consciente da própria impopularidade, que em outras ocasiões lhe dava uma amarga satisfação, não podia ter certeza de que a ordem de prender Sejano seria cumprida. Teve de confiar no segundo homem no comando dos pretorianos, um sujeito chamado Macro, lascivo, destemperado, que tinha sido promovido por Sejano e, havia pouco, perdido a confiança dele. Tibério não tinha certeza de que Macro lhe obedeceria, temia que traísse sua confiança e contasse a Sejano o que ia fazer.

Na ilha de Capri, o velho deve ter ficado ansioso. Havia um barco aguardando por ele, caso as notícias fossem ruins. Mas para onde poderia ir? Para que legiões? E para que ia querer escapar da morte, na idade em que estava? Anos depois, Gaio disse:

— Eu ficava assustado de ver Tibério com tanto medo. Eu soube, então, o que seria melhor não saber, não lembrar. Claro que tinham me contado, eu tinha lido como Júlio César foi morto no teatro em Pompeia e como meu bisavô Marco Antônio preferiu a morte à desonra e se suicidou com uma espada. Realmente, não há proteção contra o destino e os deuses.

Às vezes, ele gostava de falar desse jeito. Como um ator. Até em versos hexâmetros. Nunca se sabia se estava sendo realmente afetado ou apenas rindo dele mesmo. Até quando adoeceu ele fazia isso.

Estou me antecipando aos fatos.

Tibério venceu, conseguiu. O Senado ouviu a leitura de sua carta e atacou Sejano. Macro já havia subornado os pretorianos que, com apenas duas exceções, depuseram aquele que tinha sido seu prefeito por dezessete anos. Ao saber disso, pensei, "Essa ralé", embora aprovasse o que haviam feito. Que idade tinha eu quando descobri que é possível aprovar e desaprovar uma coisa ao mesmo tempo? Sejano foi estrangulado no Mamertino. Seus filhos foram mortos. Tiveram o mesmo fim aqueles considerados simpatizantes dele ou que, por alguma razão, ofenderam o povo. Foi um episódio desagradável, porém necessário.

Depois, Gaio e Macro se aliaram, na cama e fora dela, segundo se dizia. Outros preferiam acreditar que Macro oferecia a própria esposa ao jovem príncipe.

Tibério não descuidou da educação de Gaio. Obrigou-o a falar grego perfeitamente e com bom sotaque (ateniense). Fez também com que estudasse filosofia e história e dominasse a retórica. Um de seus professores, um grego de Antioquia chamado Demétrio, me disse que teve poucos alunos que gostassem tanto de falar de improviso. Claro que é fácil elogiar príncipes. Mas acredito nesse Demétrio, pois ouvi Gaio falar bem no Senado, na Assembleia Popular e para uma legião que estava insatisfeita e cada vez mais agitada. Em todas essas ocasiões, ele conquistou a plateia, usando um estilo adequado a cada uma. Por exemplo: ao se dirigir às legiões, foi muito bem-humorado, contou diversas piadas, algumas sujas, incrivelmente sujas. Um veterano centurião, que servia havia trinta anos, disse:

— Bom, pelo menos eu não conhecia a metade das piadas.

Gaio era muito seguro do seu próprio gosto, que era o de um jovem imaturo. Ele nem tinha tempo para ler as poesias de Homero ou Virgílio. E uma vez disse que a única coisa boa que Platão fez foi acabar com a leitura obrigatória ou a recitação de Homero em sua República. Considerava Lívio um empolado entediante. Mas admirava muito Salústio e seu humor sarcástico. As opiniões de Gaio podiam ser discutíveis, mas, pelo menos, eram próprias.

Quase todas, melhor dizendo. Foi influenciado pelo príncipe judeu Herodes Agripa, que era uns vinte anos mais velho do que ele. Sujeito dissoluto, esteve em Capri para fugir dos credores e tentar cair nas graças de Tibério, esperando assim virar rei como o avô, Herodes, alcunhado erradamente "o Grande". Ou, se não conseguisse ser rei, um tetrarca. Herodes percebeu logo que sua esperança era inútil, pois Tibério não gostou dele. Como judeu, estava acostumado a ser rejeitado, por isso procurou a amizade do jovem príncipe que, afinal, em breve seria imperador. Mas Herodes Agripa lembrou que Lívia, mãe do imperador, viveu até os noventa anos, ou mais ou menos isso, e deu um suspiro de desânimo. Contou uma série de histórias que divertiram Gaio.

— Não sou totalmente judeu, só pela metade — disse. — Os judeus religiosos me detestam e, por isso, quando você vestir o manto púrpura — Herodes adorava essas frases ridículas —, tem que me indicar para governá-los.

Gaio perguntou:

— É verdade que os judeus acreditam que só existe um deus?

— Foi o que o deus deles disse: "Não terás outros deuses senão eu" — respondeu Herodes. — Mas isso não significa que não existam outros deuses, apenas que os judeus são proibidos de adorá-los.

— No começo, foi assim mesmo, quando Moisés tirou nosso povo da escravidão no Egito, mas agora as coisas mudaram e os meus compatriotas mais religiosos, e espero futuros súditos, garantem que o deus dos judeus, que nunca deve ser nomeado, é o único e verdadeiro.

Gaio enfiou o dedo no nariz.

— Isso é absurdo, pois ou há muitos deuses ou não há nenhum. Ouvi dizer que o povo da Ásia adora Tibério. Ele diz que isso é ridículo. Discordo, mas é claro que jamais discuto isso com ele.

XV

Voltei do oriente. O imperador me convocou para relatar a viagem. Tibério não veio mais a Roma. Ele esteve na cidade três ou quatro vezes desde a morte de Sejano. Mas voltou sempre, dizem, sentindo náusea. Numa vez, descobriu que sua serpente de estimação, que criava porque quase todo mundo tem repulsa por serpentes, estava sendo devorada por formigas. O adivinho dele disse que era um aviso para não se aproximar do povo. Ele respondeu que não precisava de aviso. A vida inteira desprezou a fúria súbita da multidão. A recepção feita para Agripina com as cinzas de Germânico serviu apenas para aumentar seu desprezo. Agora, dizia-se, Tibério estava com medo. Eu não conseguia acreditar, pois tinha certeza de que ele queria morrer. Por que então temeria a morte, não importava como viesse? Mesmo assim, fui revistado quando pisei na plataforma de desembarque da ilha e revistado outra vez no portão da casa. O rapaz germano não era mais um jovem bonito, virou um homem atarracado, com os cabelos louros rareando e o rosto cor de tijolo; bronzeado de sol.

Recebeu-me como se ele fosse um funcionário do primeiro escalão da República. Percebeu minha estranheza, mas não demonstrou. Devia ser o único homem em quem Tibério confiava agora, se é que ainda conseguia confiar em alguém.

Encontrei o imperador trabalhando, examinando relatórios enviados pelo Tesouro Público. A mesa estava cheia de documentos aguardando a leitura dele. Tirou do meio dos papéis o último relatório que mandei da minha província e o discutiu comigo um pouco, com sensatez e em minúcia.

— No final, só sobra o trabalho — disse ele.

Mandou trazer vinho, que o germano serviu.

— Eu tinha grande respeito por seu pai — disse, como em todas as vezes em que me chamou, desde a primeira vez, vinte anos antes. — Seu pai serviu comigo em Ilírico, era um bom soldado e um homem honrado, um verdadeiro republicano. E descobri que você merece o pai que teve. Por isso, nunca me incomodei com sua amizade com a bruxa Agripina, embora recebesse muitas informações contra você.

Ele bebeu jogando a cabeça para trás como fazem os legionários ao tomar aquele vinho intragável nas tabernas das cidades de fronteira. Era ralo, azedo, uma coisa esverdeada, o vinho da ilha. Não havia um só coletor de impostos do Império que não servisse um vinho melhor. Tibério olhou lá fora por cima das oliveiras até vislumbrar mais ao longe o azul intenso do mar.

— O trabalho, mas para quê? — murmurou ele. — Vão dar gritos de alegria quando souberem da minha morte, e Gaio... Meu pai Augusto, ou melhor, meu padrasto Augusto, passou anos preparando a sucessão. Recusou meu nome duas vezes, até não ter outra escolha. E agora, a única alternativa é Gaio. Se eu tivesse dez anos menos, talvez meu neto Tibério Gêmelo fosse uma boa indicação, mas ele tem só catorze anos. É um bom menino, um lindo menino, por que eu iria sobrecarregá-lo com o peso do Império? Então, é Gaio: Roma o merece e ele merece Roma. A cidade é um mar de injustiças, todos os dias recebo denúncias de traição desse ou daquele homem e de mulheres também. Augusto disse que restaurou a República. Mentira. Ele sempre foi mentiroso, meu venerado e agora divino padrasto. E se tivéssemos realmente restaurado a República? Você serviu na fronteira...

— Teríamos perdido o Império — respondi.

— E daí? — insistiu ele.

— É uma lei da natureza. Tudo cresce ou morre. Não podíamos ter recusado o Império nem que quiséssemos.

— Alexandre Magno chorou porque não tinha mais o que conquistar. Eu chorei porque conquistamos demais — lembrou ele.

Nunca mais o vi. Essa é a derradeira lembrança que guardo, e a cabeça dele parecia ter sido esculpida na rocha que havia atrás. O dia estava cinzento, naquela luz de fim de tarde.

Pouco tempo depois, ele morreu. Há várias versões: uns dizem que foi morte natural, o que não é de se estranhar, considerando sua idade. Outros, que foi assassinado pelo criado germano, que desapareceu com a mulher antes que as cerimônias fúnebres fossem realizadas. (Por que o criado iria matá-lo, não sei.) Mais recentemente, falam que o culpado foi Gaio, pois correu o boato de que Tibério pretendia mudar o testamento e indicar o neto Tibério Gêmelo como sucessor. Mas não há prova, e minha última conversa com ele contradiz essa versão.

A notícia da morte provocou alegria geral. Ele nunca foi popular em Roma. O grito agora era: "Ao Tibre, com Tibério". Isso não o teria surpreendido, pois era um aristocrata empedernido que tinha total desprezo pelo povo. Mas acho que foi também um homem muito infeliz.

PARTE II

I

— É O DESPERTAR DO MUNDO — OUVI UM AÇOUGUEIRO GRITAR.

— A Idade do Ouro voltou — anunciou outro sujeito suarento com uma bandana vermelha na testa e, como se quisesse provar, pôs-se a dançar.

Quando chegou a notícia de que o jovem imperador estava se aproximando da cidade, a multidão correu para saudá-lo. Juro que nunca se viu nada parecido em Roma, desde o dia em que Agripina trouxe de Brindisi as cinzas do herói Germânico. Só que, dessa vez, em lugar de choro e lágrimas, havia cantos de alegria. Gaio apareceu e foi recebido com gritos de "estrela", "filhote", "bebê" e "queridinho". Um veterano legionário jurou que foi um dos que carregou o imperador menino nos ombros pelo acampamento e deu-lhe o apelido de Calígula. Tanta gente oferecia canecos de vinho ao veterano que achei que morreria bêbado antes do pôr do sol.

Devo dizer que Gaio estava ótimo. Ainda tinha uma farta cabeleira loura, ou pelo menos o barbeiro conseguiu dar essa impressão. Estava de pé na carruagem e sem qualquer arma, abrindo os braços como se quisesse abraçar a cidade toda. Talvez quisesse mesmo.

Encaminhei-me para o Senado. Quando Augusto morreu, houve uma discussão, como você deve se lembrar, antes de o supremo *Imperium* ser concedido a Tibério. Ele reclamou que era um peso muito grande para um homem aguentar — e alguns acharam a declaração hipócrita, mas hoje acredito que foi sincera. Foi a primeira e mais honesta tentativa de Tibério de resgatar alguma coisa dos destroços da República e convencer o Senado a retomar sua antiga participação no governo do Império. Mas recusaram.

— Ó geração feita para ser escrava — era o que ele costumava dizer, anos a fio.

Dessa vez, não fizemos debate no Senado. Tibério tinha sido um general de renome, administrador experiente, grande servidor do Império, quando os senadores o elegeram sucessor de Augusto. Gaio era um rapaz de vinte e poucos anos. Nunca serviu o exército. Nunca teve um cargo oficial. Não foi responsável por nada. Nos últimos quatro anos, tinha sido mantido em Capri, longe da vida pública e dos olhos do povo. Mesmo assim, não houve perguntas, nem discussões no Senado. Por unanimidade, aceitamos entregar a ele o supremo *Imperium*. Não houve uma voz discordante quando ele recebeu poderes que, quando Júlio César os tomou para si, foi morto.

Confesso que também fiquei em silêncio. E envergonhado.

Voltei para a casa que herdei de minha mãe no Aventino, passando por uma cidade tonta de vinho e alegria. Naquele verão, eu havia me casado de novo. Minha esposa Cesônia era viúva de um colega senador. Casaram-se quando ela tinha dezessete anos e ele, setenta, tendo sido sua quinta ou sexta esposa. O casamento deu a ela *status* social. Cesônia tinha origem muito humilde. Minha mãe não teria aprovado a união, mas Cesônia foi minha amante durante anos, entre idas e vindas. Eu queria um filho. Ela estava livre. Casamos.

Claro que não estou aqui para escrever minha história, mas a de Gaio — e Cesônia também faria parte da vida dele, coitada. Por isso, é importante dizer que, embora ela não me tenha dado o filho que eu desejava, trouxe para minha cama uma energia que eu desconhecia, além de uma variedade no amor que eu mal imaginava. Não ousei perguntar onde ou com quem ela havia aprendido tais truques e sortilégios que nem a mais cara cortesã de Corinto devia conhecer. Talvez fossem instintos naturais nela, mas não creio. Eram, mesmo na época, da mais extrema depravação e de delícias obscuras e forçadas. Além do mais, devo dizer que bastava tocar no corpo dela e sentir seu cheiro almiscarado para já me excitar. Jamais me senti tão vivo quanto no ano e meio de nosso casamento. O feitiço que ela me lançou pode até ter sido o motivo de minha complacência na avaliação dos primeiros passos de Gaio no exercício do poder supremo. Nada que acontecesse no Império me interessava tanto quanto os prazeres que Cesônia me dava a conhecer em nosso leito conjugal.

Desde o começo, ela se interessou muito por Gaio. Isso não era nem um pouco estranho, pois todas as matronas e donzelas queriam chamar a atenção do jovem imperador. Não importava se fossem casadas ou não. Nossos antepassados podem ter dado muito valor ao matrimônio e lembrado a santidade dos laços conjugais (veja os textos de Catão, o Velho). Mas, nas gerações posteriores, os homens descobriram como era fácil e, em geral, ótimo, largar a esposa e achar outra. Em pouco tempo, as senhoras também aprenderam a lição, de forma que hoje, em nossos dias, que os poetas chamam, com razão, de tempo depravado, uma situação que, não obstante, a maioria dos poetas que conheço aprecia muito, os divórcios são pedidos tanto por mulheres como por homens, e toda esposa provida de amor-próprio tem um amante. Portanto, não espanta que "o único assunto quando nós, mulheres, nos reunimos seja quem será a primeira a atrair o imperador para casar", como disse Cesônia. Devo acrescentar que a maioria das amigas de minha esposa era mais jovem e duvido que alguma achasse que ela, com suas coxas grossas e seu corpo pesado, pudesse ser candidata ao leito imperial.

De todo jeito, todas se desapontaram por alguns meses, pois Gaio não se interessou por nenhuma. Dividia seu afeto entre a irmã Drusilla e o ator Mnester, por quem se apaixonou assim que o viu, ou seja, na primeira semana em que voltou a Roma. Mnester tinha a minha idade, era um conhecido pederasta e deve ter estranhado ser passivo em vez de ativo. Mas foi prudente o bastante para se deixar seduzir, embora os comentários maldosos dissessem que preferia efebos magros, jovens e esguios acrobatas — não flácidos e ossudos jovens com mau hálito. Mesmo assim, sempre desconfiei que a paixão do imperador pelo ator era fingida. Gaio gostava de chocar as pessoas e era mesmo chocante ver um imperador dependurado no pescoço de um ator de meia-idade, calvo nas têmporas, dando beijos melosos. Só Antônia ousava falar claro com Gaio: alertou-o de que esse comportamento provocaria desprezo e que, embora os imperadores conseguissem suportar o ódio, não sobreviviam ao desprezo. Gaio riu e disse:

— Vovó, faça o favor de se lembrar de que posso fazer o que bem entender.

Ele gostava de exigir o maior respeito pela atuação do amante no teatro, a qual, aliás, era exagerada e anacrônica. Uma vez, Gaio se irritou ao encontrar determinado cavaleiro falando durante a encenação. Mandou prendê-lo e enviou-o com uma mensagem lacrada para o rei Ptolomeu da Mauritânia. Para garantir que a mensagem seria entregue, o pobre homem viajou com uma escolta de seis soldados pretorianos e entregou pessoalmente a carta lacrada. Feito isso, a pobre criatura ficou tremendo de medo. E a mensagem era: "Nada faça, de bom nem de ruim, ao portador desta carta".

Ninguém pode dizer que Gaio não tivesse humor. Mas estou me adiantando na narrativa.

Se a paixão de Gaio por Mnester era encenação, a que tinha pela irmã Drusilla era bem diferente. Era a irmã mais próxima dele em idade, com apenas um ano de diferença. Quando crianças, os dois brincavam juntos, longe dos outros irmãos e irmãs, falando uma linguagem secreta que só eles entendiam. Não lembro como isso começou, só sei que davam nomes para as coisas e invertiam as palavras, colocando antes da raiz o caso da declinação e o tempo do verbo. Por exemplo: o singular do substantivo *annus* (ano) era declinado como: *usann, eann, umann, iann, oann, oann*. Agripina costumava se irritar quando ficavam conversando assim na presença dela, detestava não saber o que os filhos falavam ou faziam. Desconfiava de que os dois estavam faltando com o respeito, e acho que em geral estavam mesmo. Até Agripina era capaz de perceber certas coisas.

Trato aqui do amor que ele sentia por Drusilla e que foi, sem dúvida, consumado, pois explica um pouco da personalidade excêntrica de Gaio. Há os que, agora que está bem morto, acham que ele era apenas um louco e, portanto, não merecia atenção. Não foi bem assim, se fosse, eu não me daria ao trabalho de escrever essas memórias. Sem dúvida, ele em geral se comportava como louco. Muitos achavam que os deuses o haviam amaldiçoado e lhe tirado o juízo. Mas ele era mais interessante que isso.

Drusilla... ele se sentia seguro com ela como com ninguém, exceto talvez com a avó Antônia.

Mais do que qualquer outra pessoa, ela representava o idílio da infância da qual ele foi arrancado pelos fatos ou pelo destino. Pense bem: um menino adorado, o querido das legiões. O pai era um favorito dos deuses, sobretudo de Apolo, pois seu sorriso era como os raios do sol de verão. (Os poetas usavam muito esse verso, até demais. Mas era a impressão que Germânico transmitia.) Drusilla e Gaio eram adorados pela mãe, embora os filhos tivessem medo dela. Com isso, todos os seis filhos se tornaram adultos mentirosos. O pobre Nero, o que conheci melhor, mentia com a mesma facilidade que os pássaros cantam, apesar de ser carinhoso, gentil, generoso, adorável. Mas todos mentiam. (Não posso mandar esse texto para minha Agripina, terá de ser bastante modificado. Quanto a ela, mente com a mesma naturalidade com que respira.) Então, o pai deles morreu. A mãe disse várias vezes que foi envenenado por ordem do perverso tio-imperador, que tinha medo do sobrinho e raiva da popularidade dele junto ao exército e ao povo. Repetiu isso com tal força e convicção que os filhos só puderam acreditar, como ela mesma acreditava. As crianças descobriram que herdaram a popularidade do pai e cresceram se achando as queridinhas do povo. Mas Agripina também ensinou aos filhos que eles viviam cercados de inimigos prontos a destruí-los e que eram controlados por Tibério, segundo ela. Ensinou ainda aos filhos a achar o velho uma aranha-mestra, tecendo teias para enredá-los. Assim, cresceram com medo e ressentimento, pois a mãe insistia no fato de que tiraram deles o que por direito lhes pertencia.

Sejano então tentou atrair Agripina e os filhos para uma traição. Quando foi presa, os filhos menores acharam que isso confirmava tudo o que ela havia dito. Houve realmente uma conspiração, tramada contra a família deles. Nero foi preso e assassinado ou, convenientemente, "morto ao tentar fugir". Druso foi preso e assassinado, ou morreu de fome, depois de perder o juízo. A mãe foi atacada por um guarda e perdeu um olho. Depois, também morreu de forma misteriosa.

Não era de se esperar que o jovem Gaio e Drusilla se aproximassem, só confiando um no outro, e em mais ninguém? Não havia outros braços nos quais pudessem se sentir seguros. Quem, sabendo o que é medo e solidão, se surpreenderia por Antônia ter encontrado os dois irmãos na cama, saciados e chorando, conforme se comentou na época? A lei proíbe o incesto, que na Roma republicana era visto com especial horror, como corrupto e ofensivo aos deuses (embora alguns deuses o praticassem). O vício parecia mais repulsivo ainda porque se sabia que em algumas famílias reais do oriente era costume irmãos casarem com irmãs — os Ptolomeu do Egito são um exemplo. Portanto, a ligação de Gaio e Drusilla era perigosa.

Medo da lei e mais ainda, medo de que a paixão de ambos pudesse ser descoberta pelos agentes de Sejano foi outro motivo tácito para Antônia ir correndo a Capri convencer Tibério a ficar com o menino. Esperava que o amor incestuoso do neto fosse uma fase de sua complicada adolescência, que acabaria depois da separação e seria esquecido.

Em Capri, Gaio aprendeu a usar a máscara de um perfeito hipócrita e mostrou à avó que suas esperanças eram fundadas. Se às vezes se correspondia com a irmã, era no estilo mais comum e simples, em missivas curtas, bobas, contando fatos do cotidiano e sem qualquer termo afetuoso.

Drusilla teve o autocontrole de responder no mesmo tom.

Mas, assim que ele se livrou de Tibério e assumiu o trono, Gaio deixou de lado a repressão que tinha se imposto. Segundo me contaram, na mesma noite em que chegou ao palácio imperial, chamou a irmã para a cama. Drusilla atendeu na hora. Jamais tinha amado outro homem senão Gaio, pobre menina, nem jamais amaria. Ele, por outro lado, era sabidamente promíscuo, nem em Capri conseguiu dominar o desejo. Dizem alguns que violentou a esposa do germano favorito (e ex-amante) de Tibério, e que o velho imperador o obrigou a explicar o fato. Mas, felizmente para Gaio, o imperador adoeceu e morreu. Mesmo assim, a essa altura da vida, se havia alguém que Gaio amava com ternura era Drusilla.

II

Poucas semanas após assumir o cargo de imperador, Gaio resolveu fazer um ato de piedade. Embarcou para a Pandeteria e as ilhas Poncianas a fim de recolher as cinzas da mãe Agripina e do irmão Nero e depositá-las respeitosamente no mausoléu da família. Sabendo muito bem, como Tibério nunca soube, a importância de influenciar a opinião do povo, ele se assegurou de que sua intenção fosse bastante divulgada. Agora, posso dizer que ele quis fazer o que se chamaria de relações-públicas. E comentou comigo que Augusto foi um mestre nessa arte.

— Pense na *Res Gestae* — disse ele, referindo-se ao registro do governo de Augusto que o próprio imperador escreveu. — Estudei-o com atenção e não há uma mentira, embora nenhuma frase expresse uma verdade absoluta. Mas hoje, todos aceitam a obra como inteiramente autêntica. Magnífico...

Assim, Gaio montou uma equipe para estudar a melhor forma de apresentar ao povo a política imperial e os atos dele. Deu essa incumbência a um de seus libertos preferidos, um grego de Tarso, muito inteligente, chamado Narciso, e nomeou-o secretário. Convidou-me para presidir a comissão. Talvez eu deva dizer agora que, assim que se tornou imperador, cobriu-me de favores e deixou claro que confiava totalmente em mim porque, como disse:

— Meu pai-herói tinha grande respeito por você e quando eu era menino você me carregou nos ombros. Até minha mãe falava em sua coragem ao conter aquele famoso motim no Reno.

Assim, estive perto dele e, por isso, tudo o que conto deve ser considerado verdade.

Ele também me convidou para ir buscar as cinzas da família. Escrevo "convidou" porque foi realmente formulado como um convite, embora é claro que não pudesse ser recusado.

— Você tem de me acompanhar, pois, afinal, foi um dos amantes de meu irmão Nero — disse, rindo e espetando o cotovelo nas minhas costas.

— Pobre Nero. Aceito seu convite, claro, mas devo dizer que, quando se teve um corpo nos braços, não é muito agradável ver as cinzas a que foi reduzido.

Gaio achou que era uma boa piada, riu muito e, como de hábito, parou de repente.

— Não há dúvida de que Nero foi um coitado, mas temos de ver o lado bom da história. Se não tivesse sido uma das vítimas daquele homem e ainda estivesse vivo, eu não seria imperador. Não gosto de pensar nisso, portanto, tudo o que houve foi para melhor.

Ele estava muito animado na viagem. Até os pobres escravos nas galés correspondiam à alegria e remavam cantando suas músicas com menos pesar do que o normal. É verdade que ele disse que ficaria muito aborrecido se visse um escravo com cara triste. Isso também era uma piada para ele.

Fomos primeiro à ilha-presídio de Nero, um lugar feio, com rochedos pontudos tostando sob um sol implacável. Por insistência de Gaio, o governador da ilha fez os presos desfilarem e depois mostrou onde Nero tinha ficado.

— Creio que meu antecessor aqui na ilha recebeu ordens para tratar Nero com dureza e negar tudo o que pedisse — disse o governador.

— Sorte sua, meu bom homem — respondeu Gaio, com um sorriso malvado. — Sorte sua que você não é o seu antecessor, porque se fosse, sabe o que eu faria? Não? Adivinhe? Muito bem: eu o entregaria a dois dos seus piores condenados e diria para fazerem com você o que bem entendessem.

O governador tremeu, mesmo tendo certeza de que Gaio estava se referindo ao seu antecessor. Claro que Gaio estava mostrando como o imperador podia se divertir apresentando o governador aos condenados como vilão. Acho que o homem ficou bem satisfeito quando Gaio colocou as cinzas do irmão na bela urna entalhada que havia trazido.

Porém, Gaio ainda tinha uma piada para o governador.

— Em homenagem a minha visita, quero que dê a todos os condenados um dia de folga nos trabalhos forçados. Mas se um deles fugir, você fica em seu lugar.

A seguir, escolheu um dos homens mais mal-encarados, um gaulês ruivo e estrábico, e libertou-o.

— Preciso de um novo guarda para o gabinete imperial — disse Gaio. — Pobre bruto, com essa cara, como não virar criminoso?

À noite, quando estávamos tomando nosso vinho no convés do navio; sob uma lua estival, Gaio me declarou:

— Quero ser um bom imperador, você sabe.

— Não duvido — respondi.

— Mas o que é um bom imperador?

— Bem, não é simples. Só tivemos dois bons imperadores. Três, se incluirmos Júlio César.

— Quatro, com meu tataravô Marco Antônio.

— Muitos não o consideram imperador, mas acho que você tem razão, ele foi mesmo. A lição que deixou é bem clara: não se apaixone pela rainha do Egito.

— O Egito não tem mais rainha, até eu sei. Se tivesse... — ele riu. — Por isso, posso jurar que não me apaixonaria, nem se ela fosse como Cleópatra, segundo os relatos. Mas estou falando sério: o que é um bom imperador?

O que respondi? O que poderia ter respondido? Pobre rapaz, ele estava mesmo falando sério e queria saber. Acho que lembrei a necessidade de respeitar o Senado e, ao mesmo tempo, controlá-lo, dar e manter a confiança nas legiões e fazer com que recebessem seus soldos em dia, não aumentar o tempo de serviço deles arbitrariamente, garantir que os impostos seriam recolhidos e que haveria justiça. Não sei. Sei que ele ouviu atento, o cenho (como dizem) franzido, de vez em quando apartando com algo como "Sim, isso mesmo" ou "Não vou me esquecer disso" ou ainda "Não tinha pensado nisso", e às vezes apenas concordando com a cabeça. Falei um bom tempo, indo bem além das respostas que a pergunta exigia, de forma que acabei fazendo um resumo da história política de Roma, na teoria e na prática. Nunca o vi parado durante tanto tempo, exceto numa noite com Tibério em Capri, quando o jovem príncipe só falou por monossílabos e apenas ao lhe ser dirigida a palavra.

Quando, finalmente, terminei ou interrompi o que estava dizendo, com medo de tê-lo entediado, ele agradeceu muito:

— Vou manter você ao meu lado para me obrigar a cumprir bem meu dever. Você me fez entender por que o Velho sempre falava no Império como seu "fardo". Pensava que fosse só o jeito amargo de ele resmungar, mas agora vejo o que significava. É uma grande responsabilidade, não? Tenho que a merecer. Quando chegarmos a Pandetéria, vou fazer uma promessa e um sacrifício. Para que deus você sugere?

— Júpiter, tem que ser para ele, mas acho que o sacrifício deveria ser em Roma — respondi.

— Entendo. Mas não há problema em fazer duas promessas e dois sacrifícios. Tem certeza de que Júpiter vai gostar?

Ele tomou a taça de vinho na qual não tinha tocado desde que comecei a falar e serviu mais uma. Depois, inclinou-se para mim com um sorriso largo e contente.

— Diga uma coisa: o que você e meu irmão Nero faziam na cama? — Obedeci e contei. Qual era minha saída? — Não faz meu gosto. Ao contrário de Nero, jamais gostei de homens maduros. Mas meu irmão era mesmo uma moça, não?

Meu rosto deve ter me traído porque ele achou muita graça.

— Vejo que você está pensando em Mnester, mas isto é uma piada. Quero dizer, Mnester é minha piada particular. Claro que eu o adoro, mas é adorar que me diverte. Ele pode ter trinta e cinco anos, mas você não pode dizer que é maduro, pelo menos depois de ouvi-lo rir na cama. Mas ele é mesmo uma piada e espero que me canse logo. Em geral, se não posso ter uma mulher, prefiro um rapaz, não um efeminado como Nero, mas um sujeito musculoso e forte, um atleta ou um rapaz de rua. Pode-se conseguir uns ótimos nas tabernas de Suburra, alguns com cheiro de estábulo. Descobri isso quando era bem jovem e costumava fugir escondido da casa da minha avó. Claro que hoje não preciso fazer essas coisas, posso escolher quem quiser. Mas seria engraçado voltar ao velho estilo, disfarçado de alguma coisa, talvez. O que acha? Sabe, se não faço sexo todos os dias, tenho uma dor de cabeça horrível.

Assim, à luz do luar, com uma brisa suave soprando da África, navegamos, falando de sexo, rumo à ilha onde a mãe dele tinha ficado presa.

De manhã, ele estava alegre, evidente que não tinha dor de cabeça. Então, quando a ilha apareceu no horizonte, disse:

— Pobre mãe, passou a vida odiando. Todos nós a desapontamos porque não conseguíamos odiar tanto quanto ela. Talvez Druso tenha conseguido, os outros, não. Sou grato a minha avó, por isso e por muito mais. Ela me ensinou que o ódio é perda de tempo e energia. Costumava dizer: "Tente pôr para fora, mas o resultado é sempre o mesmo. Quanto mais você detesta, mais você se consome, até que não resta mais nada de você". Acho que não sou capaz de odiar.

III

G AIO ESTAVA DECIDIDO A GOVERNAR BEM.
— O povo gosta de mim, preciso merecer esse afeto — disse ele.
Era de manhã cedo, antes de uma reunião do conselho que havia criado para orientá-lo.

Vislumbrou a cidade: o alarido de vozes — ambulantes anunciando seus produtos em meio aos gritos dos cocheiros, carreteiros, olheiros das escolas de teatro, dança e oratória — deve ter soado como um carinho para seus ouvidos. Não sei. Reproduzo de memória as coisas que ele disse e não sei quais eram sinceras e espontâneas, quais eram falsas. Mas na época eu acreditava nele porque queria acreditar.

Eu respeitei Tibério, até o admirei, embora, como já escrevi, também tivesse pena dele. Mas Roma e o Império agora exigiam um imperador ambicioso, ativo, disposto a liderar e a servir.

Quando Gaio dava aquele sorriso franco e pueril, que demonstrava seu prazer com a oportunidade que lhe fora dada, era possível acreditar que seria realmente aquele líder. Apesar de ser desajeitado e sem graça, tinha herdado o charme de Germânico — que o pobre Nero também herdou, mas com menos força e masculinidade do que o irmão.

Naquele momento, ele me descrevia o programa de governo que apresentaria ao conselho. Já que tantos hoje dizem que ele agia apenas por capricho — desde que morreu, os comentários foram bem maldosos —, repito aqui para as futuras gerações poderem julgar como foi ponderado, liberal e sensível, como foi bem-intencionado.

Primeiro, informou que criaria campeonatos esportivos especiais em memória da mãe. Com isso, agradaria o povo e cumpriria uma obrigação filial.

A seguir, a avó receberia as mesmas honras concedidas a Lívia. Seria chamada Antônia Augusta.

— Quero que o povo compreenda que não governo sozinho, mas com o apoio de toda a família imperial, sendo esse o sentido do título honorífico de Antônia. Se não valorizarmos os laços familiares, como vamos esperar que o povo valorize? Augusto achava que a base de uma República forte era a solidez das estruturas familiares. Não é, Lúcio?

— Concordo — respondi.

— Minha família foi destruída ou separada por maldade. Mas a destruição foi facilitada pelas nossas leis, que incentivam as pessoas a denunciarem umas às outras e premiam a denúncia. Pretendo acabar com isso. Não haverá mais julgamentos por traição, a menos que eu e um comitê que vou indicar avaliemos as provas, interroguemos os informantes e analisemos o caso em particular. E se eu souber de alguém que agiu por maldade e prestou falso testemunho, será castigado, de acordo com cada caso. Quero que essa minha decisão seja publicada nos autos.

Cumpriu a promessa e fez com que três senadores mais velhos, com grande experiência nos tribunais, preparassem um documento que ele examinou com atenção.

Ao mesmo tempo, declarou que não poderia haver "justiça retroativa", e assim anulou a possibilidade de vingar os que condenaram a mãe e os irmãos dele. Mandou que documentos de acusação arquivados na Secretaria de Segurança do Estado fossem queimados.

Ninguém podia ignorar essa demonstração de magnanimidade.

A seguir, revogou todas as penas de banimento e deixou que os exilados voltassem para Roma. Disse então:

— Um novo governo deve oferecer uma nova vida aos que cometeram erros e sofreram por causa deles.

Ordenou também que os livros proibidos pelo governo anterior fossem publicados.

— Um imperador não deve temer as críticas — avaliou.

— Tibério desprezava as críticas — disse o idoso senador M. Coccio Nerva, amigo próximo do falecido imperador, um dos poucos chamados regularmente a Capri. — Desprezava e, no entanto, achou preciso e até necessário seguir o exemplo de Augusto e impor a censura. Costumava dizer que uma coisa que não prejudicasse a ele particularmente podia não obstante ameaçar a República. — Olhou para Gaio e viu que o imperador franziu o cenho. Então, acrescentou: — Claro que isso não significa que sou contra sua generosa intenção, apenas que é algo a ser considerado.

Discretamente, o velho senador encostou o braço no rosto e tossiu como se desaprovasse o que disse, ao mesmo tempo que mantinha sua opinião. Ele vinha de uma família simples da província de Narnia, e seu pai e seu tio apoiaram Marco Antônio e continuaram fiéis a ele, por isso Gaio manteve no Senado esse representante da família. Mas depois de Actio e do fim da facção marco-antonina, eles serviram a Augusto com a mesma lealdade e um deles, não lembro qual, foi nomeado procônsul na Ásia. Modesto, respeitoso, esse Coccio Nerva mantinha sempre sua opinião, qualquer que fosse o consenso do dia, sendo também um dos poucos senadores que Tibério ouvia e, às vezes, acatava. Uma vez, pedi que contasse como a família dele enfrentou os mares bravios de dois imperadores. Ele sorriu e disse:

— Abaixamos a cabeça e raramente elevamos a voz.

O rosto de Gaio se desanuviou e ele sorriu:

— Vamos lembrar o que você disse e ver se seu conselho foi sensato. Mas, por enquanto, esse imperador aqui não teme nenhum tipo de crítica.

Parou e, por um instante, pareceu distraído.

— Soube que há regiões da Ásia onde já me consideram um deus. Será que um deus pode ser prejudicado pela crítica de meros mortais? — Não era pergunta que nenhum de nós ousasse responder. Se eu tivesse respondido, podia contar que uma vez, na Galátia, vi aldeões jogando no lixo a imagem do deus local porque não atendeu ao pedido deles. — Pensei em ordenar que, em homenagem a minha ascensão ao trono, todas as dívidas sejam anuladas.

— Isso, certamente, seria uma medida popular — aprovou Quinto Lollio, não só um bajulador, mas um nobre endividado.

— Não junto aos banqueiros e coletores de impostos, pois já recolheram os tributos do ano — observou Cóccio Nerva.

O imperador sorriu.

— Tem toda razão, Nerva. Foi o que me disseram no Tesouro, por isso desisti da ideia. Uma pena. Eu ia me divertir com a irritação dos banqueiros. Vamos ao último item da agenda de hoje: o problema do cônsul. Convém que, sendo o primeiro ano de meu governo, eu tenha um cônsul. Mas quem poderia ser meu colega? Quem merece tal cargo?

Ninguém respondeu. O cargo de cônsul sempre foi honorífico, tem dentro da constituição uma função decorativa. Desde a República, não se espera que o cônsul atue como chefe de Estado ou comande um exército. Na verdade, mesmo nos últimos anos da República, os comandos militares costumavam ser confiados a procônsules, já que deveriam permanecer no cargo por mais de um ano. O cônsul hoje tem poucas atribuições, além de liderar (se quiser) o Senado, fazer sacrifícios e coisas do gênero, meramente formais. Mas na época em que o imperador escolhia o cônsul, a opinião dos conselheiros era importante, mostrava quem era o líder entre eles e até que rumo a política podia tomar.

Ninguém respondeu, como eu já disse. Ninguém queria sugerir um nome, não queriam dar a impressão de que alguém pudesse estar, mesmo temporariamente, no mesmo nível do imperador. Quase todo mundo naquela mesa gostaria muito de ser escolhido como colega pelo imperador, mas ninguém ousava dar o próprio nome. Lembrei como Tibério lamentou que tivessem acabado os tempos republicanos, quando os homens competiam abertamente pelos cargos públicos. Naquele momento, esperávamos como servos que o imperador dissesse um nome.

Será que me incluo nesse bando de covardes? Não, pois Gaio já havia me contado o que queria fazer, em nossa viagem de volta de Pandetéria. Ele achou que seria muito engraçado e preferi não discordar.

Ele então se levantou e andou em volta da mesa. Ninguém o encarou, ficaram todos de olhos baixos. De vez em quando, ele parava e puxava a orelha de um conselheiro, perguntando:

— Não tem mesmo um nome a sugerir? — Por fim, cansou-se dessa provocação e se sentou outra vez. Disse, do jeito mais formal e cerimonioso que conseguiu: — Já que nenhum de vocês quer sugerir, sou obrigado a decidir. Há uma pessoa na minha família que nunca teve um cargo oficial no Estado. Está na hora de isso ser corrigido. Os olhos dele brilharam.

Nessa altura, foi interrompido por Lollio, que sabia aonde o imperador estava querendo chegar e achou que seria elogiado por antecipar o anúncio.

— Realmente, embora seu primo, Tibério Gêmelo, neto do falecido imperador, pudesse normalmente ser considerado jovem demais para tal augusta honra, nesse primeiro ano do que espero será seu glorioso Império, e tendo em conta a falta de outros candidatos até na família imperial, não posso imaginar uma escolha mais adequada e popular que tanto contribua para sua reputação.

Gaio ouviu e, quando Lollio terminou de falar, deu um largo sorriso.

— Boa sugestão. O pequeno Tibério Gêmelo. Sabe, não tinha pensado nele, esqueci-me completamente. Mas não, acho que é jovem demais, uma criança. Pareceria absurdo, e o imperador nunca deve parecer absurdo. Não, estava me referindo ao meu amado tio, o distinto historiador Cláudio, neto de Marco Antônio.

— Cláudio, Clau-Clau-Cláudio — exclamou Marcos Emílio Lépido, rindo com a liberdade a que julgava ter direito, como cunhado do imperador. (Ele tinha se casado com Drusilla e foi corneado por Gaio com uma tranquilidade puramente aristocrática e fácil de aceitar porque Lépido gostava de rapazes e tinha, confessou-me um dia, dormido com o próprio Gaio mais de uma vez.) — Meu caro Gaio, você não pode estar falando sério. Garanto que essa é uma de suas piadas, das boas. Mas conheço bem Cláudio e falo com liberdade, pois é meu tio por matrimônio, além de primo de minha mãe. Ora, você pode nomear seu cavalo como cônsul, como pode nomear Cláudio. Seria ridículo do mesmo jeito.

— Meu cavalo? Incitatus? Eis outra boa sugestão e da qual vou me lembrar no futuro. Incitatus seria, sem dúvida, um ótimo e digno cônsul. E é, certamente, mais inteligente e bem mais bonito que muitos ex-cônsules, inclusive, se me permite, seu bisavô Triunviro, que meu bisavô Marco Antônio definiu como ótimo moleque de recados. Vou nomear Cláudio. Concordo que tem algumas deficiências, por isso Augusto e Tibério não gostavam dele. Mas é irmão de meu falecido pai-herói e, ao conceder a ele o consulado que há muito almeja, honro a memória de meu pai e assim agrado o povo. Além do mais, como já disse, é um grande historiador. Sua história dos etruscos tem não sei quantos volumes e foi muito elogiada, ainda que ninguém a tenha lido.

IV

Será que Gaio estava brincando, fazendo graça? Era difícil saber. Já na época, ele ia de um extremo a outro, confundindo aqueles a quem se dirigia e os que o observavam. A decisão de conceder um cargo de cônsul a Cláudio irritou Marcos Emílio Lépido. Ele mal conseguiu se controlar até o final da reunião. Então, quando saímos, segurou meu braço e me puxou para um canto sossegado nos jardins do palácio.

— Você tem que impedir isso. Se alguém tem influência sobre o imperador é você. E ficou lá, calado. Se ele insistir e Cláudio for cônsul, todos nós vamos virar motivo de pilhéria. E, pelo que estudei de história e pelo que conheço dos homens, um governo pode sobreviver sendo odiado, mas não ridicularizado.

— Mas Gaio é popular. Nem Augusto e Tibério foram tanto — observei.

— Concordo: é popular com o povo, com o fedorento povo. Mas todos nós sabemos como a plebe é volúvel. Um dia, aplaude um ator ou um gladiador, no dia seguinte, xinga e joga estrume nele. Com as pessoas que interessam, isto é, o Senado, os governadores de província e os generais, a popularidade dele não é garantida. Está, no máximo, sendo avaliada. Todos acham que é apenas um menino e estão de olho nele. Há uma coisa que nós, romanos, exigimos de nossos líderes, e tal coisa é dignidade.

— Acho que competência também — acrescentei.

— A fama de competente é para ser merecida, mas a dignidade é para ser mostrada. Augusto e Tibério tinham dignidade e ambos se mostraram muito competentes. Por isso, foram respeitados, por isso, tinham autoridade. Tibério não era amado, não chegavam nem a gostar dele, mas foi respeitado e temido. Quanto a Augusto, claro que sou muito jovem para me lembrar do Império dele, mas ouvi meu pai e meus tios falarem. Quando ele se definiu como sendo o bondoso "pai da nação", acho que foi pretensioso. A multidão podia considerá-lo assim, mas gente como nós, isto é, nossos pais, pessoas de certa posição na República, sabia que isso era falso. Ficaram quietos porque viram que o título lhe dava dignidade e intensificava sua força, o que conferia estabilidade à República. Gaio não está nessa situação e, se deixarem que nomeie Cláudio, um palhaço bêbado, ninguém que interesse vai levar o imperador a sério. Você e eu sabemos que, se um chefe de Estado não é levado a sério por quem interesse, não dura muito no cargo. É o que acho.

— E não tema que eu vá contar sua opinião. Mas também quero dizer uma coisa: é errado achar que Gaio é um nada. Encontrei mais força de vontade e talvez de caráter nele do que esperava. Quanto a Cláudio, bom, talvez seja melhor considerar essa promoção como natural e adequada e, como disse o imperador, um ato que honra a memória de Germânico e a de Antônia, mãe dele, a nova Augusta.

— Ela detesta Cláudio. Você sabe disso, não suporta a companhia dele.

— Não tanto porque Cláudio a constranja, mas porque a entedia. É verdade que ele constrangeu Lívia e Augusto, que tinha horror a anões e a qualquer defeito físico. Mas você sabe que, embora Cláudio seja um sujeito estranho e que, como você diz, está sempre bêbado, não é totalmente desprezível. Ao contrário do imperador, eu li alguns livros dele. Não são brilhantes, nem divertidos como, por exemplo, as obras de Lívio, mas são trabalhos consistentes, respeitáveis. Confesso que me surpreendi e fiquei pensando se não o subestimamos.

Claro que, sendo Cláudio agora nosso imperador, essa conversa parece fora de propósito.

Certamente, seria insensato incluí-la na biografia de Gaio que mandarei para Agripina. Mesmo tendo defendido Cláudio, fica claro que me senti na obrigação de compreendê-lo, embora sem levá-lo a sério. Mas na época ninguém levava. Ele era o bobo da família. Nisso, todos concordavam. Nada mostra mais o desdém que tinham por ele do que o fato de Sejano jamais incluí-lo em nenhuma das tramas imaginárias contra Tibério, com as quais destruiu Nero e Druso. Sejano não pensou sequer que Cláudio representasse qualquer ameaça, qualquer impedimento para ele atingir seus objetivos.

Mesmo agora, separando o homem do cargo, é difícil encontrar alguma coisa para respeitar nele, quanto mais para admirar. Embora eu tenha defendido seus escritos históricos, sabia que eram profundamente enfadonhos, coisa de pedante. As irmãs de Gaio costumavam irritá-lo chamando-o de "tio velho e coitado", e Agripina imitava a gagueira dele e seu estilo ridiculamente anacrônico de falar. Uma vez, me contou que, quando ela era ainda bem jovem, Cláudio tentou se aproximar dela, acariciando seus seios e suas coxas e querendo pôr a mão entre suas pernas.

— Velho pervertido horroroso — disse ela. — Agora que sou adulta, acho graça, mas quando era jovem, detestava quando ele dava beijos melosos e grudentos no meu rosto, achando que tinha direito como tio, *argh*.

E agora, ela é esposa dele. Acho que receber beijos melosos é pagar pouco para ser imperatriz.

Lépido não se convenceu com minha defesa.

— É um erro, um convite ao ridículo — repetiu. — Como você se lembra, Tibério chegou a recusar o pedido do Senado para Cláudio se dirigir a eles. Acho até, pelo que me contaram, que Tibério sabia que Cláudio mandou um senador propor isso em troca do perdão de uma dívida no jogo. Mas isso mostra o que Tibério achava dele.

— Olha, se você está tão preocupado, por que não pede a sua esposa que fale com o irmão? Tenho certeza de que ela tem mais influência sobre ele do que eu — sugeri.

— Drusilla? Não posso fazer isso. As mulheres não devem se meter em negócios de Estado.

Ao responder, ele parecia bem jovem e bonito, enrubesceu porque é claro que ele sabia que eu sabia que ele sabia como estavam as coisas entre a esposa dele e o cunhado.

— Como você é antiquado, meu caro. Eu o admiro por isso, claro, o velho estilo é melhor do que o nosso atual — comentei.

V

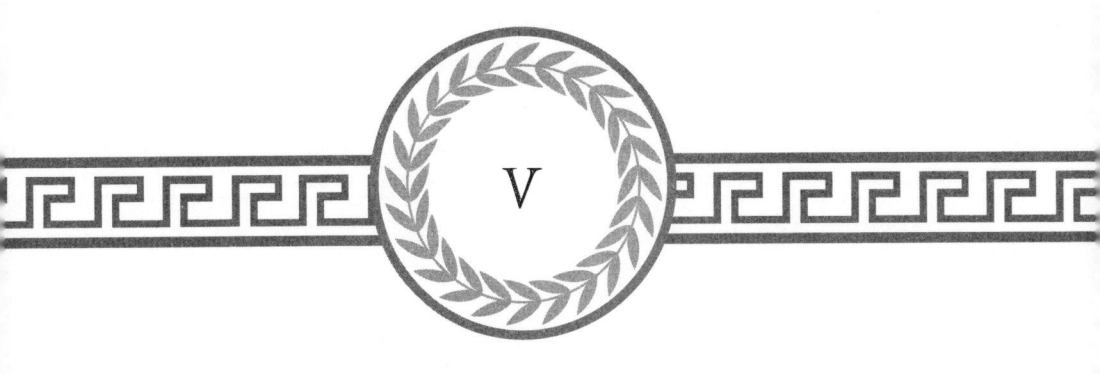

Naquele outono, Gaio adoeceu. Passou alguns dias reclamando de muito calor. Sofria de dores de cabeça fortíssimas que o deixavam arrasado por horas e o obrigavam a ficar deitado num quarto escuro. Os médicos não sabiam o que fazer, então o aconselharam a sair da cidade, fugir de seu ar ruim. Precisava ir para as montanhas ou ficar à beira-mar. Drusilla então conseguiu que fosse levado para a casa que ele tinha nas colinas de Arícia, com vista para o sagrado lago de Nemi. A viagem o enfraqueceu. Passou a ter dores de estômago e vomitar tudo o que comia ou bebia. Fizeram uma sangria, ele ficou ainda mais fraco. Deitou-se transpirando e quando dormiu um sono febril, acordou gritando e assustado por causa de pesadelos. Sua língua dobrou e escureceu, os olhos e a pele ficaram amarelos. Falaram em feitiçaria e em veneno. Agora, ele tinha calafrios, quando não estava transpirando. Gritava que demônios o espetavam com facas pontudas. Nos raros momentos em que estava consciente, ele chorava e xingava.

Correu a notícia de que Gaio estava à beira da morte. Alguns se lembraram de como o pai dele morreu. Outros foram logo agradar o primo, o jovem Tibério Gêmelo, supondo que seria o seu sucessor. Um dos primeiros a procurá-lo foi Macro, prefeito dos pretorianos, assustado porque muitos desconfiavam de que tivesse assassinado o avô do jovem, Tibério. Trouxe junto a esposa, para cujo leito ele havia levado o imperador. Esqueceu a fidelidade que devia a Gaio, na pressa de ficar nas boas graças do provável sucessor.

Foi então que chegou a notícia de que Gaio tinha se recuperado. Os homens largaram Tibério Gêmelo, a antecâmara dele ficou vazia como o deserto da

Arábia. Foi precipitado. No dia seguinte, Gaio levantou-se da cama, deu alguns passos e caiu. Ficou em coma por duas noites e um dia. Mais uma vez, as pessoas rodearam o jovem príncipe. Houve distúrbios na cidade, com incêndios e saques.

Macro ficou indeciso, depois desistiu de mandar os pretorianos conterem a multidão. Disse que nenhum imperador poderia mandá-lo matar compatriotas e não assumiria essa responsabilidade. Os cônsules — dois medíocres senadores, pois Gaio e Cláudio ainda não tinham assumido os cargos — aconselharam-no a conter o povo, mas ele não teve coragem. Estava uma grande confusão. Os desordeiros se declararam fiéis a Gaio, gritaram que o amado imperador, filho do herói Germânico, tinha sido envenenado como o pai. Cercaram a casa onde Tibério Gêmeo estava, na verdade, como prisioneiro, sem nenhum homem de respeito com coragem de se aproximar dele. Fui informado de que ele se comportou bem, como convinha a sua origem. Mas a casa foi invadida e incendiada, ele teve de fugir pelo esgoto. Foi para Nemi, acompanhado apenas por alguns escravos. Pretendia oferecer lealdade a Gaio, mas todo mundo sabia quantos correram para o jovem príncipe assim que souberam da doença de Gaio. Foi o que bastou. Dizendo que o clima era de revolução, Drusilla mandou prender o jovem. Depois, deram um golpe na cabeça dele e o degolaram.

Esse imperdoável assassinato teve defensores. Disseram que Drusilla estava perturbada, dominada pelo sofrimento e pelo medo, portanto, não podia ser responsabilizada. Seu marido, Lépido, ficou perplexo e a partir desse dia nunca mais esteve a sós com a esposa.

Procurou-me, aos prantos.

— O que houve conosco? — repetiu várias vezes a pergunta. — Chegamos ao nível dos animais selvagens? Estamos depravados a tal ponto?

O que eu podia dizer? Não havia uma resposta segura, prudente ou consoladora. Abracei-o e providenciei que tivesse vinho suficiente para beber até esquecer.

Por estranho que seja, depois desse assassinato, Gaio começou a melhorar. Não transpirou mais, nem teve calafrios, perdeu aquele olhar desvairado. Drusilla disse a todo mundo que o veneno estava saindo do corpo dele. Alguns disseram que a morte do jovem príncipe tinha quebrado o feitiço que os necromantes haviam jogado no imperador. Muitos acreditaram nessa ideia absurda. Em Roma, os distúrbios diminuíram só porque a multidão ficou satisfeita, tinha saqueado mais do que imaginava das casas e palácios que invadiu e incendiou.

Drusilla estava com muita autoridade e mandou prender Macro e a esposa. Ele foi levado para um porão e assassinado sem julgamento. Quanto à esposa, desapareceu. Nunca mais foi vista, também deve ter sido assassinada. Drusilla fez saber que a traição do prefeito foi clara, portanto, não era preciso julgamento. Depois, quando um senador protestou, informaram que Macro foi morto por resistir à prisão. E o senador foi intimado, por precaução, a sair da cidade e até da Itália. Não foi preciso repetir o recado.

GAIO LEVANTOU-SE DO LEITO E AGRADECEU AOS DEUSES SUA RECUPERAção. Ordenou que fosse cunhada uma moeda para comemorar o fato. Falou em conceder à irmã o título de Augusta e, quando melhorou o suficiente para se dirigir ao Senado, exigiu que ela recebesse um agradecimento oficial por ter salvado a República. Não houve objeção ao pedido.

Antes da doença, ele comentou muito, insistiu comigo que pretendia fazer de novo uma parceria do governo com o Senado. Não falou mais nisso. Ao contrário, mandou pedir uma lista com o nome de todos os que correram para bajular Tibério Gêmelo e mostrar que estavam prontos a saudá-lo como imperador. O tamanho da lista deixou Gaio desanimado e assustado. Não foi publicada, embora a princípio ele tivesse essa intenção. A partir de então, não se sentiu mais seguro. O terror que o fazia estremecer quando doente ainda perturbava sua mente. Dormia pouco, sempre com medo. Três horas por noite era o máximo que conseguia, com ajuda de vinho. Depois, acordava de pesadelos horríveis com o corpo tremendo e sem conseguir controlar os pensamentos. Andava pelos corredores do palácio e, tentando se distrair, fazia planos ambiciosos: construir uma ponte sobre o Fórum para ligar o Palatino ao Capitólio; fazer um canal pelo istmo de Corinto; construir novos portos para escoar o milho dos estreitos de Messina; fazer novos aquedutos; conquistar a remota e nevoenta ilha da Bretanha. Tudo estava ao alcance dele, menos o sono. Uma vez, no meio da noite, ficou tão assustado com um pesadelo que sufocou até a morte o rapaz que tinha levado para a cama. Felizmente, o jovem não tinha qualquer importância, era um simples prostituto, rapaz de aluguel.

Ele ainda tinha dias alegres, em que ficava animado, até cheio de energia e conseguia ser um homem cativante. Seu humor estava mais instável do que antes e tornou-se mais difícil ainda saber quando falava a sério ou estava brincando. Como classificar, por exemplo, aquele jantar em que, após um longo silêncio, enquanto esmigalhava pão e tomava três ou quatro taças de vinho, começou a gargalhar? Um convidado então perguntou qual era a graça, Gaio respondeu:

— Lembrei-me de que basta um gesto meu para vocês terem a garganta cortada.

Essa frase fez um convidado espirituoso observar:

— Esta noite, Calígula está num humor jugular. — E depois ficar apavorado com a própria ousadia.

Até Drusilla estava preocupada e ansiosa com o comportamento imprevisível dele e procurou meu conselho ou, talvez, meu consolo.

— Você é o amigo mais antigo que temos — disse ela, colocando a mão no meu braço e ronronando como uma gata. — A única pessoa que tem sido amiga de toda a família. Sei como o pobre Nero gostava de você, por exemplo. Ele uma vez me disse que, se eu tivesse algum problema, fosse falar com você.

— Pobre Nero. Não pude fazer nada por ele.

— Você o fez feliz por um tempo, poucas pessoas conseguiram isso. Em todo caso, você tem sido nosso amigo desde que era jovem oficial de meu pai na Germânia. Ele também gostava muito de você. Vi as cartas que escreveu para nossa avó, em que falava em você com afeto.

— Foi muito generoso da parte dele, mas sua mãe se desapontou comigo e chegou a não gostar de mim, acho.

— Ah, mamãe — disse ela, sorrindo, e por um instante ficando igual a Nero quando acordava ao meu lado. — Todos nós a desapontamos. Certamente, eu também. Ela esperava tanto das pessoas, fazia exigências tão grandes que acabou gostando de bem poucos. O pobre e amado Gaio tinha pavor dela, você sabe. Mas isso não é o que interessa. O que interessa é que ele gostava demais de você quando era menino e você o carregava nos ombros pelo acampamento. Lembra-se disso, não?

— Sim, lembro. Quando estava alegre, era uma criança encantadora. Os soldados o adoravam, mas não preciso contar isso a você.

— Adoravam mesmo, porém... — Ela ficou indecisa, falava tão agitada como um pardal ou um canário voando de um galho para outro. — Lembra-se do motim?

— Não poderia me esquecer.

— Ficamos apavorados. Acho que até papai ficou, embora não demonstrasse. Mas você estava bem calmo.

— Não era como estava me sentindo.

— Bom, era a impressão que dava. Era o que achávamos. E isso nos ajudou a parecer calmos. Você nos salvou. Era o que nós, as crianças, achávamos. Por isso, nenhum de nós, nem um só, jamais quis nada de mal para você. Acredita, não?

O que eu podia dizer?

— Drusilla — disse eu apenas, da forma mais delicada, que pude.

— Você me acha atraente?

— Que homem não acharia?

— Mas você nunca...

— Nunca?

— Fez amor comigo, tentou me seduzir, me levou para sua cama, como fez com o pobre Nero.

Estávamos na casa de Nemi outra vez, olhando o lago e o bosque consagrado a Diana

Caçadora. Era uma tarde dourada no final de outubro e a água do lago estava escura, quieta como o silêncio. Tive vontade de estender a mão e delinear com o dedo os lábios dela. Mas disse:

— O pobre Nero foi mesmo para minha cama.

— É, e eu não vou. Claro.

Quase expliquei: "Você é casada, e Lépido, amigo meu. Não seduzo a esposa de amigos".

Mas isso era tão mentiroso quanto pretensioso. Eu já tinha seduzido a esposa de vários amigos; além disso, Lépido não era amigo, embora eu o admirasse e respeitasse. Também não disse o que estava pensando: você dorme com seu irmão, o imperador, e minha vida não vale tanto... Em vez disso, falei:

— Não é disso que você quer falar.

— Não é mesmo. — E fiquei satisfeito porque percebi um tom de lástima na voz dela. — Quero falar de Gaio, ele não está bem. Não se recuperou direito, não sei o que vai fazer ou dizer, nunca foi assim. Gosto dele, você sabe...

Ela enrubesceu e baixou os olhos. Os longos cílios se inclinaram sobre o rosto úmido de lágrimas.

— Não, não o amo dessa forma, embora façamos amor, aceito porque é como ele precisa de mim, ou como precisa da forma mais imediata, ou mais urgente. Por isso, não me envergonho, embora todo mundo, incluindo minha avó, ache que eu devia ter vergonha. Mas ele está com a cabeça ou a mente perturbada, como você quiser. Perturbado e assustado. Não sabe o que fazer, por isso exagera, bebe demais todas as noites e manda um dos guardas a Suburra buscar uma mulher ou um rapaz. Sempre da pior espécie, vi alguns e fiquei enojada.

Está com ciúme, pensei. Hoje, acho que me enganei. Não foi ciúme que a levou a me procurar, tão indefesa. Foi medo, preocupação e amor.

Ponderei:

— Ele é jovem e um pouco agressivo, mas não há nada de tão estranho nisso. Posso citar um bando de jovens nobres que fazem a mesma coisa.

— Tenho certeza de que pode. — E pela primeira vez havia um tom de graça na voz dela, que a deixou adorável. Depois, a graça sumiu. — Mas não é a mesma coisa, não é que ele tenha prazer nisso. Ele está infeliz, muito infeliz. É imperador do mundo e está infeliz.

— Nenhuma lei diz que o imperador deve ser feliz. Tibério foi muito infeliz.

— Mas tinha motivos. Todos o odiavam, até o catamita germano que dizem que ele adorava. Soube que roubou Tibério e fugiu quando o velho estava morrendo. Você acha que Tibério corrompeu meu irmão?

— Não, Tibério não corrompeu ninguém.

— Marcos acha que sim.

— Que Marcos?

— Meu marido, esqueceu?

— Ele não sabe nada sobre isso.

— Bom, não importa. O fato é que Gaio está muito infeliz e com medo. Você sabe que ele consulta os presságios várias vezes por dia e são sempre ruins. Fica assustado. Ontem, ele me disse: "É questão de tempo até alguém enfiar uma faca no meu pescoço". O que podemos fazer?

A situação estava pior do que eu pensava. Ela me olhou, suplicante. Finalmente, respondi:

—Temos de tirá-lo de Roma e levá-lo para o acampamento do exército. Lembre-se de que ele cresceu no acampamento.

VI

Tive vários motivos para sugerir isso a Drusilla. Se ela quisesse, eu teria citado apenas os da área pública. Já seriam bem convincentes. Há uma verdade que não devemos comentar e que Augusto fazia tudo para esconder. É a seguinte: o poder e a autoridade do imperador estão nas legiões. Ele dizia que seu cargo era de *princeps*, Primeiro Cidadão, em vez de imperador — imperador-comandante — e achava que tinha restaurado a República. Mas as instituições republicanas agora eram apenas uma fachada que escondia o segredo do Império. Com exceção da tropa pretoriana, não havia outra estacionada na Itália; os exércitos estavam espalhados pelas fronteiras. Mas Augusto dominava todas as províncias, menos uma onde havia um destacamento militar. Aquelas que continuavam sob responsabilidade do Senado não dispunham de tropas. O *princeps* fazia todas as indicações militares sem consultar o Senado. Por isso, para ter sucesso e até por segurança, o imperador precisava ter a lealdade e a confiança das legiões e de seus comandantes. Se perdesse isso, o segredo seria revelado e o imperador seria eleito longe de Roma — na Germânia, na Espanha, na Ásia ou no Danúbio.

Augusto venceu as guerras civis e, embora fosse um general indiferente, garantiu a lealdade e a confiança das legiões. Depois da batalha de Ácio, ele raramente foi ao acampamento e poucas vezes saiu da Itália nos últimos trinta anos de seu governo. Mesmo assim, sempre manteve o controle dos exércitos. Em primeiro lugar, confiava em antigos tenentes, entre eles Marcos Vipsânio Agripa (avô de nosso novo imperador Gaio). Em segundo lugar, confiava nos membros mais jovens da família imperial, Tibério, Druso e Germânico que, por sorte, eram competentes.

Tibério tinha cinquenta e poucos anos quando se tornou imperador e terminou sua carreira militar. Mas ele havia se notabilizado, era o maior general vivo de Roma, e nos motins após a morte de Augusto, que já relatei, o exército jamais questionou sua autoridade.

Gaio, entretanto, se tornou imperador sem ter qualquer experiência militar. Tibério preferiu ficar de olho nele em Capri e não lhe confiou nenhum cargo de comando. Era jovem, não tinha sido testado e, embora tivesse certas vantagens, como ser filho do herói Germânico e ter sido "o queridinho do acampamento", como eu disse a Drusilla, isso foi vinte anos antes, e os centuriões que o conheceram e o adoraram estavam, em grande parte, aposentados, e muitos soldados também.

Por isso, era bom que ficasse à frente de suas legiões, fosse conhecido e, visto por elas. E eu tinha certeza de que isso podia ser feito, bastava que ele levasse alguém para ser seu segundo em comando, alguém confiável e experiente. Para esse cargo, confesso que não consegui pensar em ninguém melhor do que eu mesmo.

Havia mais dois motivos para eu achar bom Gaio sair de Roma.

O relato de Drusilla sobre os problemas nervosos e o estado de perturbação dele não me surpreendeu. Coincidia com o que eu achava, apesar de ir um pouco além. Citou aqueles que pensava serem os motivos para ele estar assim. Não discuti. Ela conhecia o irmão e aceitei o que ela disse sobre as consequências danosas da educação que Gaio recebeu. Eu devia ter acrescentado: o jeito dominador, o comportamento volúvel, as coisas agressivas que dizia e o medo opressor que sentia, tudo isso mostrava uma insegurança que só podia ser anulada com feitos heroicos. Essa, aliás, era uma boa razão para sugerir que ele se pusesse à frente do exército, aquela incomparável escola formadora de caráter.

Para mim, porém, estava claro que toda a perturbação no comportamento dele foi agravada por ter se viciado em vinho. Quando se recuperou da doença, começou a beber assim que acordava. Certas manhãs, estava tão nervoso, com as mãos tremendo, o corpo todo transpirando, com enjoo, que não conseguia sequer conversar, quanto mais trabalhar, sem beber duas ou três taças de vinho doce.

Depois, continuava bebendo o dia todo, variando, como um de seus médicos me disse, "quanto à qualidade, quantidade, frequência, hora e sequência". Não devia haver uma só hora entre o despertar e o deitar em que não bebesse, em geral vinho, às vezes, cerveja forte. Se raramente ficava bêbado, bem tarde da noite, nunca estava totalmente sóbrio. O vício em licor despertava sua sensualidade de tal forma que, como Drusilla contou, mandava os guardas ou os escravos trazerem parceiros da mais baixa e abjeta classe, de qualquer sexo. Às vezes, também saía do palácio disfarçado de conquistador comum, buscando aventura ou alívio para seu desespero interior em tabernas sórdidas, bordéis e até nos esgotos. A bebida também alterou sua memória ou apagou lembranças, pois em muitas manhãs ele não lembrava o que tinha feito na noite anterior, nem onde tinha estado e com quem.

Há quem beba muito sem destruir a capacidade de trabalho e de lidar com os outros. Tibério foi assim. Era comum dormir bêbado, mas acordava sóbrio e pronto para passar horas cuidando da administração do Império. A bebida pode ter contribuído para a melancolia, o tédio, a aversão que tinha pela sociedade, mas não o incapacitou de trabalhar, como o vício do álcool parecia estar fazendo com Gaio.

Por fim, eu achava bom que saísse de Roma para afastar-se de Drusilla — o que não podia dizer a ela, evidentemente. Não creio que Gaio se preocupasse com sua relação incestuosa. O povo, se soubesse, também não teria se preocupado. Afinal, é comum nas classes mais pobres as meninas entregarem a virgindade aos pais ou aos tios e irmãos. Mas o Senado, embora estivesse aviltado, ainda gozava de certa importância, e as pessoas de respeito não confiariam num imperador que desdenha a lei e as proibições religiosas. Além disso, embora o Império se baseie no poder, na mão de ferro, funciona melhor quando há confiança entre os diversos órgãos do Estado. A reputação de Gaio não sobreviveria à revelação de seu caso incestuoso. Já bastava ser visto em festas mandando a esposa de um senador sair do recinto com ele para fazer algo que todos sabiam o que era.

Quando disseram a ele que estava na hora de as legiões na fronteira terem o prazer de conhecer seu imperador e até ficar sob o seu comando, Gaio reagiu com a alegria pueril que era um dos traços mais encantadores do seu caráter.

— Tem razão, sou filho de soldado. Pertenço aos acampamentos, longe dessa cidade que me sufoca.

Antes de irmos para a Germânia, ele se envolveu num projeto que serviu de escárnio e fez muita gente questionar sua sanidade mental. Claro que ninguém se manifestou abertamente, mas, em geral, o que se comenta depois, foi pensado antes.

Todo mundo achou que fosse um capricho, pura sandice mandar seus engenheiros construírem uma ponte de barcos ao longo da baía de Baie, uma distância de uns cinco quilômetros. Como se pode imaginar, uma empreitada de monta. Navios mercantes foram requisitados, para irritação de seus proprietários e capitães, e também dos comerciantes, que tiveram seus negócios interrompidos, a ponto de alguns irem à falência. Os navios ficaram ancorados e acorrentados uns aos outros.

Depois, colocaram tábuas através deles, como se fosse um piso, e jogaram terra por cima, socada por bandos de escravos.

— O que o imperador está fazendo? — perguntavam as pessoas.

— Está construindo uma via Ápia sobre as ondas — era a resposta. Quando ficou pronta, Gaio percorreu a via a cavalo, trajado como Alexandre Magno e dando gritos de alegria. Seu cavalo preferido, Incitatus, vergava o pescoço e empinava, garboso, como se quisesse demonstrar o orgulho de carregar aquele grande herói.

Houve quem risse, outros balançaram a cabeça, a maioria olhou sem dizer nada. Gaio estava feliz como aquele menino de quem eu me lembrava no acampamento.

— A via está aguentando o peso, amanhã vamos testar melhor — disse ele.

Assim, no dia seguinte, saiu de seu palácio vestido de condutor e mandou que eu também subisse na carruagem que aguardava. Depois, puxados por dois cavalos fogosos, corremos sobre as águas, seguidos por uma divisão de pretorianos em bigas, a cavalo ou a pé. Quando chegamos a Baie, tendo partido de Puteoli, ele examinou, digamos assim, o desembarque com cuidado e observou como as tropas estavam dispostas. Depois, elogiou a disciplina e deu ordem para voltarem.

Como tantas coisas que Gaio fez, esse exercício foi motivo de zombaria e duras críticas. Alguém teve a ideia absurda de que ele estava competindo com Xerxes, o rei persa que durante a guerra com os gregos também construiu uma ponte de barcos numa baía. O único fundamento para essa comparação caluniosa era a de que, certa noite, num jantar, quando a conversa girou sobre assuntos militares, Gaio demonstrou interesse pela obra de Xerxes.

Circulou uma história mais ridícula ainda, passada por um escriba que se considera historiador. Ele disse que Gaio estava querendo contrariar a profecia que o astrólogo Trasillo fez a Tibério, que era a de que Gaio tinha tanta chance de se tornar imperador quanto de atravessar a baía de Baie montado a cavalo, sem o animal molhar as patas. Hoje, admito que Gaio anotava tudo o que os astrólogos diziam, a ponto de muita gente acreditar que era inteiramente guiado pela última previsão, mesmo se fosse o inverso da anterior. Isso é verdade, mas sua reação dependia do humor do momento. Uma vez, por exemplo, um astrólogo disse que no dia seguinte o sol estaria tão forte ao meio-dia que mataria quem não se protegesse. Gaio mandou amarrar o homem numa cadeira no pátio para que ele testasse a própria previsão. O astrólogo não morreu e o imperador achou graça, dizendo:

— Já que você não morreu, eu devia mandar matá-lo por ter errado.

— Riu tanto da ideia que não mandou fazer nada. Mesmo assim, muitos acreditam que mandou matar o astrólogo, embora o homem tenha continuado a fazer previsões em público por muitos anos.

Nunca se deve subestimar a credulidade do povo, nem a dos intelectuais. Às vezes, acho que acreditam em qualquer coisa. Senão, como explicar a disposição de tantos para repetir — e, pelo que sei, ainda repetem — a profecia que Trasillo fez a Tibério? Não nego que ele possa ter dito isso.

Mas é incrível não perceberem que Gaio não precisava desmentir a previsão atravessando a baía a cavalo, pois já era imperador. Bem, seria incrível, não fosse a idiotice das pessoas.

Na verdade, Gaio tinha um bom motivo para fazer a tal ponte. Não era uma travessura, era uma experiência. E tinha uma finalidade, ou melhor, duas. A primeira era treinar a corporação de engenheiros militares criada por Tibério e nunca usada. Era um bom exercício para testar a habilidade deles e, para grande alegria do imperador, foram aprovados.

A segunda finalidade era que Gaio tinha uma ambição, desde o dia em que percebeu que, se andasse direito e sobrevivesse a Tibério, seria imperador. Tal ambição era continuar a obra do pai, conquistar a glória que a cautela de Tibério tinha negado a Germânico, completar a conquista da Germânia, ampliar as fronteiras do Império indo além de onde Júlio César chegou e invadindo a Bretanha com êxito. Ele tinha estudado vagamente os pensadores e estrategistas militares e concluído que os engenheiros eram muito importantes. Quanto mais capazes fossem, mais audaz poderia ser seu comandante. Gostava de citar alguém famoso, não lembro quem, que escreveu que "víveres e engenharia são o forte da guerra".

Menciono isso, que em si não é grande coisa, porque muitos retrataram Gaio como selvagem, louco e até burro. Esse último defeito ele certamente não tinha. A certa altura de sua solitária e assustada juventude, leu muito, horas seguidas, e em adulto, lembrava-se de muitas obras. Era capaz de citar parágrafos inteiros de Salústio, por exemplo, principalmente em relação à história da guerra contra Jugurta. Considerava o estilo dele superior ao de Cícero, que condenava por achar "florido e narcisista até mesmo na correspondência particular". Mas não se podia esperar que admirasse aquele advogado político que tinha caluniado Marco Antônio, o antepassado que Gaio mais admirava.

Creio até que, no fundo, se considerava uma reencarnação de Marco Antônio, embora sem nada da beleza que deu fama ao tataravô. No mais, certamente tinha o charme comentado por todos os que conheceram ou escreveram sobre Marco Antônio.

A perspectiva de comandar o exército para invadir a Germânia ajudou muito a melhorar a saúde do imperador e a acalmá-lo. Ele passou até a beber menos e, com isso, a dormir melhor, embora sempre acompanhado — tinha horror de acordar sem ninguém ao lado.

Mesmo assim, enfrentou problemas. A generosidade ou extravagância que demonstrou nos primeiros meses de governo custou caro. Pode-se ganhar popularidade reduzindo impostos, mas governar e guerrear exigem dinheiro. Além do mais, apesar de a ponte sobre a baía ter sido, segundo Gaio, um sucesso absoluto, teve uma consequência infeliz: muitos navios que requisitou pertenciam à frota que trazia trigo do Egito. Os prazos de entrega foram alterados e havia risco de faltar pão, que era a maior ameaça à ordem pública. Nem a liberação dos estoques supriria a demanda. Houve distúrbios, embora fossem de pequena monta e esporádicos. Gaio tentou se eximir de responsabilidade acusando os comerciantes de esconder o trigo para aumentar o preço. Alguns foram presos e tiveram seus bens confiscados. Mas demorou semanas para o abastecimento voltar ao normal e, com isso, Gaio não podia sair da cidade. A campanha da Germânia teve de ser adiada.

Ele havia reduzido muitos impostos e cancelado outros. Agora, tinha de criar novos, que rendessem dinheiro imediato. Uma solução esperta, de autoria do liberto Narciso, foi cobrar uma taxa de cinco por cento em todos os processos civis e honorários legais. Sobre isso, é mister que se diga algo. Já que os ricos buscam a lei mais depressa, com mais frequência e certamente com mais custos do que os pobres, esse imposto atingiu os que tinham mais facilidade para pagar. Por outro lado, atingiu-os numa época em que já tinham altos gastos, pois procurar a lei nunca é barato — por isso, o imposto foi muito mal recebido. Com o tempo, teve um efeito colateral inesperado: menos pessoas instauraram processos, já que ficaram mais caros. E assim, o Estado passou a recolher menos.

Outros impostos foram menos justificáveis. Um, sobre a féria dos porteiros e prostitutas, foi especialmente absurdo por ser impossível calcular seus ganhos ou, se fosse cobrado, eles simplesmente aumentariam seus preços. Claro que Gaio jamais pagou as mulheres e rapazes que levou para a cama, dizia que bastava a honra de terem servido ao imperador. Como tanta gente que esbanja dinheiro, ele era mesquinho nas pequenas coisas.

As dificuldades financeiras podem fazer com que as pessoas se corrompam. Como já escrevi, Gaio cancelou os julgamentos por traição que acabaram com o governo de Tibério. Os informantes profissionais foram desestimulados; alguns foram exilados e outros presos sob acusação de falso testemunho. Parecia que o crime de Maiestas se tornaria raro em nossos tribunais de justiça. Mas o Maiestas era um crime útil, dava muita chance de confiscar propriedades. Assim, os julgamentos por traição foram retomados.

Gaio fez graça com isso:

— Nunca entendi por que Tibério achava que o povo estava tramando a morte dele. Agora entendo. Era por ser tão pão-duro. Mas preciso de dinheiro para aumentar as fronteiras do Império. E onde mais posso conseguir dinheiro senão com impostos? — Havia outras formas. Os amigos dos tempos de juventude, os príncipes trácios Ptolomeu, Remetalces e Cotys, reassumiram seus reinos hereditários, que Tibério tinha transformado em províncias do Império. Mas cada um deles teve de pagar uma enorme quantia pelo privilégio. Gaio se vangloriou de que o dinheiro recebido foi mais do que as províncias pagaram em dez anos de impostos, e acrescentou: — Conheço bem meus amigos, sei que continuam grandes aliados da República. Portanto, não perdi nada e ganhei muito.

Na Mauritânia, na África, ele agiu de outra forma. Depôs o rei Ptolômio com a justificativa de ser inimigo da República e estar tramando uma rebelião. Podia haver alguma verdade nisso, pois a família do rei tinha demonstrado insatisfação com nossa suserania. Mas o motivo de Gaio era mais urgente. Ptolômio tinha um Tesouro bem abastecido, que foi imediatamente confiscado. A Mauritânia, que era um país rico, passou a ser província imperial e os impostos dobraram.

Portanto, de uma forma ou de outra, Gaio juntou o dinheiro de que precisava para continuar a guerra.

Nesse ponto da narrativa, permita-me uma nota pessoal. Fui criticado por não conseguir convencê-lo a desistir da guerra. Os que me criticaram disseram que aprovei a decisão de Tibério de manter as fronteiras do Império onde Augusto as tinha deixado e manifestei essa aprovação em diversos discursos no Senado. Portanto, disseram, fui negligente com o meu dever, traí a mim mesmo e comprometi minha integridade ao não fazer qualquer esforço para conter o imperador. Mas Gaio era um potro fogoso que não suportava rédeas e o máximo que eu podia fazer era ter uma influência moderada sobre ele na futura campanha. Na verdade, se um imperador está decidido a fazer guerra, nada nem ninguém consegue impedi-lo.

Além disso, guerra era algo ao gosto do povo. Os homens se entediam com um período de paz muito longo. Os jovens queriam a glória; o povo queria vitórias e todos os que se lembravam de como o herói Germânico foi vencido pela timidez de Tibério se alegraram. Havia também a expectativa do butim de guerra, muitas histórias sobre as riquezas da Bretanha, famosa por seus pescadores de pérolas e pelos mercados de escravos repletos de lindos e musculosos jovens germanos. Em resumo, a perspectiva de guerra imperial alegrou a todos. Meia dúzia de poetas se pôs a compor épicos em homenagem à guerra, antes mesmo de o imperador ter saído de Roma.

VII

Então, a partida foi novamente adiada. Drusilla adoeceu. Havia meses ela vinha sendo perturbada por uma tosse persistente. Estava pálida e se cansava com qualquer pequeno esforço. Emagreceu, apesar de sempre ter sido magra. Perdeu o apetite. Começou a cuspir sangue. Tinha febre e não se levantava da cama.

Gaio ficou perturbado. Deu ordem aos médicos para curarem Drusilla. Como não conseguiram, mandou prendê-los e chamou outros. Consultava os presságios várias vezes ao dia. Os videntes mais sensatos anunciaram que ela melhoraria, depois todos, exceto o menos prudente, acharam motivos urgentes para sair de Roma. Alguns dos médicos chamados depois aconselharam que ela aproveitasse a brisa do mar. Drusilla, que estava muito fraca e meio inconsciente, foi levada de liteira por mudas de escravos para uma casa na baía de Nápoles. E lá morreu. O imperador se jogou sobre seu corpo inerte como se quisesse impedir a alma de ir embora.

— Não sou um deus? — gritava em seu desespero, rasgando as roupas e arranhando o rosto até o sangue escorrer. Ficou três dias soluçando ao lado da irmã morta, seu único e verdadeiro amor. Depois, os médicos que aconselharam a mudança de ares foram estrangulados porque, segundo ele, "enganaram a mim e a minha amada irmã". Fiquei preocupado com a sanidade mental dele.

Cláudio, o tio, veio apresentar seus pêsames. Gaio não quis vê-lo. Gritou:
— É um absurdo que alguém como Cláudio continue vivo e Drusilla esteja morta.

Sugeri a Cláudio que voltasse para Roma, caso desse valor à própria vida. Ele gaguejou indignado, lembrando que era o cabeça da família, o chefe, e que seu lugar era ao lado do sobrinho. Falei que não podia garantir que o cabeça da família conseguiria manter a própria cabeça sobre os ombros, caso não obedecesse imediatamente à ordem do imperador e fosse embora. Acho que não me perdoou esse argumento grosseiro, mas deve ter salvado a vida dele.

Finalmente, Gaio saiu da câmara-ardente, branco como a neve das montanhas e tropeçando, meio bêbado. Disse:

— Que horror ver o corpo dela tão acabado, tão sem vida!

Os boatos correram e aumentaram essa frase. Cochichou-se que ele teve relações com a irmã após a morte e anos depois ouvi senadores jurarem que foi encontrado sêmen nas roupas dela na sepultura e que seu marido, Lépido, havia aceitado o catolicismo, mas não a necrofilia. Muitos acreditaram nessa história, embora fosse absurda. Não era do estilo de Lépido que, apesar de toda a fraqueza, foi um homem honrado. Além do mais, não tinha senso de humor e era incapaz de sutilezas.

Gaio, cheio de dor, passou a dizer que Drusilla tinha se tornado uma deusa e que devia ser adorada como tal. Um senador, Lívio Gemínio, gentilmente jurou ter visto a falecida irmã do imperador subindo aos céus. Recebeu uma boa recompensa pela declaração: um milhão de sestércios. A partir de então, sempre que Gaio tinha de fazer um juramento importante, até numa assembleia pública ou num desfile do exército, jurava pela divindade Drusilla.

— Não tenho outra forma de demonstrar minha sinceridade — disse-me.

Em seu desespero, tinha raiva das outras irmãs, Agripina e Júlia Livilla, simplesmente por estarem vivas enquanto sua amada Drusilla estava morta.

Agripina disse:

— Pela primeira vez na vida, estou com medo do meu irmãozinho.

O medo suavizava seus traços rudes. O lábio superior tremia como costumava acontecer com o irmão, Nero. Os olhos se enchiam de lágrimas. Parecia, de repente, Nero ressuscitado. Será que foi por isso que a abracei e a beijei para acalmá-la como costumava fazer com ele? Gostaria de pensar que sim, mas agora que não gosto mais dela, me repugna a ideia de fazer amor com ela. Mas na época era diferente, para ser honesto pelo menos comigo mesmo. Ela reagiu com aprovação e enfiou a língua em minha boca. Foi assim que nosso primeiro caso começou. Durou apenas algumas noites, mas isso não me aborreceu. Embora eu a achasse desejável e a semelhança com o irmão desse um toque picante e terno ao nosso ato, ela não conseguia me excitar nem me satisfazer como Cesônia. Se as circunstâncias fossem outras, tenho certeza de que ela ia querer manter o nosso caso. Detestava o marido, com razão, pois Gneu Domício Aenobarbos era famoso pela arrogância e a crueldade. Tinha uma personalidade totalmente vil, tendo chegado a matar um de seus libertos apenas por este ter se recusado a beber tanto quanto ele mandou. De outra feita, dirigindo sua carruagem por uma aldeia à beira da via Ápia, atropelou e matou de propósito um menino. Era também desonesto com dinheiro e um mentiroso compulsivo. Portanto, não foi de se estranhar que Agripina caísse nos meus braços e me levasse para sua cama. Mas terminou nosso caso porque tinha medo de que Gaio não gostasse da história. Ou foi o que me disse. Talvez estivesse dizendo a verdade. Até hoje, ela às vezes fala a verdade, segundo me disseram.

Em pouco tempo, havia outros motivos para Agripina ter medo do irmão. O primeiro era, aparentemente, trivial. Gaio sempre teve raiva, ou melhor, vergonha de ser neto de Marco Vipsânio Agripa. Não importa que tenha sido um grande soldado, homem que conseguiu muitas vitórias depois atribuídas a Augusto, além de um grande servidor da República, responsável por belos prédios na cidade e pela restauração de vários templos. Mas tinha origem humilde e isso para Gaio era muito, era demais. Já tínhamos aprendido a não falar nele; um dos primeiros atos do imperador havia sido cancelar a comemoração anual das vitórias de Agripa em Áctio — sabidamente ganhas à custa de seu outro avô, Marco Antônio — e na Sicília, onde derrotou Gneu Pompeu.

Agora, sempre que alguém dizia o nome da irmã, que era o mesmo da mãe, ele se lembrava de sua origem humilde e, portanto, era proibido pronunciá-lo na presença de Gaio. Por isso, inventou uma fantasia na qual decerto acabou acreditando: que a mãe era fruto de um incesto de Augusto com a filha Júlia, esposa do tio-avô Marcelo, que morreu jovem, depois casada com Agripa e, finalmente, com Tibério. Talvez achasse isso possível devido à notória promiscuidade de Júlia, e deve ter gostado de pensar que

Augusto, que aprovou tantas leis contra a imoralidade, tivesse praticado incesto, como ele próprio. Uma vez, me disse:

— Com quem mais deviam os deuses se deitar?

— Você sabe, meu amigo, que posso fazer toda e qualquer coisa.

Hoje, tenho pena dele. Não há dúvida de que foi muito infeliz. Por mais pervertido que fosse o amor por Drusilla, era a fibra do seu ser. Nada nem ninguém poderia consolá-lo. Gaio foi embora da casa onde a irmã tinha morrido e quis apenas uma pequena escolta de guardas. Galopou pela Campânia, desceu a costa da Calábria, atravessou a Sicília, considerou o lugar "repugnante" e voltou para Roma, tudo isso em menos de dez dias. Além dos guardas, tinha por companhia o jovem príncipe partieno Dário, enviado a Roma como refém e por quem Gaio se sentiu atraído assim que chegou à corte. Transformou-o em bichinho de estimação, e o rapaz passeou conosco em sua biga a todo galope na ponte de navios na baía de Baie. Foi fácil entender a atração pelo rapaz: tinha cabelos compridos e encaracolados, brilhantes olhos negros, pernas maravilhosas, pele bronzeada e macia como — alguém adivinhou — pétalas de rosa. Sem dúvida, era um rapaz adorável. Mas devia ter catorze anos, jovem demais para ser sodomizado, e acho que não apreciava o interesse do imperador, embora tivesse de aguentá-lo. Pode-se duvidar de que tenha servido para distrair Gaio de sua tristeza. De todo jeito, o imperador logo se cansou dele, como ocorre com qualquer pessoa diante de uma beleza passiva. De vez em quando, me pergunto que fim terá levado o rapaz.

Quando Gaio voltou da Sicília, decretou luto oficial pela irmã com bastante rigor: era ofensa mortal rir, tomar banho ou jantar com os pais, esposas ou filhos no período de luto. Felizmente, como observou minha esposa Cesônia, as proibições eram tão rígidas que ninguém esperava que fossem respeitadas.

Como o rapaz Dário não foi consolo suficiente, Gaio resolveu se casar. Já havia se livrado da primeira esposa, Lívia Orestilla, divorciando-se poucos dias após porque ela corrigiu sua pronúncia numa palavra grega. Dessa vez, intimou Lollia Paulina, esposa do procônsul Gaio Memio. Não a conhecia, mas alguém contou que a avó dela tinha sido famosa pela beleza.

— A minha também era — informou ele, referindo-se, imagino eu, a Júlia e não a Antônia, pois essa foi mais admirada pela personalidade do que pela aparência. (O que era de se estranhar, pois era filha de Marco Antônio, o mais belo homem de sua geração, e de Otávia, irmã de Augusto, considerada por todos como mais bonita que a rainha egípcia Cleópatra, embora menos sedutora.) Não importa. "A minha avó também era" disse o imperador, e anunciou que os filhos dele com Lollia Paulina seriam belos como Vênus ou Apolo. Infelizmente, seja lá como fosse a avó, a neta foi uma decepção: era bonita, mas sem graça, plácida e gorda. Ele a chamou de "vaca cor de mel" e rejeitou-a quase imediatamente, proibindo-a de dormir com outro homem.

— Ninguém deve aproveitar as sobras do imperador.

Um absurdo, considerando a tendência dele por prostitutas e rapazes de aluguel.

Tudo isso foi uma distração nos preparativos para a campanha. Por outro lado, havia algo de positivo em se manter o imperador distraído. O trabalho prosseguia mais rápido. Os planos não eram mais alterados ou revogados poucas horas depois de serem combinados e iniciados. Dito isso, quando as pessoas afirmam que Gaio era apenas capaz, tenho de discordar, baseado em muita experiência. Ele tinha algumas ideias muito inteligentes, até úteis. Espero conseguir me lembrar de exemplos.

Um dia, pouco depois de voltar de Nemi, onde esteve refletindo, como ele disse, sobre a maldade do destino, mandou me chamar. Fiquei surpreso de encontrá-lo sorridente.

Perguntou-me:

— Você sabe alguma coisa sobre o sacerdote da deusa Diana, em Nemi?

— Pouco, meu senhor — respondi.

Ao contrário de Tibério, ele gostava de receber esse tratamento que, considerando minha função e minha longa amizade com a família, eu só usava quando não tinha certeza de seu humor ou do rumo que a conversa tomaria.

— Eu não sei. Às vezes, acho que ninguém me conta nada. O que sabe dele?

— Apenas generalidades, meu senhor. Apenas generalidades: é um escravo fugido que recebe o cargo de sacerdote ao matar o encarregado, mas não sei a frequência com que isso ocorre, ou se há uma data marcada ou coisa do gênero. Ignoro tudo isso.

— Não há data marcada — disse ele, roendo as unhas. — Não há data marcada e, há muito tempo, não há desafiadores. Um absurdo, não? A falta de respeito com a deusa. Na semana passada, descobri que o sacerdote está no cargo há vinte anos, e sabe quantas vezes foi desafiado? Duas. Corrigi isso, mandei um dos escravos do Estado, um sujeito magro das montanhas tártaras, fugir e fazer um desafio. O qual, tenho o prazer de informar, foi ganho. A deusa Diana vai gostar. Agora, só falta fazer com que os desafios ocorram regularmente. E sejam bem divulgados. É um bom esporte. Você devia ver a cara do velho sacerdote quando saiu do bosque e viu um desafiador esperando. Foi engraçadíssimo, morri de dar risada.

— Tem certeza, meu senhor, de que a deusa aceita desafios combinados?

— Não tenho a menor dúvida. Lembre-se de que eu a conheço bem, toda lua nova ela vem para a minha cama.

Não tive muito o que argumentar. Ele sorriu, seu alegre sorriso travesso.

— Venha, vamos nos distrair. Vamos visitar Incitatus na cocheira.

Eu tinha ouvido contar que a cocheira do cavalo preferido dele era folheada a ouro. Não é verdade. Era de mármore, e a baia, de marfim. O cavalo tinha uma equipe de escravos para tratá-lo e quando saía, usava um colar cravejado de esmeraldas porque Gaio achava que essa pedra preciosa combinava perfeitamente com a capa de seda escura. Combinava mesmo. Em certas coisas, o imperador tinha um gosto impecável. O cavalo relinchou ao ouvir a voz de Gaio.

— É um cumprimento especial que me faz — informou, dando uma maçã trazida por um escravo numa salva de prata.

Gaio então abraçou o pescoço do cavalo e cochichou, murmurando carinhos que concluí serem uma linguagem particular que só cavalo e imperador eram capazes de entender. Cobriu de beijos o pescoço do animal e Incitatus retribuiu mordiscando a orelha do dono. Gaio então beijou a boca do cavalo. Ficaram mais um pouco assim, se agradando, e tudo foi, como se diz, alegre como o repicar de sinos num casamento.

— Adoro este cavalo. É muito mais inteligente e leal do que qualquer dos meus súditos.

— Sem dúvida, é muito bonito.

— Então, por que eu continuo insatisfeito? — Ficou amuado e chutou a grama. — Vou casar outra vez. Um imperador precisa de uma esposa. Senão, fica rabugento como o velho Tibério. Quero uma nova esposa. Acho que vou ficar com a sua.

VIII

Eu achei que Cesônia fosse chorar e reclamar. Ela sempre disse que eu não era apenas seu esposo, mas seu único e verdadeiro amor e, considerando a promiscuidade em que viveu antes de me encontrar, eu não podia acreditar, embora não duvidasse de que me amava. A vida inteira eu fui muito crédulo.

Ela notou minha decepção.

— O que você esperava que eu dissesse? — perguntou.

— Pelo menos, ficasse triste, demonstrasse...

— Meu caro esposo, pois ainda posso tratá-lo assim, mesmo que seja pela última vez. Nós dois sabemos como são as coisas e, portanto, seria bobagem fingir que não são como são. Quaisquer que sejam os nossos sentimentos pessoais, temos de obedecer ao imperador. Não há mais nada a dizer.

Ela sorriu com certa complacência, achei eu. Pensei então que devia gostar da ideia de receber o título de Augusta.

— Mas você consegue viver com Gaio? — perguntei.

— Não posso saber antes de experimentar. Talvez lhe surpreenda ouvir que não sei por que não conseguiria. Um dia, uma de suas tias me chamou de puta velha. Pode ser que uma puta velha seja exatamente do que o imperador precisa. E sabe de uma coisa? Ele desperta meu instinto maternal.

— Podíamos ter tido filhos para satisfazer seu instinto — lembrei.

— É, podíamos, acho que eu gostaria. Meu caro, não há nenhum homem de quem gostaria tanto de ter tido filhos como de você. Mas eis aí, não adianta chorar sobre o vinho derramado, como dizia minha avó. Você não acharia sensato eu rejeitar o imperador. Onde você acabaria, se eu fizesse isso? Portanto, temos que fazer o melhor possível. De todo jeito, sinto por ele um instinto maternal diferente. Às vezes, me parece um menino perdido e isso encanta uma puta velha como eu. Não sei se você entende, mas é isso. Sei do que ele precisa.

— E do que é?

— Deitar a cabeça no meu colo e chorar para liberar a ternura que está dentro dele e da qual muito provavelmente se envergonha.

— E não se incomoda por ele ter me insultado dizendo tão casualmente que vai ficar com minha esposa?

— Como se ele fosse ficar com essa casa ou com seus bens?

— Mais do que isso — respondi.

— Então uma esposa vale mais do que os bens?

— Você está rindo de mim.

— Isso é bobagem — disse, segurando minha mão e me fazendo sentar ao lado dela. Depois, me beijou e apertou minha bochecha. — Bobagem — repetiu. — Você reclamou quando ele disse isso? Não. Achou que eu recusaria essa graciosa proposta? Claro que não. Ou pensou só que eu ia chorar, soluçar e ficar histérica? Seria burrice minha. Como já disse, as coisas são como são. Não estamos nos tempos da República, quando as mulheres deviam ser virtuosas e o matrimônio era respeitado. Você mesmo já foi para a cama com Agripina, embora tenha sempre jurado que me ama. Então é isso. Vou ser esposa do imperador, e você vai continuar sendo seu leal e obediente servidor.

— Você fala como se me desprezasse. Ou será que apenas me concede um pouco de sua famosa compaixão?

— Toda mulher sente compaixão pelo homem com quem se deita. Como poderia ser de outro jeito?

Perguntei se me desprezava só para eu ter certeza. Eu me desprezava por minha submissão. Mas o que podia fazer, a não ser me matar? É curioso, mas não detestei Gaio, muito menos fiquei magoado por ter me tomado Cesônia. Será que era por aceitá-lo e ao Império como eram ou por eu ser desprezível, querer sobreviver de qualquer maneira? E será que essa vontade era desprezível? Creio que não.

Houve época em que nossa ideia romana de virtude, do que é um homem, me obrigaria a vingar a ofensa ou a me atirar sobre a lâmina da minha espada. Mas virtude era coisa do tempo em que éramos livres. Ninguém consegue ser virtuoso agora, nessa geração de escravos.

Discuti isso com Sêneca uma vez, aliás, várias vezes. Mas é de uma determinada conversa que lembro.

Ele tinha se retirado de Roma para uma casa na região de Sulmona, que herdou de seu primeiro sogro. Sulmona era a terra do imoral poeta Ovídio, e Sêneca se orgulhava de sua moral rígida. Eu gostava dessa combinação. E sempre gostei também da companhia de Sêneca, pelo menos, é inteligente, embora achasse as tragédias que lhe deram fama ridículas, áridas, pouco originais e meio fora da realidade. Por acaso, Gaio tinha a mesma opinião e não achava nada das tragédias, nem dos ensaios filosóficos e morais. Condenava-os e considerava até os discursos de Sêneca como "areia sem visgo". Portanto, Sêneca foi sensato em sair de Roma no governo de Gaio. Mas a conversa de que recordo foi alguns anos depois.

Sêneca é dois anos mais jovem que eu, porém, como não aproveitou a juventude, pareceu sempre mais velho. Tem um jeito sério, até pretensioso, é uma pessoa pesada. Por estranho que pareça, embora tenha vindo para Roma quando criança, nunca perdeu o forte sotaque de sua Espanha natal. Talvez porque nunca ouviu outras pessoas falarem, nem frequentou a alta sociedade. Seu conhecimento do mundo é teórico, como foi o do pai, um velho enfadonho que passou os últimos anos de vida escrevendo sobre casos imaginários, civis ou criminais, e tirando lições morais. Não creio que meu Sêneca jamais tenha ido a um bordel na vida, ao contrário do irmão caçula M. Anneu, que não saía deles, dando preferência aos que ofereciam uma seleção de rapazes germanos. Mesmo assim, Anneu achou tempo para ser pai de um menino interessante, Lucan, que, ao contrário dos demais membros dessa família escrevinhadora, tem um verdadeiro talento poético. Mas estou me desviando do assunto principal.

Apesar de hoje me referir a Sêneca com desdém, admito que gostava de discutir filosofia com ele: pertencia à escola estoica, enquanto eu preferia, baseado em minha experiência, a epicurista.

Não consigo lembrar agora o que nos levou a essa conversa em Sulmona.

Comentei como fiquei humilhado nas mãos de Gaio e como sofri ao perder Cesônia.

— Eu devia ter feito alguma coisa? Mas o que e como, já que não podia fazer nada que surtisse efeito — argumentei. — Assim, segui o ensinamento do mestre Diógenes de Enoanda, que ensinou que não há o que temer dos deuses, nada a sentir na morte e que os maus tempos podem ser suportados, isso num mundo onde não há mais virtude da forma como nossos pais imaginaram.

— Meu pobre amigo — disse Sêneca. Ele tinha o hábito de mostrar sua superioridade com esse tratamento protetor. — Meu pobre amigo, a virtude jamais pode acabar, pois, se acabasse, você não poderia defini-la. Sua reação ao mal é a submissão; a minha, é o distanciamento e a contemplação de coisas superiores. Você acha que essa virtude acabou porque assim se exime de responsabilidade pelo que faz e pode chafurdar na sensualidade que, devo dizer, é uma perversão da filosofia epicurista que você finge seguir. Mas acredito que podemos chegar à virtude, mesmo em tempos difíceis.

— Seu argumento é tão falso quanto impertinente — respondi. — Admiro a virtude, mas concluí que não posso atingi-la. Se tivesse seguido o caminho da virtude, eu estaria morto. Desisti dela, mas continuo aproveitando a vida. Eu não teria sobrevivido a Tibério, quanto mais a Calígula. Assim, estou aqui com você neste terraço, desfrutando uma linda paisagem, comendo os primeiros figos da estação, que, aliás, estão deliciosos, com um ótimo queijo pecorino e este incrível vinho que você serviu. O que é melhor? Ser um monte de cinzas ou sentar aqui ao sol e discutir filosofia?

— E melhor seguir a virtude para que sua alma possa estar em harmonia com o divino.

— Mas se Gaio tivesse mandado eu cortar minha garganta ou seus guardas fazerem isso por mim, onde estaria minha alma? Supondo que exista alma. Eu pessoalmente duvido, pois apesar de ter desfrutado os prazeres da carne, nunca vi o que você chama de alma e por isso me permito acreditar que não exista.

— É impossível não existir alma, pois a vida não faria sentido — disse ele.

— E não faz.

— O mundo segue uma ordem e, portanto, tem sentido. O verdadeiro fim do homem é uma vida ativa, em harmonia com a natureza, ou seja, uma vida virtuosa, pois tais são a lei do universo e a vontade divina. Só o comportamento correto traz felicidade. Você é feliz, meu amigo?

— Feliz? Há momentos felizes. Este agora, em que vejo do seu terraço a estrada serpenteando pelos olivais e sinto no rosto o suave sol da tarde.

— A felicidade exige pureza de coração.

— É mesmo? Sabe que uma vez alguém disse isso a Calígula? Acho que foi Cesônia, pobre mulher. E sabe o que ele respondeu? Que cada homem tem seu jeito de ser feliz e que se sentia feliz em companhia dos mortos, principalmente os que mandou matar. O que acha?

— Não interessa. O imperador Gaio era louco.

— Acha? No meio da noite, há momentos em que acho que era sadio, horrivelmente sadio.

Sentiu o vazio da vida e aceitou, conhecia a vida como ela é ou deve ser: um enorme vazio. Uma vez, tive a ousadia de falar em Drusilla, a quem realmente amou, e ele disse que não importava, que sua morte não tinha importância, não significava nada. A tristeza dele não durou porque era impossível.

— Tristeza — disse ele — é vaidade. Cedemos a ela para nos convencer de que não somos o que somos.

— O que ele foi, você quer dizer. Meu pobre amigo, Calígula era um lunático assassino.

— Estamos muito bem livres dele.

As sombras tinham chegado à estrada entre os olivais, que escureceu. Lá embaixo, da cidade, veio um som, uma voz de moça, pura e melancólica, cantando um amor traído ou algo assim.

— Não discuto: estamos livres de Gaio. Ele era demais para nós. Via as coisas com muita clareza. Talvez fosse essa a loucura dele, perceber e aceitar que nada dura. Uma noite, mais fria que a de hoje, estávamos à margem de um rio no norte e a vasta escuridão da Germânia se estendia invisível à nossa frente, e ele então disse que "como nada dura, a única realidade é a sensação do momento e, para mim, essa sensação está mais presente no instante de matar, quando fico totalmente livre de todas as lembranças, todas as ilusões". E acrescentou, com aquela risada, você lembra aquela risada de menino: "E pensar que o velho Tibério tinha medo dessa liberdade, não ousou aceitá-la, como eu aceito".

— Meu pobre amigo, você está obcecado por esse louco.

Finalmente, ele falou a verdade, reconhecendo minha obsessão. Mas será que Gaio Calígula era louco? Nunca tive certeza.

IX

Finalmente, após tantos adiamentos, tanta incerteza, tanta delonga, Gaio estava pronto para a campanha germânica. A essa altura, muita gente tinha chegado à conclusão de que ele não partiria nunca.

— É melhor falar na guerra do que a enfrentar — disse-me um senador idoso, antes de rapidamente se corrigir, ou fazer de conta que estava brincando, para que eu não repetisse a frase para outra pessoa. Não o condenei por não confiar na minha discrição. Num governo despótico, ninguém fala o que pensa sem se arrepender da imprudência. Eu merecia confiança, mas ele não era culpado de ter medo.

Gaio insistiu em que eu o acompanhasse como oficial sênior ou, na verdade, como segundo no comando.

— Lembro que você nos salvou na Germânia, quando eu era criança — repetiu ele, mais uma vez. — Você é meu talismã. Além disso, às vezes acho que é o único homem em Roma que vê o mundo como eu e que não tem ilusões como eu.

— Se assim o diz, César — respondi.

Na verdade, eu devia ter evitado esse perigoso cargo de honra, se pudesse. Mas claro que não podia. Desobedecer ao imperador ou arrumar uma desculpa para não fazer o que mandou seria pura loucura e, embora eu tenha sido acusado de muita coisa, até de muitos crimes, ninguém jamais me acusou de burro. Além disso, eu ainda achava que tinha certa influência sobre Gaio. Achava que ele tinha salvação.

Antes da viagem, ocorreu um fato desagradável. Conforme rezam a tradição e as normas religiosas, Gaio se preparou para sacrificar um touro ao deus Marte e assim garantir sucesso na campanha militar. Parecia comovido ao se aproximar do altar de sacrifício em trajes sacerdotais e com aquele ar de solene dignidade que sabia fazer quando queria. Tinha mesmo a capacidade de representar o que se esperava dele, o que me convencia de que, apesar de seus caprichos e comportamento esquisito, ainda podia ser alguma coisa. Mas, dessa vez, não conseguiu representar seu papel. Vestido como popa, cuja função era derrubar o animal, ele girou o maço três ou quatro vezes acompanhado da oração adequada, mas, em vez de atingir o touro, bateu no sacerdote assistente que degolaria o animal. Poucos presentes acreditaram que tivesse sido acidente, sobretudo quando o imperador teve um acesso de riso. Todos acharam que era um mau presságio.

Gaio não se preocupou, o que foi estranho, pois era terrivelmente supersticioso. Já o vi largar uma caçada apenas porque avistou um gato preto, bichano que sempre o fazia suar frio e pelo qual sentia um horror peculiar. Mas naquele dia, no altar, ele apenas disse:

— Evidente que os deuses estão a meu favor e farão com que acabe com meus inimigos do mesmo jeito. Portanto, minha expedição começa bem.

Assim, partimos no dia seguinte em marcha acelerada. Gaio exigiu um ritmo de caminhada que as legiões de pretorianos mal conseguiam acompanhar, estavam fora de forma devido à vida calma que tinham na cidade. Muitos passaram a noite com prostitutas e estavam de ressaca, mal conseguindo ficar de pé. Gaio achou isso muito engraçado, mas aceitou meu pedido para reduzir a marcha a partir do dia seguinte.

— Você tem que mimar e afagar os pretorianos, eles são os pilares do seu poder — comparei.

— Tenho quê? "Ter que" é uma expressão que não me agrada — disse ele, o cenho franzido.

— Mesmo assim... — falei, sem terminar a frase. Ele ouviu meu conselho, mas um dia esqueceria. Cito isso para calar os críticos que garantem que eu não tinha qualquer influência sobre Gaio e que sobrevivia graças apenas à bajulação. A verdade é que, a essa altura, Gaio ainda não era surdo aos bons conselhos e, pelos motivos que já citei, tinha confiança na minha avaliação e até, acredito, afeto por mim.

Cesônia mais tarde me disse que naquela noite ele reclamou de mim, depois considerou:

— Se fosse qualquer outra pessoa, eu ficaria ofendido com aquele "mesmo assim" que usa para me impedir de fazer o que quero.

Os legionários deram gritos de alegria ao ouvir que no dia seguinte a marcha seria mais lenta. Com isso, Gaio se convenceu tanto de minha sensatez quanto da popularidade dele, que ainda existia. Os homens se lembravam dele como filho do herói Germânico e ainda havia alguns centuriões que tinham estado sob suas ordens como recrutas e o adoravam. Além disso, para todos os centuriões, Gaio ainda era, em seu entusiasmo pela glória bélica, um forte e bem-vindo contraste com Tibério.

Desprezavam Tibério pela avareza e ficaram muito ressentidos pelo que consideravam traição ao popular comandante Sejano. Assim, os pretorianos aprovavam Gaio e esperavam muito dele.

Durante a marcha para o norte, o imperador estava muito animado. Até suas piadas e gracejos eram gentis. Ficou feliz de estar com o exército. Aguardava ansioso a guerra e ansiava também por se testar e mostrar-se merecedor do pai. Impressionava os soldados pela energia e pela capacidade de resistência. Havia dias em que desmontava do cavalo e marchava na frente da coluna. Quando criança, aprendeu muitas músicas que os legionários costumavam cantar na marcha e dava início a elas. Às vezes, também, mandava Cesônia descer da liteira e marchar ao lado dele, vestida de legionário. Um dia, ela permaneceu na liteira e só mostrou o rosto em meio às cortinas; ele resmungou que, se alguém estivesse se perguntando por que a esposa não estava marcando passo, era porque a "pobre está com bolhas nos pés". Todos os que ouviram riram e gritaram para Cesônia que sabiam o que era ter bolhas nos pés. Quando estávamos mais ao norte, ela passou vários dias na liteira e Gaio não hesitou em garantir que estava sofrendo de males de senhoras, e acrescentou: "Sorte que nós, homens, estamos livres disso".

Uma voz lá do fim da coluna atalhou:

— Bobagem, César, nós sabemos que você trepou tanto com ela que a pobre não consegue andar. Não pense que não ouvimos ontem à noite.

Em vez de ficar irritado com esse atrevimento — que, nos tempos de Tibério, faria o soldado receber um bom chicote —, Gaio gostou muito, insistiu para o soldado se apresentar e deu-lhe duas moedas de ouro e um beijo em cada face.

Durante a marcha, Gaio não se permitiu nenhuma das excentricidades nos trajes, como estava acostumado e que já haviam provocado raiva e desdém entre senadores e outros homens e mulheres conservadores de Roma. Certamente, essas excentricidades contrastavam muito com o decoro e a decência que caracterizaram Augusto e Tibério. Gaio não apareceu em túnicas de seda, nem vestido de mulher (isso, em honra de sua companheira de cama, a deusa da lua). Usava uniforme de soldado comum e, quando o clima estava agradável, punha o peitoral de Alexandre Magno, que mandou retirar do túmulo do grande rei, em Alexandria. Em resumo, não fez nada que pudesse ofender os soldados. Até a disciplina que impôs era tão suave quanto firme e não houve execuções.

Acima de tudo, comportou-se adequadamente e com uma dignidade que não se esperava em todas as cidades e aldeias por onde passamos. Ele ouviu com atenção os pedidos que os dignitários municipais faziam, só reclamava raramente e escutava tudo até o fim, sem interromper. Absteve-se de fazer piadas com a roupa grosseira daqueles chefes gauleses que não tinham ainda aprendido os modos romanos e não zombou de suas tentativas desajeitadas de falarem latim. Ouviu com paciência as reclamações dos provinciais e, quando possível, mandou que fossem encaminhadas. Prestou homenagem às divindades locais e, em Lião, sentou-se no banco dos juízes e exerceu a justiça de forma exemplar. Nos jantares oferecidos pelas autoridades municipais, comportou-se tão adequadamente que em Roma ninguém acreditou no informe dos relatórios. Também não tentou seduzir nenhuma esposa, filha ou filho dos anfitriões, nem os demais interioranos. Na verdade, estava feliz e à vontade, pela primeira vez desde o início do governo. Cesônia me contou que ele estava até dormindo à noite:

— Cinco ou seis horas seguidas, sem pesadelos ou sonhos perturbadores. Desde que saímos de Roma, não acordou nem uma vez gritando ou com o corpo todo suado. Eu diria que é um novo homem, se não tivesse certeza de que é ele mesmo. Ele admite a mudança e ontem me disse: "Não sei o que está me acontecendo, estou bem comigo mesmo". Se você quer saber minha opinião... — ela se interrompeu.

— Cesônia, quando foi que não quis saber sua opinião? Sabe que sempre valorizei o que você acha. Continuo valorizando agora, depois que você foi tirada de mim.

— Não há o que comentar sobre isso.

— Claro que não. Por isso mesmo, só me referi agora. Mas acho que não sinto sua falta. O que você ia dizer?

— Não vai contar para ninguém, vai?

— Juro.

Promessa que cumpri até hoje e só agora, quando nada mais importa e nada pode afetar minha pobre Cesônia, nem Gaio, me sinto à vontade para contar. Disse ela:

— Você sabe como ele foi criado, como foi acostumado a fingir, graças àquele velho monstro de Capri, como arriscava perder a vida se falasse sem pensar. Você sabe disso tudo. Ele sobreviveu e, quando se tornou imperador, sentiu o poder como uma embriaguez. Mas continuou sendo apenas um menino assustado, que achava que não era capaz de nada. Então, tentou impressionar e dominar o mundo apenas para acalmar seus medos e sua sensação de incapacidade. Sentia-se inferior aos senadores e a todos os que tinham experiência de mando.

"Você deve se lembrar de que nunca teve autorização para ocupar nenhum cargo oficial, nunca serviu o exército, nem governou uma província. Assim, não surpreende que tenha sido como foi. Não se orgulha disso, você sabe. Ele sabe, e isto é outra coisa que você não pode repetir nunca, que cometeu muitos erros, até crimes, além de ter ofendido muita gente. Outro dia, me disse: 'Desde que virei imperador, o único lugar onde me sinto à vontade é assistindo aos Jogos na arena e ouvindo a saudação do povo'. Depois, acrescentou uma coisa que vai agradar a seus ouvidos: 'Se não tivesse tido seu ex-marido para confiar e consultar, teria me escondido numa caverna distante e sumido do convívio humano'. Agora, no exército, ele se sente em casa. Só isso."

Gostaria que tivesse sido assim. Se Gaio continuasse no mesmo caminho dessas semanas, ainda estaria vivo, tido como um imperador muito bom e muito querido.

Mas ele mudaria logo.

X

Fiquei tempo demais afastado do exército. Foi o que pensei naqueles primeiros dias no Reno. Era uma alegria ouvir os sons do acampamento, ver os soldados cumprindo suas funções, sentir o cheiro dos cavalos, ver os portões sendo fechados enquanto começava o longo anoitecer setentrional e as cornetas anunciavam a mudança da guarda.

O imperador sentia o mesmo prazer que eu. Várias vezes, ele disse: "Esse é o meu ambiente natural", ou "Foi aqui que me criei", ou até "Sinto como se tivesse voltado para casa". Ele se animou também graças à recepção calorosa dos legionários e ficou encantado de rodear-se de veteranos, que se lembravam de seu pai e tinham marcas de guerra no corpo para provar como era duro aquele serviço.

Mas logo a nossa disposição mudou. Digo "nossa" porque Gaio e eu, nessa época, pensávamos igual. Depois que a alegria inicial de conviver com as legiões começou a diminuir, ficou claro que as coisas não iam bem. Não dava vontade de treinar. Os soldados desfilavam com armas velhas e até sujas. Havia dois anos não acontecia qualquer incursão punitiva no Reno e na Germânia para manter a paz, conferir as tribos, receber os tributos e fazer reféns. Além disso, descobri que também não havia exercícios de treinamento. Em resumo, as tropas apenas cumpriam seu dever, nada mais, mesmo assim com preguiça e relaxamento. Bebiam muito e alguns centuriões instalaram suas prostitutas germanas ou gaulesas nos alojamentos. Estava evidente que os soldados passavam mais tempo na cantina e no bordel do que no acampamento. Muitos estavam gordos e outros ofegantes, de nariz vermelho e olhar parado, incapazes de se concentrarem. Misturavam-se com toda liberdade à população local, o que não era de se estranhar, já que muitos tinham filhos com as mulheres de lá. A corrupção era normal, como sempre quando falta disciplina e os homens podem passar o tempo nas aldeias ou nos lugares mal-afamados das cidades. Uma avaliação dos estoques mostrou que havia furto de objetos pessoais e de bens do Estado, vendidos para obter lucro pessoal. Em resumo, para onde quer que se olhasse, havia com o que se desanimar, ficar contrariado ou irritar alguém como eu, acostumado aos altos padrões antigos, à rigorosa disciplina e à eficiência do exército.

Claro que tudo isso era culpa do comandante. Gneu Lêntulo Getículo era, sem dúvida, de boa família e se destacou na carreira. Era meu contemporâneo e o conheci bem na juventude. Logo após o motim do ano 14, Germânico nomeou-o um de seus tenentes. Ele tinha um jeito simples e boa aparência: altura meã, magro, rosto suave, um pouco delicado, emoldurado por farta cabeleira cacheada. A princípio, os homens gostavam de rir dele e até zombar, acho que alguns recrutas imitavam seu jeito afetado de andar. Mas ele logo provou ser corajoso e de grande resistência na guerra. Talvez para desmentir as insinuações causadas por sua aparência feminina, ganhou fama de grande mulherengo, do que os legionários sempre gostam. Nossos soldados, claro, são muito tolerantes em relação a sexo. Um de nossos colegas oficiais, Marcos Labienos, neto de um general de Júlio César, magrelo, calado, feio e antipático, sempre escolheu os recrutas mais bonitos para serem seus criados particulares — e ninguém achava que eles fossem apenas isso.

Mesmo assim, era adorado pelas tropas graças à sua grande coragem e ao zelo pelo bem-estar da tropa.

Getículo era um dos preferidos de Tibério, que o usou para espionar Germânico, informar o que pensava e quais eram suas ambições — função, você deve lembrar, que tanto Tibério quanto Sejano tentaram me dar. Getículo então ganhou destaque no governo do velho imperador, mereceu sempre toda a confiança e recebeu uma série de trabalhos importantes e gratificantes. Sua promoção foi bastante merecida. Era inteligente e simpático, continuou bonito, mesmo depois de perder a visão de um olho na guerra da Mauritânia. Eu gostava da companhia dele, menos quando dava asas ao seu humor obsceno; tinha uma mente suja e uma coleção de histórias grotescas e nojentas. Era outro motivo para os soldados gostarem dele.

Por isso, descobrir que meu velho amigo estava relaxando no cumprimento dos deveres, que tinha perdido o controle, era doloroso, tão doloroso quanto ver que o rosto delicado, de moça, tinha ficado gordo e com papada; os cachos fartos tinham se transformado numa careca e os olhos castanhos meio puxados e sempre flertando — pois não resistia à prática da sedução — estavam sem graça e inexpressivos.

Assim que chegamos, também foi doloroso comprovar que Getículo não teve qualquer prazer em me reencontrar. Não dava mostras de que tínhamos nos conhecido em nossos verdes anos, que conversamos noites inteiras e trocamos as confidências mais íntimas. Na hora, não me ocorreu que a frieza e a indiferença eram por eu ser o tenente escolhido pelo imperador e o conselheiro mais confiável. Só mais tarde, eu soube como Getículo odiava Gaio. Eu não tinha entendido por que ele havia abandonado totalmente o grupo que continuava dedicado à memória de Germânico. Isso podia ser explicado pelo fato de Agripina, a mais velha, ser uma das poucas mulheres que ele jamais conseguiu seduzir. Realmente, mesmo naqueles distantes tempos de nossa juventude, ela não confiava nele e tratava-o com frieza, até com raiva. Por incrível que pareça, também não percebi que Getículo não só admirava Tibério, mas o adorava, naquele jeito dele. Estranho que eu tenha precisado viver tantos anos para começar a entender as complexidades do coração e seus caprichos irracionais.

Hoje, acho provável que a decadência da personalidade de Getículo, bem refletida no comando desmoralizado das tropas, tenha sido consequência da morte do velho imperador e de este ter sido sucedido por Gaio. Era como se Tibério fosse a âncora que prendia Getículo ao dever e, agora que a âncora tinha sido levantada, ele estivesse a caminho do naufrágio. Não acho que essa seja uma explicação muito fantasiosa.

Gaio, por sua vez, retribuía a raiva e a antipatia de Getículo. Poucos dias após nossa chegada, o imperador se referia ao outro homem como "a velha". Gostava de humilhá-lo, repreendê-lo e contradizê-lo até na frente das tropas e ver o general ter de engolir os insultos e críticas.

Havia um rapaz na equipe de Getículo que o imperador tinha prazer especial em seduzir.

Chamava-se Valério Catulo, parente do dissoluto, porém talentoso poeta da extinta República. Esse Catulo não tinha tais talentos. Era alto, magro, de pernas longas, quadris estreitos e braços moles. O rosto, meio sem graça quando Catulo estava animado, tinha uma profunda e sensual tristeza quando parado. Era evidente que Getículo tinha prazer na companhia dele, e por isso Gaio o humilhou também. Não era o único motivo. Fútil e vaidoso como Catulo parecia, era despreocupado, de uma alegria natural, que contrastava com a esquisitice do imperador. Além do mais, Catulo parecia não se alterar com os insultos e zombarias que Gaio lhe dirigia — o que deixava o imperador furioso. Se estivéssemos em Roma, Gaio mandaria matá-lo. Mas no Reno era diferente, ele não era o mesmo homem dado a impulsos de crueldade que não conseguia conter. Tinha um interesse sério: fazer com que o exército voltasse a ter um nível de eficiência que possibilitasse a conquista da Germânia.

Catulo era uma mera irritação, tão importuno quanto uma mosca voando em volta da cabeça enquanto você tenta trabalhar.

Catulo sobreviveu a Gaio. Anos depois, na verdade, há bem pouco tempo, ele me disse:

— Bom, preciso agradecer a você em primeiro lugar e a Cesônia, em segundo. Ela gostava de mim e me protegeu. — Ao ouvir isso, senti o ciúme entrando pelas minhas costelas como um punhal. — Mas eu sabia como era Gaio. E ele não conseguia me perdoar. Fomos colegas de escola e, quando ele tinha catorze anos, fomos amantes por curto tempo. Sei que correu o boato de que eu gostava de me vangloriar por tê-lo sodomizado a ponto de cair exausto. Posso ter dito isso bêbado. Mas na verdade não foi assim. Eu tinha uma certa ternura por ele, sabe? Era tão esquisito, tímido e infeliz. Por causa daquelas horas que passamos juntos na juventude, nunca pude acreditar que ele fosse um completo monstro. Além do mais, acho que conservou algum sentimento por mim. Depois, fui condenado à morte, mas soube que Cesônia disse que, no fundo, o imperador ficou contente por eu ter conseguido fugir.

Com que calma disse isso! Incrível que fosse capaz de tanta calma. De quanta coisa ele se esqueceu! Ou, talvez, que mentiroso é, capaz como os mais contumazes dos mentirosos, de acreditar nas próprias mentiras, aquelas histórias imaginadas e torcidas.

Estou saindo do assunto de novo, ou pelo menos me antecipando aos fatos.

Marcos Emílio Lépido foi ao norte, como emissário do Senado. Estava com Agripina, com quem tinha recentemente se casado, meses depois da morte de Drusilla e imediatamente após a morte do antipático marido dela. Perguntei a ele se tinha decidido continuar sendo cunhado do imperador. Ele não gostou da pergunta, mas não havia outro motivo para aquele casamento. Na noite em que chegaram, ela veio para a minha cama. Repeti a pergunta que tinha feito ao seu novo marido.

Ela riu e disse:

— Você entendeu muito mal, meu caro. Lépido não tinha a menor vontade de se casar comigo. Só casou porque o imperador ordenou. Gaio disse que estava acostumado a tê-lo na família e não via por que teria permissão para escapar. O coitado ficou tremendo de medo durante toda a cerimônia. Acredito até que achou que fosse uma das piadas grosseiras de Gaio e que seria enforcado logo depois. Principalmente porque Gaio mandou que ele fizesse um testamento em favor dele. E eu estava tão disposta quanto ele. Afinal, já tinha ouvido de Drusilla o suficiente sobre meu novo marido para saber que ele não era capaz de me satisfazer, ou mesmo agradar. Além disso, você sabe muito bem que é de você que gosto, estou aqui para provar isso.

Era mentira. Agripina só amou a si mesma e a ninguém mais, com exceção do filho Nero, do seu primeiro casamento, com o Gneu Domício Aenobarbos, neto de Marco Antônio. (Anos depois, ele me contaria que não estava mais se importando com nada quando se divorciaram. Mesmo assim, quando ela o dispensou, ele morreu poucos anos depois, de tanto beber.) Sempre admirei a inteligência de Agripina, superior a de todos os irmãos e irmãs, sendo uma pessoa dura, fria e masculina. Respeitava sua determinação de fazer o mundo conforme sua vontade. Durante algum tempo, eu a desejei. Se o rosto dela tinha traços muito malfeitos, se o nariz prometia parecer um bico de águia quando ela chegasse à meia-idade — aliás, hoje parece mesmo —, e se os lábios eram finos demais, o corpo era atraente, de uma jovem atleta, esguio, parecendo o de um rapaz, muito bem-proporcionado. Mas ela não conseguia dar nada de si. Na cama, buscava o prazer dela, sem se interessar pelo meu. Aliás, buscava com pressa, miando o que queria. Não havia dúvida de que Cesônia tinha me acostumado mal, ela era tão perfeita nas artes do amor, tão capaz de excitar a paixão do amante, tão generosa nas recompensas. Mesmo assim, eu não conseguia resistir às exigências de Agripina. Por que não conseguia? Até hoje, isso me intriga.

O marido dela tinha sido tão injuriado que o único orgulho que ainda lhe restava era o da família — embora a desonrasse —, mas não se importou com meu caso com Agripina. Ficou realmente aliviado por não precisar mais satisfazer suas exigências. Nessas semanas, ele passava quase todo o tempo em silêncio, retraído, tentando ficar desapercebido. O que era impossível. Gaio transformou-o em mais um dos seus alvos. Tinha passado a se dirigir a ele como "catamita". Era absurdo e inadequado. Lépido apenas baixava a cabeça e guardava o ressentimento no peito.

Agripina foi a primeira a me adiantar o que estava por vir. Uma noite, desabafou:

— Nossa família tem uma maldição. Não sei no que ofendemos os deuses para merecer. Mas tenho certeza de que somos amaldiçoados. E não quero ser destruída por essa maldição, como foram meu pai, minha mãe e meus irmãos.

— Todos os seus irmãos? — perguntei, distraído.

— Claro: Gaio é o mais maldito de todos. Destrói tudo o que toca. É a loucura dele, não pode durar. O que você acha? Como isso vai acabar? — perguntou.

Eu não ia me comprometer. Disse que não era vidente, nem profeta ou adivinho para saber o futuro. Mas sentia para que lado o vento estava soprando.

Havia dias em que surpreendia Getículo me olhando como se me avaliasse. Lépido também. Várias vezes, um deles parecia prestes a falar algo importante, hesitava e mudava a conversa para assuntos triviais. Uma vez, Getículo ousou abrir seu coração. Era tarde, tinha bebido bastante e estava naquele ponto intermediário entre a sobriedade e a embriaguez, em que o cuidado e a prudência estavam relaxados, mas ainda não tinham perdido toda a clareza.

Falava na decadência e na corrupção de nossos tempos. Concordei, ele não disse nada que eu já não tivesse pensado. Não estava querendo preparar uma armadilha para ele. Estávamos falando generalidades.

Ele então disse:

— Quando jovem, tive ambições literárias.

— É comum, também escrevi poesias, contos e até um épico. Faz muito tempo e foi tudo inútil.

— Por quê?

Suspirei, peguei a garrafa de vinho e sorri.

— Falta de talento. As palavras nunca combinavam com as ideias que estavam na minha cabeça.

— Acho que há outro motivo. No meu caso, houve. Nosso tempo não é adequado para tais coisas. Se há uma forma literária adequada para a nossa época é a sátira. E não ousamos escrever sátiras porque não ousamos dizer o que pensamos.

— Talvez — respondi.

Getículo levantou-se, desajeitado, as pernas pesadas, e olhou a noite.

— Lua cheia. Será que a deusa da lua vai dormir com o imperador? — perguntou.

— Você sabe dessa fantasia, não?

— Lépido me contou. O imperador uma vez perguntou se ele tinha visto a deusa se aproximar do aposento dele. Lépido teve a presença de espírito de responder que só deuses têm o privilégio de ver deuses, simples mortais como ele não tinham. É insuportável isso, não?

— Uma fantasia — repeti e tomei mais vinho. — Fantasia que nenhum homem sadio teria. O velho Tibério ficou constrangido quando lhe contaram que na Ásia ele era adorado como um deus. E, quando uma delegação de uma cidade espanhola pediu permissão para construir um templo em sua homenagem, respondeu: "Sou obrigado a dizer que sou apenas humano, carregando os encargos de um humano e não de um deus. Satisfaço-me em ocupar apenas o primeiro lugar entre os homens". Isso foi a voz da saúde mental.

A seguir, foi minha vez de me levantar, de forma a não precisar encará-lo. Olhei a noite: nuvens felpudas corriam pelo céu, passando em frente à lua e formando estranhas sombras na terra. O vento soprou do norte. Estava frio, estremeci.

Atrás de mim, Getículo disse:

— Em noites como essa, os fantasmas aparecem. Eu estava falando nas minhas ambições literárias. Uma vez, tentei escrever a tragédia dos libertadores, aqueles corajosos homens que, em nome da República, tentaram acabar com a tirania e por isso mataram César, embora esse fosse amigo de vários deles, que reconheciam sua virtude e grandeza.

— Ah, sim, os libertadores — lembrei. — Talvez seja melhor tomarmos mais um pouco de vinho. — E servi as taças. Olhamo-nos e, de acordo, brindamos e bebemos à nossa saúde. Eu disse então: — Homens dignos de admiração e, ao mesmo tempo, tolos que não entendem a própria loucura. Ouvi muitas coisas sobre eles, Getículo, já fomos amigos. Bons amigos, acho. Então, falo francamente, como a amizade exige que se fale. Você comentou de fantasmas surgindo e, realmente, essas florestas do norte, no outro lado do rio, são cheias de fantasmas que podem se apossar da mente de um homem e deformá-la. Fiz campanha nos desertos da África e lá também se pode ser vítima de devaneios. Uma vez, lembro-me de que fazia muito calor e estava exausto, vi um bosque muito verde surgir na minha frente, não fui só eu que vi, os homens também e gritaram de alegria, pois tinha água lá. Mas não havia água nem árvore nenhuma, era ilusão ou, como eles chamam na língua nativa de lá, miragem. A República é esse verde, essa água, essa miragem.

— Sim — continuou ele —, fomos amigos no passado e gostei muito de você. Gostaria de pensar que poderíamos ficar assim outra vez. Você deve ter se esquecido, pode nunca ter sabido, de que meu avô foi um dos libertadores. Décimo Bruto. Um bom general, embora insignificante em algumas áreas. Também tinha ambições literárias, como nós. Nunca foram muito grandes, mas deixou um documento, uma justificativa explicando por que ficou contra César, que havia sido seu amigo, seu chefe e até seu ídolo. Claro que isso nunca foi publicado, mas li na biblioteca de meu pai quando jovem e depois reli várias vezes. Ele cita Cássio, o mais ousado e mais decidido de todos eles. Há muito tempo, sei as palavras de cor. Cássio disse o seguinte: "E se nossos antepassados, os homens, que venceram Aníbal, perderam Cartago, causaram a ruína do grande rei Mitrídates, conquistaram a Espanha, a África e a Ásia, se todos esses homens, a quem reverenciamos, pudessem nos ver agora? Se pudessem ver a decadência de nosso Estado? Se pudessem ver como somos abjetos hoje, se pudessem ver como César, homem da nossa estirpe, jogador, endividado, preguiçoso, que rompeu os laços históricos que mantinham a República, se eles pudessem ver como ele manda em nós, nos domina, nos mantém como súditos? Se vissem tudo isso, será que nossos antepassados ririam ou chorariam, ou vão chorar de rir ou rir de tanto chorar?"

— Bela retórica. Digna de Cícero — elogiei.

Getículo ignorou o que eu disse e prosseguiu, não sei se ainda estava citando o antepassado no discurso de Cássio, se estava falando o que ele mesmo achava, ou as duas coisas juntas.

— O problema é esse. Pergunto a você agora: não sente vergonha, como eu, por termos chegado a essa situação abjeta? Ou está feliz de se ajoelhar e adorar esse nosso César, chamá-lo até de deus, olhar para ele como se fosse de uma espécie diferente da nossa, que temos origem tão boa quanto a dele?

O que senti? Admiração? Inveja? Piedade? Raiva? Um pouco de tudo isso e um pouco também, ouso confessar, de medo.

Admiração, sem dúvida, pois via que Getículo e seus amigos, pois deve haver amigos juntos numa empreitada dessa, estavam se preparando para arriscar a vida em busca de um sonho. Inveja, sim, já que sabia que esse sonho não passava disso, um sonho, abstrato e impossível. Piedade, claro, pois não podia acreditar na possibilidade de sucesso.

E raiva por terem tão pouca compreensão da realidade a ponto de pensar que era possível restaurar a República.

E medo, sem dúvida, um medo que apertava a garganta, que por associação eu próprio pudesse...

— Chega. — Tentei deter Getículo, convencê-lo a sair de onde estava se metendo. Falei: — Meu velho amigo, você, como sei, mereceu a confiança de Tibério e fazia parte dos conselheiros dele. E acho que também tinha por ele um afeto sincero. Sendo assim, acredito que o tenha ouvido falar na adorável República e na impossibilidade de restaurá-la. Se fosse possível, ele teria feito. Lembre-se, meu amigo, de que quando os libertadores, que você tanto admira, mataram César, a República ainda existia, pelo menos no nome. Mas não conseguiram soprar vida nela. Agora, está enterrada há tanto tempo que para muitos não passa de uma lembrança; e você propõe que se anime o cadáver? Meu caro amigo, prefiro achar que isso não é mais que uma conversa na noite, estimulada por seu excelente vinho, e que será melhor de manhã não se lembrar das coisas que foram ditas aqui.

— Mesmo assim — disse ele, quando me retirei.

Pensei: *Mesmo assim, ele vai seguir em frente e não creio que um homem que se mostrou tão incapaz quanto você de comandar esse exército do Reno vá ter sucesso como conspirador.* Mas minha cabeça estava confusa.

Uma noite, Agripina não veio ao meu encontro e mandou um recado de que estava com enxaqueca. Para mim, foi um alívio. Eu estava apreensivo e ansioso. Procurei consolo na leitura, como faço sempre que fico confuso, e nessas ocasiões leio Tucídides. Sua obra não tem altos voos, idealismo, nem a pretensão sentimental de que os homens não são o que são. Há apenas um forte, rígido e duro apego aos fatos e uma rara compreensão de como pensam e agem os homens. No tempo de meu pai, um professor de retórica grega criticou Tucídides como obscuro devido ao hábito de resumir, e disse que são poucos os que entendem Tucídides e mais raro ainda os que podem fazer isso sem a ajuda de uma gramática como, creio, ele próprio. Talvez seja verdade, mas, na minha opinião, a incapacidade de entender o grande historiador vem sempre de certa relutância em encarar a realidade. Era infelizmente o que eu tinha de fazer naquela hora.

Mas fui interrompido pelo jovem Catulo. Chegou com cheiro de vinho e o rosto afogueado.

Usava túnica de soldado e suas pernas compridas e macias estavam enlameadas. Sem ser convidado, jogou-se num divã, esticou as ditas pernas que vi então terem sangue seco, e me olhou, a boca aberta.

Indicou com a mão o escravo que segurava e desdobrava o rolo de papel onde eu lia.

— Não sei ler bem. Pode mandar o escravo sair? — Depois, calou-se outra vez, olhando bem para mim. Deixei-o esperar. Duas mariposas voaram em volta da lamparina até baterem nela e queimarem as asas. Finalmente, Catulo disse: — Fui beber e me meti numa briga. Dê-me um pouco de vinho, seja bonzinho e sirva-se você também.

— Amanhã você vai estar com o olho roxo.

— Isso é o de menos. A briga foi com o imperador. Claro que estava disfarçado, mas levou um golpe do mesmo jeito. Na cabeça. Ficou caído. Estava com um dos guarda-costas, um grandalhão ilírico, acho. Ele acabou com a briga. Passamos em duas tabernas perto do porto e depois num bordel. Duas pessoas não gostaram do que o imperador disse e assim começou.

Deu um gole de vinho, segurando a taça com as duas mãos, pois estava tremendo.

— O imperador está bem? — perguntei.

— Ah, sim, vai ficar direito. Deram só um golpe na cabeça, o grandalhão ilírico levantou-o pelos ombros e tirou-o de lá antes que virasse um inferno. Foi aí que me bateram.

Fez outra pausa e me olhou como se quisesse que eu perguntasse. Deixei o silêncio se estender enquanto o via tentando recuperar o autocontrole.

— Você não contou tudo — falei. — Por que ficou tão assustado? Não acredito que uma briga de taberna possa deixar você tão mal.

Ele estava mesmo mal, totalmente arrasado. O tremor diminuiu. Peguei a taça e segurei para que ele bebesse. Estava suado e cheirava a medo.

— Qual é o problema?

— O que um deles disse.

— Continue.

— Não entendi direito. Quer dizer, aquela maldita língua. Mas era latim, e ele disse: "Se acabarmos com esse aqui, vai parecer convincente". O que acha que ele quis dizer com isso?

— Diabos, como vou saber?

— Na hora, não fazia sentido, só vi que estavam se referindo a mim.

— Mas depois? Quando você começou a pensar...

— Foi essa palavra "convincente". O que podia convencer quem? Não faz sentido. Fazia, ou pelo menos alguma lógica estava surgindo em meio à confusão.

— Como você foi parar no bordel? Já tinha estado lá? — perguntei.

— O que isso tem a ver com a história? — respondeu. — Bom, não. Lembre-se de que vivo aqui faz pouco tempo.

— Então, foi lá por acaso?

— Não exatamente.

— Foi o imperador quem escolheu o lugar? — Ele balançou a cabeça, negando. — Então? — Sentou-se no divã. Depois, cobriu o rosto com as mãos. Estava com o pescoço todo suado e quando toquei nele o suor era frio. Continuava tremendo. — Então? Conte — insisti.

Sentei-me ao seu lado e abracei os ombros dele.

— Conte-me. Alguém recomendou o bordel para você, não foi? — Ele não respondeu. — Quem foi? O general, não? Getículo disse a você que era o melhor bordel da cidade. Não é? Disse que lá o imperador ia achar o que queria...

Ele levantou o rosto e me olhou apavorado, os lábios tremendo e lágrimas escorrendo.

— O que eu faço? — Fiz um carinho no rosto dele para agradá-lo, como se faz com um cão.

— Você não é tão bobo, é? E não posso culpá-lo por ter medo. Gaio também não é bobo, você sabe disso e está imaginando quando ele vai começar a fazer perguntas.

— O que eu faço?

Eu o segurei com firmeza e olhei para uma noite imaginária. Dali a pouco, ele parou de tremer, olhou para mim e repetiu a pergunta.

— Vamos ter que achar uma resposta para isso — respondi. — Mas não culpo você por estar com medo.

XI

Catulo teria fugido como um ladrão na noite, mas obriguei-o a seguir meus planos ao responder às perguntas dele.

— Primeiro, não há para onde você possa fugir — comecei, para acalmá-lo e mostrar a terrível realidade. — Não existe um lugar, por mais distante que seja, onde você possa ficar seguro. Se pensa em sair das fronteiras do Império, como vai sobreviver em meio a bárbaros? Como vai encontrar refúgio? — Delineei os lábios dele com a ponta do dedo. — Além disso, fugir é confessar sua culpa, admitir sua cumplicidade. Para se salvar, você tem que fazer o que eu disser.

— Quer dizer que foi tudo surpresa para você?

Catulo caiu de joelhos, se estirou no chão aos pés de Gaio, segurou as pernas imperiais e gritou:

— César, em nome de todos os deuses que venera, em nome de sua própria divindade, juro que eu não sabia de nada, não desconfiava de nada. Por favor, tem que acreditar em mim.

— "Tem que" não é expressão que me agrade. Vou acreditar ou não em você exatamente como preferir, conforme a minha veneta.

Gaio afastou o jovem com os pés, que ficou prostrado lamentando, com as compridas pernas à vista e mostrando o pavor em que estava. Um fio de urina surgiu no meio de suas pernas.

O imperador ria de puro deleite.

— Ele se mijou. Você está vendo, se mijou, e, quando éramos crianças, ele fazia tudo melhor que eu.

Chutou o rapaz outra vez, atingindo-o pouco abaixo das costelas. Catulo gritou de dor.

— Gostaria muito de vê-lo ser chicoteado. Acho que vou fazer isso, o que você acha?

— Eu acho — respondi — que precisamos ter uma conversa. — Peguei-o pelo braço, como costumava fazer, e levei-o para o canto do aposento, numa janela que abria para o norte, o grande rio e as florestas escuras.

— Você está em perigo — avisei. — O golpe de ontem à noite falhou, mas quem sabe o que planejam seus inimigos agora? Já devem ter percebido que você escapou, estão com medo, e homens com medo são perigosos.

— Aquela criatura lá está apavorada. Acha que ele é perigoso?

— Catulo está apavorado porque é inocente. Se não fosse, não teria procurado minha ajuda. Se não fosse, não estaria aqui agora. E está com medo também por causa da tentativa de matarem você e a ele na noite passada, teme que possam repetir.

Ele roeu a unha outra vez e chupou o sangue.

— Talvez você tenha razão — murmurou. — Pode ser, já acertou antes, não sei. Minha cabeça está ruim esta manhã. Mas gostaria de vê-lo chicoteado, ouvir os gritos dele, tenho certeza de que seriam gritos muito musicais.

— Gaio, pode acreditar que Catulo é seu amigo como eu sou, jurei a seu pai que estaria sempre ao seu lado, como fiquei na hora do motim.

— Foi mesmo, não? Você me carregou nos ombros para fora do acampamento, eu me lembro.

— Não sei o que fazer agora.

Nesse momento, vieram gritos irados do acampamento e o estrépito de armas se chocando.

Ele segurou no meu braço.

— Começou de novo. Ontem, a noite era sem lua, nunca devia ter saído numa noite assim, quando a deusa estava dormindo e agora... eles vão me matar.

— Fique calmo. Componha-se — pedi, embora, para dizer a verdade, estivesse disposto a deixá-lo mergulhar no medo que ameaçava invadi-lo.
— Não há motim. Os gritos que ouve são para os canalhas que atacaram você ontem e que mandei um destacamento de guardas pegar e prender.

Estarão logo aqui para serem interrogados, mas primeiro você tem que se compor e ser o imperador, o filho do grande Germânico.

— Sim, sim, eu tenho, eu tenho, o filho de Germânico, mas não gosto dessa expressão "tem que", minha mãe costumava dizer que eu tinha que fazer isso, tinha que fazer aquilo, até me dava vontade de cortar a língua dela.

Soltou meu braço, virou-se e ficou na janela. Ele respirava pesadamente, seus ombros subiam e desciam. Observei-o um instante, depois ajoelhei ao lado de Catulo e cochichei no ouvido dele:

— Está tudo certo, você fez bem a sua parte. — Coloquei o braço por baixo dele e ajudei-o a se levantar. Estava pálido, os olhos eram os de um potro assustado.

Bateram à porta. Os guardas trouxeram os canalhas que mandei pegar. Eram os mais miseráveis espécimes da raça humana.

— Quem deu ordem? Quem mandou fazerem aquilo ontem à noite?

Eles pareciam zangados, não responderam.

— Foram esses os homens? — perguntei a Catulo. Ele concordou com a cabeça.

Gaio dirigiu-se a nós.

— A morte deles deve ser dolorosa. Mas, primeiro, devem ser interrogados. Torturados. Quero ouvir os gritos — disse ele, lambendo os lábios.

— Assim será — falei.

Um dos libertos dele, Narciso, pelo que me lembro, tinha seguido os guardas até o aposento e trazia uma carta, que entregou ao imperador. Gaio deu uma olhada e passou-a para mim.

— Getículo escapou, esses homens devem ser levados para o celeiro e ficar a minha espera — ordenou.

Catulo e eu ficamos a sós. Li a carta, era de Getículo. Tinha certa dignidade: ele se definia como verdadeiro romano e republicano e declarava seu ódio e desprezo por Gaio. "Não pretendo mais ficar neste mundo onde você impera", escreveu.

— De certa forma, é bom que isso tenha acontecido — concluí.

— Você já esperava — disse Catulo.

— Não restam muitas surpresas neste mundo. Você continua tremendo, não precisa. Pelo menos, por enquanto — observei.

Só quando chegamos aos meus aposentos foi que Catulo disse:

— Para ser sincero, não posso jurar que foram aqueles dois que nos atacaram.

— Isso importa? Era preciso arrumar alguém para distrair o imperador. De todo jeito, caro rapaz, garanto que eram criminosos conhecidos. Mande conferir.

A tortura deles teve o resultado que a tortura tem. Responderam o que foi pedido, confirmando os nomes que Gaio sugeriu, como sendo dos conspiradores. Depois, foram crucificados e os conspiradores exibidos de acordo com seu grau de importância. Lastimei que Marcos Emílio Lépido estivesse entre eles, mas o imperador tinha certeza de que era o chefe dos cúmplices de Getículo. Assim, foi executado. Gaio não conseguiu acreditar que a própria irmã Agripina fosse inocente. Passou alguns dias pensando em mandar matá-la. Depois, achou melhor enviá-la para a ilha-prisão onde a mãe havia estado. Por precaução, mandou também a outra irmã, tendo Catulo como chefe da escolta.

— Você vai sentir falta dele — Gaio me disse.

— Você, na sua divindade, tudo vê — respondi.

Claro que Agripina seduziu o pobre Catulo durante a viagem, mas era melhor essa sina do que a morte.

Na verdade, apesar dos meus esforços, o imperador não estava totalmente convicto da inocência de Catulo e gostaria de mandar matá-lo, se Cesônia, a pedido meu, não tivesse suplicado. Não sei que argumento usou, não deve ter sido verbal. Acho que foi o último favor que me prestou.

Gaio gostou de me separar do rapaz, mas, na verdade, não fiquei triste de perdê-lo e dar ao imperador esse prazer. Vi que corria o risco de me afeiçoar a Catulo e sabia que, no mundo em que estávamos, quem cria tais laços está perdido. Gostar de alguém é tornar-se vulnerável. A única armadura garantida na corte é não se afeiçoar a ninguém.

XII

Assim, Gaio escapou daquela conspiração. O jovem Catulo também. Será que fazia parte dela ou só foi enganado por Getículo? Eu não podia ter certeza. Mas na verdade foi o suicídio do general que confirmou o golpe. Há quem negue até hoje. O próprio Sêneca demonstrou seu ceticismo. Disse ele:

— Claro que o suicídio aponta para esse fato. Mesmo assim, conhecendo o irracionalismo de Calígula e sua índole vingativa, o fato de Getículo ter se matado não é uma prova absoluta. Se soube da tentativa de assassinar o imperador, supondo que tenha realmente existido e que Calígula não tenha apenas se metido numa vulgar briga de taberna, suposição que não contradiz, você deve confessar, o que conhecemos de seu abominável caráter, então é provável, não é? Que Getículo, temendo que desconfiassem dele, tenha agido como homem honrado e partido dessa vida pelas próprias mãos e não pelas do monstro.

Poucos podiam ter certeza da minha participação nos fatos, mas muito se desconfiou, o que não está longe da verdade. Desde então, muito mais se divulgou e se supôs. Assim, eu me vi evitado por muitos cônscios da própria virtude, muitos se afastaram de mim, outros, cuja própria conduta e caráter não passariam por nenhum teste, me insultaram e me olharam com desprezo.

Aqueles para os quais escrevo estas memórias, que a cada dia fica mais distante da tarefa de que Agripina me incumbiu, podem até juntar suas críticas aos que me censuraram na época. Embora as críticas da posteridade não possam me afetar ou prejudicar, minha autoestima e meu caráter fazem com que eu defenda e, de certa forma, explique minha conduta.

Em primeiro lugar, foi uma questão política. Como já disse, eu não acreditava que fosse possível restaurar a República. Não preciso repetir meus motivos que eram, pelo menos para mim, convincentes, irrefutáveis.

Assim sendo, era óbvio que Gaio precisava ter um sucessor. Mas não havia um candidato manifesto, alguém que fosse aprovado tanto pelo exército quanto pelo Senado, para não falar no povo, que avalia os fatos de forma falha e destemperada, e realmente deve e precisa ser tranquilizado e, tacitamente, aprovar a sucessão. O único sobrevivente masculino da família de Augusto e Lívia ou de Marco Antônio e Otávia, que alguns chamam de júlio-claudianos, era o tio de Gaio, o bêbado, tagarela, baboso e manco Cláudio. Ele não seria um imperador digno de crédito nem, muito menos, alguém que pudesse ocupar o cargo.

Essa minha avaliação seria logo comprovada e mostrou ser sensata. O Senado, seja por estupidez ou maldade, resolveu enviar Cláudio como representante para cumprimentar o imperador por escapar da conspiração. (Aposto que alguns, mesmo na época, aceitaram com amargura no coração essa mensagem de congratulação.) Cláudio, que se achava mais digno e capaz que qualquer outro homem, aceitou a missão como um direito. Saiu de Roma imediatamente, acompanhado por um bando de hipócritas, bajuladores, patifes, oportunistas e outros da mesma laia, inclusive seu anão preferido, que mantinha sempre a seu lado para que a esquisitice da criatura desviasse a atenção dos defeitos físicos do amo. Partiu apressado, mas viajou lentamente, em parte porque suas libações noturnas eram tão grandes que nunca estava pronto ou capaz de prosseguir antes da tarde seguinte. O outro motivo da lentidão era que, a cada cidade por onde passava, insistia em ter uma recepção oficial seguida de banquete. Mas, finalmente, chegou ao seu destino e, tendo entregado a mensagem do Senado, cujos termos eram de uma subserviência e de um exagero revoltantes, entregou outra mensagem da própria lavra, um poema em hexâmetros mancos, de vazio e tédio absolutos.

Para ser simpático, Gaio ouviu o poema com interesse pelo mesmo tempo que um homem levaria para percorrer um quilômetro até que, entediado e exasperado, pediu que Cláudio interrompesse a leitura, e disse:

— É de uma pretensão insuportável e seco como pó. Meu pobre tio, você está precisando se refrescar. Por causa de seus péssimos versos, quero que seja jogado no rio.

Já informei, creio, que Gaio tinha as qualidades essenciais a um crítico. Claro que muitos que ouviam o poema e estavam igualmente entediados ficaram satisfeitos de cumprir a ordem e teriam obedecido, sem dúvida, mesmo se Cláudio fosse um poeta harmonioso como Virgílio. Assim, o tio foi jogado no rio em meio a risos gerais e teria se afogado caso Gaio não se apiedasse e mandasse um guarda "pescar o velho".

Pergunto a você: fui insensato ao achar que um palhaço como Cláudio jamais poderia ser um imperador aceitável? Estou me antecipando e devo retomar minha justificativa.

Como não havia escolha, nenhum membro competente na que havíamos aprendido a chamar, ai, de "família imperial" para suceder Gaio, eu achava óbvio que o assassinato dele levaria a uma luta pela supremacia entre os comandantes dos exércitos aquartelados nas fronteiras. Não havia por que pensar que o exército do Danúbio, por exemplo, aceitaria que o do Reno tivesse direito de escolher seu comandante como imperador. Previ uma volta às lutas internas destruidoras para ambos os lados, como ocorreu na extinta República, uma volta às guerras entre Mário e Sula, César e Pompeu, Marco Antônio e Otávio, que veio a ser o imperador Augusto. Tudo o que já li, que já ouvi e já estudei me ensinou o horror que foram essas guerras. Gaio podia ser um mau imperador, mas uma guerra civil era pior.

Eram esses meus motivos políticos para agir como fiz, e até hoje acho-os bastante convincentes.

Mas havia outros. Eu tinha jurado lealdade a Gaio, como, aliás, também tinham os que planejaram matá-lo. Mas não era do meu feitio quebrar um juramento.

Além disso, ainda tinha um certo afeto por Gaio. Eu o conheci criança. Fui um favorito do pai dele. Dediquei enorme respeito à avó Antônia, que me pediu que cuidasse dele. Eu sabia, claro, que Gaio era genioso, imprevisível, caprichoso, dado a crueldades, mas eu também tinha me rendido ao seu charme. Sem querer, sentia uma grande ternura por ele, até uma simpatia. Sabia que Cesônia compartilhava dos meus sentimentos e eu confiava na avaliação dela. Portanto, não era impossível ainda ele amadurecer e, se bem orientado (e eu achava que podia orientá-lo), mostrar-se um bom imperador, ou pelo menos aceitável. Fosse lá no que ele se transformasse mais tarde, nessa fase ele não era um monstro.

Finalmente, e não me envergonho de confessar, agi por interesse próprio. É verdade que Getículo tinha sido meu amigo, mas quando me recusei a participar da conspiração, ele certamente se convenceu de que eu não merecia confiança. Era pouco provável que me deixassem sobreviver a Gaio. Seria preciso que os conspiradores, que se autointitulavam novos libertadores, agissem para garantir a situação. Seriam decretados exílios, e eu não duvidava de que meu nome estivesse quase no começo da lista. Por que tanta modéstia de minha parte? Eu tinha certeza de que seria o primeiro da lista.

Para não me acharem pretensioso, devo dizer que soube que meu medo tinha fundamento. Há alguns anos, conversei com Agripina sobre a conspiração. Ela foi sincera como sempre é quando não precisa mentir. Sorriu e disse:

— Mas claro, meu querido, você tem razão. Lépido estava decidido a ser imperador, embora aquele velho e bobo Getículo achasse que restaurariam a República. Você pode pensar que ele era bastante inadequado para o cargo, mas ele não se achava. Não conseguia esquecer que o bisavô tinha sido um dos membros do triunvirato após o assassinato de César e achava que foi impedido de chegar a imperador por Marco Antônio e Augusto. E, embora ele gostasse de você e certamente o admirasse daquele jeito fraco dele, tinha ciúme e medo de você. Assim, claro, mandaria matá-lo antes de você ser indicado outra vez comandante do exército e assim se tornar um rival dele como candidato a imperador.

Creio que meus motivos para agir na época da grande conspiração estejam claros agora e que, estando claros, a direção que tomei esteja bastante justificada. Fui realista, nada mais.

XIII

A primavera chegou e o humor de Gaio estava de acordo com a estação. Ele se sentiu revigorado com o bem-sucedido esmagamento da conspiração. Tomou o crédito para si mesmo, e não me preocupei em lembrar que, não fosse por mim e pela participação do jovem Catulo, por mais dúbia que tenha sido, o imperador provavelmente estaria morto. Gaio se sentiu superior a Júlio César, que, segundo ele, foi morto "como um animal no matadouro" nas mãos inimigas. E demonstrou outra vez solidariedade por Tibério.

— Só fico triste por não ter entendido a solidão inerente ao cargo, quando morei na casa dele, em Capri. Se na época soubesse o que sei hoje, conhecesse o peso do Império, eu o teria reconfortado.

Isso era ridículo, pois Gaio não podia mais sondar as profundezas da mente ou do desespero do velho imperador, como não podia competir com as façanhas de Alexandre Magno.

Mesmo assim, ele queria.

Havia outro motivo para o bom humor de Gaio. Pela primeira vez na vida, ele estava satisfeito na cama. Cesônia se encarregou disso e não podia mais me aborrecer por Gaio tirá-la de mim, bastava lembrar do bem que fez a ele. Não havia mais, como ele dizia, "batalhas no leito" com rapazes de má fama, nem escapadas com a esposa dos outros, nem defloramento frenético de virgens (que ali, em se tratando de um acampamento militar, eram tão raras quanto dente em galinha). É verdade que ele ainda tinha seus lampejos de selvageria como, por exemplo, quando propôs que Cesônia fosse torturada para provar quanto o amava. Mas isso passou. Era só capricho.

Naquelas semanas em que a tardia primavera do norte nos dava as boas-vindas e até aquela terra bárbara exibia sua beleza, Gaio parecia ser como deveria. Estou expressando mal a ideia, pois é impossível supor, claro, que alguém deva ser de determinada maneira. Nenhum filósofo que conheço jamais afirmou que existe essa finalidade na vida e eu consideraria charlatão aquele que dissesse isso. Mas vou escrever de outra forma. Eu me lembrava do brilho, da alegria e da simpatia do menino que Gaio foi um dia, naqueles tempos em que eu o carregava nos ombros pelo acampamento, ele brincava com os soldados e tinha um riso feliz e contagiante, sabendo que era o querido das legiões. Aquele menino havia muito tinha sumido. Vivia com medo e incerteza e, mesmo quando assumiu o posto de Tibério, não acreditava muito que fosse mesmo ele o imperador. Por isso, passou a testar seu poder e a reação dos outros com seus atos abusivos. Não estou dizendo, claro, que tenha agido consciente, que soubesse o que estava fazendo, mas essa é a minha interpretação.

Agora, em sua segurança recém-conquistada, parecia com aquele menino que poderia ter se tornado, se tivessem deixado que crescesse direito e não deformado, se sua exuberância natural e, sim, a bondade de seu coração não tivessem sido esmagadas, se não tivesse sido acostumado com a hipocrisia e a buscar refúgio para sua dor no que comumente se chama de vício.

Você está achando isso absurdo, sentimental? Talvez seja. Estou me sentindo velho, julgando as coisas e as pessoas com mais brandura. Mesmo assim, é como me lembro dele naquelas semanas.

Pensei que seria indicado para o comando que era de Getículo, embora, é claro, não tivesse me posicionado contra ele com essa finalidade.

Mas fiquei orgulhoso com a explicação do imperador para recusar o nome. Gaio disse que tinha de ter-me ao seu lado, pois era a única pessoa em quem confiava e com quem podia contar. Além disso, ficando com ele, eu teria controle geral da campanha germânica. Meu título oficial seria de chefe da equipe e subordinado imediato.

Assim, foi por sugestão minha que o comando executivo foi entregue a Sérvio Sulpício Galba, que foi meu subordinado na guerra africana. Era homem honrado, de inteligência firme, embora limitada, correto e austero, pelo menos na vida pública. Como eu, pertencia à antiga nobreza, tendo parentes cônsules do lado materno e paterno. Seu bisavô foi um dos libertadores que mataram César, e seu avô, que não era militar, mas historiador, foi amigo de Augusto e Lívia. Era conhecida a história de Augusto uma vez ter beliscado a bochecha do jovem Galba e dito:

— Um dia, você vai sentir o gosto do poder.

Mas era uma brincadeira que Augusto fazia com crianças, cuja companhia apreciava muito. Havia também uma profecia boba de que Galba seria imperador. Isso porque o avô dele estava invocando trovões num sacrifício quando uma águia desceu de repente, pegou da mão do velho os intestinos da vítima e foi pousar num carvalho. A história pode ser verdadeira, pois muitos acreditavam nela. Quando foi contada a Tibério, ele apenas resmungou:

— Não me interessa. — Na verdade, acho que não interessava a ninguém.

Recomendei Galba para o cargo por um bom motivo: sabia que ele era um rígido disciplinador ao velho estilo. Era disso que as legiões do Reno precisavam, e não me importei que ele tivesse pouca imaginação e menos ainda conhecimento de estratégia militar. Eu podia compensar isso. Ele logo se dedicou a restaurar a ordem e a eficiência. Quando alguns soldados começaram a aplaudir num festival religioso, imediatamente ordenou que, em desfile, "as mãos fiquem sempre sob os capotes". Ele acreditava no treinamento duro e, poucas semanas depois que chegou, as legiões já tinham melhorado muito.

Quanto a mim, sempre o achei um tédio. Mesmo quando jovem, ele gostava de exagerar a importância dos antepassados, mania que aumentou com o tempo. Gaio achava muito engraçado e costumava fazer uma imitação perfeita de Galba. Demorou para este perceber que o imperador estava zombando, mas, quando percebeu, teve pelo menos a sensatez de não demonstrar desagrado. Fechou a cara e pareceu zangado, o que divertiu ainda mais o imperador. Mesmo assim, até Gaio concordava que Galba estava fazendo um bom trabalho na preparação das legiões para invadir a Germânia.

Não era popular com as tropas, porém era respeitado. Teriam menos respeito se soubessem mais de sua vida pessoal. Tinha ficado viúvo havia alguns anos e não quis se casar de novo, tendo recusado com firmeza várias noivas que lhe foram oferecidas. Não tinha predileção por mulheres. Nem por belos rapazes. Pelo contrário, dividia o leito com um espanhol atarracado e cabeludo, mais ou menos da mesma idade dele.

Na relação, Galba fazia o papel de esposa — coisa de que os soldados, tanto recrutas quanto veteranos, não gostavam. Eles aceitam muito bem um oficial que se engrace por um rapaz bonito.

Muitos veteranos, acostumados a servir anos em fronteiras onde as únicas mulheres são prostitutas, fazem isso. É tão comum que ninguém considera um vício. Além do mais, esses casos costumam ser relacionamentos afetivos, embora possa haver contato físico. Mas os soldados não apreciam um homem maduro que faça o papel de esposa para outro homem maduro. Sentem desprezo. Ironizam e insultam os passivos sexuais. Felizmente, o espanhol de Galba era tão feio que ninguém, exceto os próximos do general, desconfiava da intimidade dos dois. E tivemos o cuidado de manter a boca fechada.

Mas Gaio sabia. Era impossível evitar que soubesse dessas coisas, era um verdadeiro gênio para descobrir o que acontecia nessa área. Não tinha desprezo, costumava dizer: "Não me surpreendo com nada que as pessoas levam para a cama". E considerando as relações que o imperador mantinha com Diana, deusa da lua, não podia mesmo se surpreender. Na verdade, ele se divertiu com a história porque dava mais chance de provocar o general e fazer insinuações maliciosas que Galba fingia não entender. Além do mais, Gaio tinha certeza de que era impossível manter-se casto: quem fingia ser, era hipócrita.

Confesso que também gostava de me provocar dizendo, por exemplo:

— Quando vejo como Galba é feliz com aquele espanhol imbecil, quase fico me sentindo culpado por ter separado você do seu lindo Catulo.

— Quase, César — eu respondia, e ele dava risada.

Havia muito trabalho sério a fazer. Ele estava ansioso para apressar a invasão. Consultei Galba e gostei de ver que concordava comigo: graças à frouxidão e à indulgência de Getículo, as tropas não estavam preparadas para uma empreitada tão árdua e incerta. Foi difícil convencer o imperador. Ele tinha todo o entusiasmo e a inexperiência da juventude. Falei das campanhas do pai, dos perigos e das dificuldades que enfrentou. Lembrei que o general Varo, de Augusto, foi morto nas florestas germânicas e suas três legiões foram completamente arrasadas. Contei que eu estava com Germânico quando chegou ao cenário da derrota de Varo e dos horrores que vimos, apesar de ter sido muitos anos depois. Era de dar pesadelos até em veteranos experientes.

— Se quer ter o mesmo destino e ser lembrado como um segundo Varo, então ordene a invasão. Mas se sua intenção é passar à História como um grande comandante, do mesmo nível de Júlio César ou Tibério, ou até de seu pai, então deixe que tomemos as providências que garantirão sucesso no próximo ano, em vez de causar uma catástrofe agora.

Felizmente, acabou aceitando meus argumentos. Fico feliz de registrar isso porque muitos falam como se ele fosse, mesmo na época, totalmente louco, um tirano cego à razão e indiferente à realidade. Isso é calúnia. Quando sóbrio, como costumava estar quase sempre no norte, e com a cabeça calma, era sensato e equilibrado.

Nós então iniciamos uma série de exercícios de treinamento para transformar as legiões libertinas e sem ordem numa força de luta efetiva, capaz de resistir e fazer deslocamentos rápidos. Era preciso também que os soldados aprendessem o que era uma campanha contra os germanos.

Foi por sugestão minha que fizemos esses exercícios de treinamento que depois originaram tantas histórias ridículas.

É muito comentado, por exemplo, que Gaio tinha medo de se envolver numa guerra de verdade e por isso criou uma elaborada simulação. Mandou alguns dos auxiliares germanos de sua guarda pessoal atravessarem o rio e se esconderem entre as árvores. Depois, quando ele estava à mesa de refeições, chegaram vigias correndo para informar que o inimigo estava perto. Gaio então começou a agir, juntou a cavalaria e uma legião e saiu atrás do inimigo — sabendo, é claro, que não era de verdade. Ao cercar o "inimigo", fingiu que eram perigosos bárbaros em vez de seus confiáveis guardas pessoais e ainda entregou troféus aos soldados que o acompanharam e se distinguiram no "ataque".

Essa história tem um fundo de verdade, como tantas histórias ridículas que têm ampla divulgação e são aceitas e repetidas, ficando mais absurdas a cada repetição.

Alguns membros da guarda pessoal germana de Gaio foram realmente enviados ao outro lado do Reno e instruídos a se comportarem como se estivessem frente a um poderoso exército germano. Foram selecionados para isso exatamente porque, sendo germanos, sabiam como esses povos guerreavam e agiriam de forma convincente. Também é verdade que a cavalaria recebeu instrução de procurar o "inimigo" e que uma legião agiu em combinação com a cavalaria. E é verdade que foi uma guerra de mentira.

Mas o objetivo era exatamente esse, e todos os que participaram do exercício sabiam que era apenas um exercício. O fato é que o exército do Reno esteve inativo por tanto tempo que poucos soldados estavam acostumados aos rigores das marchas rígidas, ou com a região ou o estilo dos germanos guerrearem. A intenção do treinamento era compensar essa falha, dar aos soldados uma experiência que seria de enorme valor quando avançássemos sobre a Germânia no verão seguinte, conforme estava planejado. E insisto que foi um sucesso. O moral e a eficiência das tropas aumentaram. Até Galba, amargo e não querendo elogiar nada que não fosse ideia dele, ficou impressionado e teve de admitir que as coisas estavam indo bem.

Quando vi o exército pela primeira vez, não acreditei que pudesse prepará-lo para a guerra em tão pouco tempo.

A verdade é que, nos últimos anos, o treinamento comum, até rotineiro, nos exércitos da extinta República e nos comandados por Tibério, Druso e Germânico — embora este não fosse, como já escrevi, muito disciplinador — foi tão negligenciado que quase foi esquecido. É por isso que, quando os relatos de nossa atuação chegaram a Roma, não foram mal interpretados só pelos maldosos. Havia muito ignorante disposto a acreditar nos comentários absurdos.

Ninguém conhece nossos soldados melhor que eu. Não é, portanto, mera vantagem de minha parte dizer que, se houvesse algum fundamento nas histórias espalhadas em jantares romanos, os soldados teriam se irritado, se amotinado, desprezado e até rejeitado Galba, por deixar que parecessem ridículos. Ocorreu exatamente o contrário. Os soldados acharam esses exercícios interessantes e proveitosos. Gostaram de recuperar o vigor e a eficiência. Há um paradoxo nos soldados, que só quem tem muita experiência em acampamentos conhece. Por um lado, nossos legionários não apreciam deveres árduos e tediosos, preferem "fingir que estão doentes para escapar do serviço", para usar a frase deles. Por outro lado, têm verdadeiro orgulho de pertencer ao maior exército do mundo e em fazer da centúria deles a melhor dessa legião. Os legionários são grandes resmungões e, se o comandante é relaxado e preguiçoso, eles aproveitam para vadiar pelo acampamento, beber muito, ir a tabernas e bordéis. Qualquer veterano diz que gosta de vida fácil, ficar deitado na cama e beber a noite inteira. Mas, na verdade, esse tipo de vida também o desagrada. Sabe que o comandante que permite a preguiça também rebaixa o legionário. O soldado gosta da preguiça e ao mesmo tempo a detesta. Assim, os homens agora estavam com nova energia e tinham recuperado a autoestima.

Nossos exercícios de treinamento foram tão eficientes que, nos anos seguintes, esse exército, que o comando de Getículo tinha transformado numa confusão desordenada, teve admirável atuação sob o comando de Galba em várias campanhas germânicas. E não nego que mereço o maior crédito por essa transformação.

Mas, sabendo como nunca que estávamos vivendo no Império e não mais na República, tive o cuidado de dar todo o crédito ao imperador, e é interessante dizer que Gaio era muito popular com as tropas.

Ficava bem animado de misturar-se aos soldados. Conversava com eles com facilidade e franqueza. E eles apreciavam suas pilhérias obscenas. Gaio se sentia à vontade na companhia dos legionários. E queria ser bem informado antes de encontrá-los, de forma que pudesse chamar os veteranos pelo nome, lembrar onde tinham servido e qualquer façanha que tivessem realizado. Em resumo, esse imperador cuja presença fazia a nobreza tremer, parecia aos soldados comuns e até aos centuriões um homem igual a eles. Não seria exagero dizer que o adoravam. Mesmo seu jeito esquisito e suas excentricidades divertiam os soldados, que aplaudiram animados quando ele vestiu Cesônia de legionária e fez com que desfilasse.

Até hoje, às vezes penso que, se Gaio tivesse continuado com os exércitos, poderia ter sido um bom imperador.

Mas não era para ser.

No meio do verão, ele se entreteve com a presença de um príncipe britânico. Chamava-se Admínio e era filho do rei da região da ilha chamada Kent, uma poderosa província, rica em milho e com rios fartos em pérolas. Júlio César tinha conquistado essa província havia cem anos, mas não teve força o bastante para deixar uma guarnição militar lá e assim ela se livrou do domínio romano.

O príncipe Admínio, um jovem bonito, que falava um pouco de latim e tinha modos cativantes, veio buscar a ajuda do imperador. Tinha brigado com o pai e sido expulso por ele. Além do mais, o pai, que era velho e fraco, tinha dado a sucessão ao meio-irmão de Admínio, que, disse o jovem, não gostava de Roma e declarou com toda a bazófia ser o pior inimigo de nosso Império. Admínio propôs que Gaio invadisse a Bretanha e ofereceu em retribuição anexar a província ao nosso Império, com a condição apenas de ele ser rei-cliente.

Gaio gostou muito da ideia.

— Isso vai me fazer maior que Júlio César. Conseguirei o que nem ele conseguiu — entusiasmou-se.

Ficou tão encantado com a ideia, que seria inútil tentar dissuadi-lo. Até Cesônia, a quem pedi que tentasse convencê-lo, disse que era impossível.

— Quando ele enfia uma ideia na cabeça, não tira — disse ela.

Eu devia ter deixado assim, sabendo que o jovem Gaio recusava qualquer conselho que fosse contra seu desejo. Eu não tinha confiado no príncipe britânico, cujas maneiras elegantes não conseguiam esconder um caráter instável. Além disso, temia que a empreitada não trouxesse qualquer vantagem, podendo ainda atrapalhar os planos para a guerra germânica no verão seguinte. Então, sugeri que Gaio não realizasse logo o projeto. A resposta do imperador foi:

— Acho que você está com ciúme da glória que terei.

Acredito que a partir desse dia fui perdendo a influência sobre ele.

Certamente, daí por diante, pouca coisa daria certo para o imperador.

Desde o começo, a expedição britânica foi um fracasso. Foram várias semanas juntando navios mercantes para transportar as tropas pela estreita faixa de mar, e nessas semanas os soldados perderam muito das condições físicas e morais que tinham conquistado. Além disso, o recrutamento da frota causou reclamações na Gália. Os ricos perderam os luxos que tinham, pois houve também escassez de certos produtos de primeira necessidade.

Depois, a meteorologia desafiou Gaio. O vento oeste soprava inclemente, era impossível zarpar. Quando, finalmente, amainou, um denso nevoeiro cobriu o canal inglês: cinzento, úmido, traiçoeiro, amargamente frio. Os homens começaram a resmungar que os deuses tinham amaldiçoado a expedição.

Gaio ficou irritado e rabugento, seu ânimo alegre da Germânia tornou-se nublado como o céu.

Mandou executar dois centuriões apenas porque reclamaram da falta do que fazer. Foi uma decisão estúpida. Todo comandante sabe que o mau humor pode, facilmente, causar brigas e baixar o moral, mas também sabe que os soldados consideram isso como direito inalienável deles, não inferior ao dos veteranos e centuriões mais velhos. Devo acrescentar que Galba aprovou as execuções. Era severo por natureza, embora sua severidade fosse ocasional e uma questão de política.

O tempo foi passando. Ficou óbvio para todos, exceto para o imperador e, creio eu, o janota inglês, cujo charme parecia atraí-lo cada dia mais, que naquele ano não atravessaríamos o mar que nos separava da Bretanha. Mas, nem quando os ventos equinócios destruíram metade da frota mercante que estava ancorada, ele recuou de suas intenções. Estava irritado como um cão acorrentado. Ninguém, nem mesmo Cesônia, ousava falar com ele, a menos que fosse obrigado a responder a alguma pergunta. Havia, é claro, uma exceção: o príncipe inglês, que continuava a bajulá-lo como grande conquistador e a prometer vitória, glória e recompensas para ele após a invasão. Mas era impossível alguém acreditar na invasão, além do mais, chovia sem parar.

Foi um alívio quando chegou de Roma a notícia de insatisfação e discórdia no Senado, o que assustou Gaio a tal ponto que mandou as tropas voltarem imediatamente para a cidade. Pode ser que tenha usado essa oportunidade para se livrar de uma situação que estava ficando intolerável.

Ordenou que os soldados levantassem acampamento e recolhessem as cabanas dos engenheiros. Anos mais tarde, em Roma, correu uma pilhéria dizendo que, com raiva e desprezo, Gaio ordenou que os soldados recolhessem conchas do mar. Foi uma história ridícula, só quem jamais serviu o exército poderia acreditar nela. Ou quem não sabe que *musculi* é a gíria que os soldados usam para tais cabanas semelhantes a conchas. Observações irônicas e boas histórias frequentemente, já notei, têm sua origem em tais ignorâncias.

Antes de partir para a Itália, Gaio tomou certas providências, em parte para disfarçar o fracasso da empreitada e em parte para consolar seu orgulho ferido.

Um dos motivos para voltar para Roma foi a notícia da crise financeira. Mesmo assim, a primeira providência de Gaio foi fazer generosos donativos para as legiões. Isso pelo menos garantiu que viajassem animados para o acampamento no Reno. O imperador achou graça porque Galba ficou irritado com sua generosidade e reclamou que estava acostumado a comandar soldados, não a corrompê-los.

A segunda providência foi mandar construir um enorme farol no litoral, onde havíamos aguardado para atravessar com boa visibilidade.

— Tem que ser do mesmo tamanho do Farol de Alexandria — avisou ele, ordenando que o projeto tivesse sua supervisão direta. (Creio que tal farol jamais foi construído.)

A terceira providência foi mandar demolir o templo que Júlio César fez para Netuno, em agradecimento à travessia fácil para a Bretanha concedida pelo deus dos oceanos. Gaio ficou muito satisfeito com esse ato pueril.

Por último, indicou Admínio rei de toda a Bretanha e o fez prometer pagar tributo anual a Roma. Assim, pôde enviar uma carta ao Senado informando que a Bretanha tinha se rendido a ele e era agora um reino-cliente do Império. Tinha conseguido, segundo ele, algo que César não conseguiu, e ordenou que o Senado preparasse sua marcha triunfal de entrada na cidade, acrescentando que, para isso, todas as residências deveriam ficar à disposição. Para deixar bem claro que havia dominado a Bretanha, deixou Admínio, de quem logo se cansou, para trás. Entregou-lhe uma carta para o rei Cunobelino, seu pai, avisando-o de que tinha sido deposto e seria substituído pelo filho. O jovem, que esperava um dia ser rei de verdade e não de brincadeira, ficou tão apavorado quanto frustrado.

Implorou a Gaio que o deixasse acompanhá-lo a Roma e chorou quando seu pedido foi rispidamente recusado. Portanto, Admínio ficou no porto pesqueiro da Gália onde, creio, foi assassinado poucos meses depois por enviados do pai, que ficou sabendo do conteúdo da carta. Admínio foi um idiota de cabeça oca, que se aventurou muito além de sua capacidade.

XIV

— Gaio ofendeu o Senado.
— Como?
— De tantas formas, que eu não seria capaz de citar todas — disse Catulo.
Isso foi após a ceia. Ele tinha tirado a túnica e se estirado no divã com uma túnica curta. Com a mão esquerda, coçou a parte interna da coxa. Mordeu o pêssego que estava segurando com a direita e sua língua tentou pegar o suco que escapou, escorrendo pelo queixo.
— Como, por exemplo, com a exigência de uma marcha triunfal de entrada em Roma — continuou Catulo. — Todo mundo sabe que ele não havia conquistado nada. Dizem que a maioria dos chamados prisioneiros que enviou a Roma para serem exibidos eram criminosos tirados da prisão da Gália. Será verdade? Algum germano foi preso?
— Alguns, não muitos — respondi. — Claro que houve deserções, mas no final das contas, restou um número suficiente para uma boa mostra de prisioneiros.
— Mas ele não merece uma entrada triunfal na cidade.
— Quem está se incomodando com isso? Ele é o imperador.
— Bom, quanto a isso... — disse ele.
Eu havia dispensado os escravos pouco antes. Inclinei-me, servi vinho para nós e segurei o pescoço do jovem.
— Quanto a isso — repeti a frase dele. — Se não fosse eu, esse pescoço não estaria mais grudando sua bela cabeça ao corpo. O que seria uma lástima. É isso que quero dizer com "Ele é o imperador". — Ele segurou minha mão e a beijou.

— Sou muito grato a você, claro, mas isso não pode continuar.

— O quê? Isso aqui?

— Não, aquilo lá. Você sabe que ele mandou uma carta furiosa ao Senado criticando os senadores por terem ido a banquetes e festas, frequentado teatros e bordéis, descansado em suas casas de campo enquanto ele, o imperador, arriscava a vida, se expondo a todos os perigos e durezas da guerra. Absurdo, você não acha?

— Absurdo. Mesmo assim, meu caro, ele às vezes é bem corajoso e acho que teria conseguido se sair bem, se tivesse mesmo havido guerra.

— Então, você admite que não houve?

— Ah, claro.

Ele se mexeu no divã. O desconforto era moral, não físico.

— Sei o que você está pensando — disse ele. — Que, se Calígula é covarde, eu sou mais ainda. Você não consegue esquecer que me viu rastejando aos pés dele e me mijando de medo. Bom, sou covarde, concordo. Consigo esconder de todos, não de você. E tenho medo de Calígula, medo mortal.

— Coitado — lastimei.

— De mim ou de Calígula?

— Tome seu vinho, você sabe que o amo, tanto quanto...

— É verdade que ele está trazendo Agripina para Roma?

— É. Ele às vezes acha que só as irmãs o compreendem, apesar de Agripina ter concordado com o assassinato dele. Acho que seduziu você, não? Também tem medo dela?

— Dela, não, mas do que possa exigir de mim.

Era aquela hora do dia em que o escuro da noite joga seu manto sobre o mundo e nossos pensamentos vão de um extremo a outro.

Mais uma vez, como se tivesse lido meu pensamento, ele disse:

— Será que somos mais sensatos à noite?

— É a hora do pássaro preferido da deusa Minerva, a coruja.

— Não conheço muita coisa sobre essa deusa.

— Não? Pois se fôssemos guiados por ela, não seríamos quem somos. Conte mais do que se fala de Gaio.

— Dizem, por exemplo, que antes de sair da Gália, queria mandar matar os veteranos que anos atrás se amotinaram e cercaram o centro de operações de Germânico. Na época, Gaio era criança e se assustou.

— Não é verdade.

— Bom, é o que se diz e, mais ainda, que foi você que os convenceu a não fazerem isso. Mesmo assim, quis executar cada décimo homem, e para isso mandou que desfilassem sem espada. Quando percebeu que alguns legionários desconfiaram e foram pegar suas armas, Gaio fugiu, montou rápido em seu cavalo e foi para casa.

— Que boato grotesco.

— Pode ser, mas esse que vou contar é verdade, ouvi de um dos envolvidos. Disse que, noite dessas, tarde como agora, o imperador mandou acordar três senadores e, quando chegaram ao palácio, meio mortos de medo, o que é compreensível, foram levados a um palco onde havia música. Não imaginavam o que poderia acontecer e, de repente, Calígula apareceu fantasiado de dançarina síria e se apresentou no palco para eles. Depois, mandou chicoteá-los porque achou que aplaudiram com pouco entusiasmo.

— Bom, tinha que ser, ele dança muito mal, como você sabe — comentei.

— Circula também o boato de que nas próximas eleições ele vai eleger o cavalo cônsul.

— Incitatus? É um belo cavalo e muito bem-educado. Certamente, já tivemos cônsules menos bonitos e mais burros.

— Mas não podemos ter um cavalo cônsul. Você está brincando, não?

— Só um pouco. Meu caro rapaz, isso não importa, simplesmente não importa. Você sabe tanto quanto eu que, desde o tempo de Júlio César, não importa quem ou o que é cônsul. O cargo já não significa nada. Você sabe. Todas as armadilhas da República que nós mantivemos são de teatro. São ilusão. Ou melhor, são desilusão, pois foram mantidos por Augusto como um elemento para disfarçar a realidade, isto é, que hoje só existe poder. Caro rapaz, você está chorando?

Estava mesmo, os soluços agitavam todo o seu corpo. Não pensei que fosse tão sensível.

Depois, achei que tal demonstração de sentimento não era, necessariamente, prova de sensibilidade. Pelo contrário, os que mais prontamente chegam às lágrimas são, em geral, os mais superficiais. Para eles, as lágrimas vêm fácil. Quanto a mim, não choro desde criança.

A emoção dele acabou. Não se desculpou, nem parecia envergonhado. Fiquei satisfeito de ver que ele tinha aquele amor-próprio. Mas quis se explicar.

— O que você diz é verdade, sem dúvida, e fico horrorizado porque contradiz tudo com que eu sempre sonhei. Uma vez, disse a você que leio muito pouco.

Ele enrubesceu encantadoramente, lembrando a ocasião como uma daquelas em que ele mostrou o melhor de si, mas que, mesmo assim, levou à nossa atual — como direi? — situação. E continuou:

— É verdade, quase não leio. Mas quando era mais jovem, na adolescência, passei dois anos mergulhado em livros e meus preferidos não eram, como você pode pensar, a poesia, que acho bobagem, mas história, principalmente a escrita por Lívio. Sei que você não o admira — acrescentou, rápido — ou pelo menos falou mal da obra dele. Mas eu, com doze ou treze anos, adorava principalmente os livros que tratam do começo da República e dos heróis da época. Você está sorrindo, sei por quê. Não sou herói. Já confessei que sou covarde e você já me rotulou como alguém que vive para o prazer, não foi?

— E dá prazer. Seja justo com você.

— Certo, concordo, obrigado. Eu estava dizendo que posso levar uma vida que minha mãe chama de egoísta e dissoluta, ela já criticou muito o meu estilo de vida. Mas tenho ótimas lembranças daqueles livros e das nobres aspirações que me incutiram. Sei que não sou Coriolano, nem Cincinato, homens ousados o bastante para serem eles mesmos. Mas tenho esse ideal, acho que é essa a palavra, da República de homens livres, e quando você me diz que não existe liberdade, nem lei, nem nada a não ser o poder, fico triste, sobretudo porque sei que diz a verdade. Então, me pergunto: como podemos viver em tal desonra? Como podemos aguentar? Devo estar bêbado para dizer essas coisas. Espero que você também esteja...

— Nós dois estamos. O vinho traz a verdade.

(Embora seja mais comum trazer bobagens. Ouvi de bêbados muitas mentiras e histórias esquisitas, para acreditar no velho ditado latino *In vino veritas*.)

— Criamos uma república de homens livres e agora trememos frente a um tirano.

— Não creia — disse eu — que, por aguentar esta situação, eu não pensei muitas vezes nas coisas que você expôs agora com tanta coragem. Sim, é justo chamar Gaio de tirano. Mas, felizmente, é um tirano de pouca monta. Não tem ideais, não tem ambição. O verdadeiro tirano ou, melhor dizendo, o tirano realmente perigoso é aquele disposto a sacrificar exércitos e nações para satisfazer sua ambição. Júlio César foi um tirano pior do que o nosso pobre Calígula jamais seria, pior porque era um homem são e tinha uma ambição desmedida.

Catulo suspirou e resmungou:

— Talvez seja melhor beber mais vinho. — Encheu nossas taças.

Brindamos e bebemos à nossa saúde.

— Isso é profundo demais para mim. Pequeno ou grande tirano, só sei que Calígula vai nos matar, se não o matarmos antes. O problema é que não há como entendê-lo — disse Catulo.

— Não há como entender o destino — observei.

Percebemos que estávamos sorrindo. Abraçamo-nos. Mais tarde, bem mais tarde, eu disse:

— Você sabe que o problema não é Calígula. O problema é que queremos viver e não sabemos mais como. Gaio é apenas a manifestação radical da doença que atinge a todos nós.

Catulo disse:

— Apesar disso, há momentos em que a vida merece ser vivida. Mesmo agora.

XV

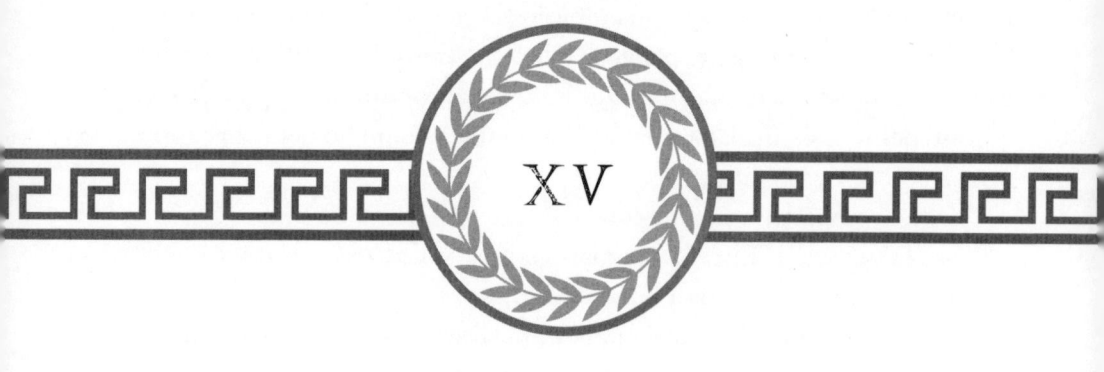

Naquela noite, falei a verdade com o vinho, ou a verdade como eu a via. Gaio era instável, imprevisível, perigoso. Ninguém podia negar. Mas era perigoso só para algumas pessoas. O Império era tudo que ele não era: estável, organizado, seguro. As províncias estavam em paz. Os governantes provinciais cuidavam para que a lei fosse cumprida e os impostos, pagos. O comércio prosperava.

As cidades também, da Gália às bordas do deserto árabe. Claro que havia pequenos e ocasionais distúrbios locais — como, por exemplo, um recente ocorrido na Judeia, mas nada muito alarmante. O levante na Judeia foi controlado com argúcia pelo procurador, por acaso, meu primo distante. Esse Pôncio Pilatos era um sujeito sem grande competência e de honestidade apenas mediana. Mas, de certa forma, era esse o problema. O sistema imperial foi criado por Augusto e mantido, até com mais eficiência, por Tibério. Este, fossem quais fossem seus defeitos pessoais, foi um administrador muito bom e fez o sistema funcionar tão bem que podia ser governado por medíocres como Pilatos.

Para mim, isso era, ou melhor, é, prova da excelência do sistema. Se você pensar que continua funcionando mesmo tendo por imperador um palhaço como Cláudio, mostra que o Império é estável. E a paz, a estabilidade, o cumprimento da lei não são exatamente o que os cidadãos desse vasto Império mais desejam? Na minha opinião, a corrupção existe em todos os governos, é impossível acabar com ela e hoje está reduzida a um nível suportável. Nenhum governante de província explorou tanto seus governados quanto aquele generoso idealista republicano, o libertador Marco Júnio Bruto. Explorou os habitantes de Chipre emprestando a eles dinheiro, obtido através dos impostos, com ágio de sessenta por cento. E isso aconteceu na República. Uma vez, Tibério mandou dizer a um governador de província que era para governar o povo e não explorar.

Quanto a Gaio... tanta coisa foi dita sobre o monstro Calígula, aquelas histórias, boatos, calúnias que Catulo me contava eram apenas exemplos de como as pessoas falavam, mesmo à época e muito mais depois que ele morreu. Tanto que, quem acreditasse nas conversas acabaria achando que ele era apenas isso e não merecia perdão. Não nego nada, exceto o que sei que era mentira.

Portanto, sim, o imperador tinha vícios, era cruel, genioso, perigoso para quem o ofendia ou de quem desconfiava. Mas cumpria seus deveres. Eu o vi passar uma manhã examinando as contas do Tesouro e lendo mensagens dos governadores das províncias. Atendia aos pedidos do exército, além de ter sido sempre popular com as tropas e o povo, ao qual agradou com prodigalidade e imaginação nos Jogos que patrocinou. Os senadores podiam zombar ao ver o imperador acompanhado de gladiadores, atores, bailarinos. Mas o povo aprovará sempre quem oferece um bom espetáculo. A preocupação que tinha com o lazer do povo contrastava com a parcimônia de Tibério, com seu enorme desdém e seu desprezo por combates de gladiadores. Gaio foi muito mais popular do que Augusto ou Tibério. Tive o cuidado de avaliar a opinião pública e meus agentes relataram que a plebe dizia: "Gaio é o nosso menino, está do nosso lado, contra eles". Realmente, o povo adorava as humilhações que causava aos senadores.

Como eu disse, ele não descuidava do trabalho, embora seu estilo de trabalho possa às vezes ter sido extravagante.

Já citei os distúrbios ocorridos na Judeia no final do governo de Tibério. Foram esmagados com eficiência, mas surgiram novos problemas com os judeus e imigrantes estabelecidos em Alexandria. Ou pelo menos foi onde o problema começou.

Os judeus são difíceis. Augusto não tinha muita paciência com eles. Tibério limitou-se a deixá-los sossegados, desde que pagassem os impostos, obedecessem à lei e não perturbassem a paz pública. Mas sempre pode ocorrer algo, considerando o comportamento absurdo deles.

Apesar de tudo o que a razão mostra, os judeus insistem que só existe um deus. Isso seria apenas risível, caso eles, e só eles, não fossem o Povo Escolhido desse único deus. Se você perguntar a um judeu (como fiz muitas vezes) por que então eles não têm um reino próprio, em vez de serem súditos do Império, espalhados por inúmeras províncias, esse judeu não conseguirá dar uma resposta satisfatória. Às vezes, dizem que é porque não obedeceram aos mandamentos do deus deles, o que pode ser verdade. Outras vezes, os judeus dizem, cito literalmente, que "o Senhor castiga os que Ele ama", resposta que contradiz o bom senso e a experiência, já que todos nós sabemos que os deuses não se importam com a nossa felicidade e precisam ser acalmados com cerimônias e sacrifícios. Os poetas podem nos falar de belos rapazes e moças pelos quais muitos deuses se apaixonaram, mas ninguém de alguma reputação intelectual foi, que eu saiba, tão arrogante ou absurdo a ponto de achar que os deuses amam os seres humanos, ou uma parte deles. Ninguém diz isso, só esses esquisitos judeus. De minha parte, sou tão indiferente em relação aos deuses quanto creio que eles sejam em relação a mim.

Uma coisa deve ser dita a favor dos judeus. Embora odeiem pagar impostos (o que é compreensível), pagam. Por isso, em retribuição, sempre foram tratados com certa generosidade. Em Alexandria, por exemplo, eles têm seu próprio senado e seu próprio governador judeu, chamado de etnarca. Os gregos, que são maioria na grande Alexandria, têm muita raiva desses privilégios, exatamente por serem peritos na arte de não pagar impostos. Acham que os judeus foram injustamente beneficiados e são comuns as manifestações antijudaicas. No segundo ano do governo de Gaio, ocorreu uma dessas manifestações. Houve um motivo. O príncipe judeu Herodes Agripa, cuja amizade com Gaio já relatei, parou em Alexandria quando estava a caminho de reassumir o governo da Judeia. Já tinha vivido alguns anos nessa cidade, onde levou vida perdulária, contraindo enormes dívidas com os maiores comerciantes da comunidade grega. Ao saberem que havia recaído nas boas graças do imperador, os credores acharam que ele então quitaria suas dívidas. Mas não demonstrou qualquer intenção nesse sentido, dizia que tais obrigações eram canceladas após certo prazo. Os comerciantes ficaram mais irritados com os judeus, tendo queimado e saqueado o bairro deles em Alexandria. Depois, temendo represália do poder imperial, um dos líderes, de nome Aristipos, pensou num jeito de amenizar o problema. Convenceu o governador Quinto Flaccos a colocar a estátua do imperador em todos os locais de oração dos judeus (na língua deles, chamados de sinagoga).

Os judeus ficaram apavorados. A lei judaica, que vem de um (provavelmente lendário) legislador chamado Moisés, proíbe o que eles chamam de "idolatria", isto é, adorar imagens. Então, em vez de obedecer à ordem como pessoas sensíveis — que mal poderia causar-lhes uma estátua do pobre Gaio? —, reagiram com tumultos e, depois, mais prudentes, enviaram uma delegação a Roma para discutir o problema diretamente com o imperador.

A delegação foi liderada por um filósofo chamado Filo, natural de Alexandria. Eu o havia conhecido e conversado com ele ao visitar a cidade quando jovem — na época, ele já era um homem de meia-idade.

Sabendo que eu era considerado íntimo do imperador e de sua confiança, pediu uma audiência comigo antes de se apresentar no palácio. Claro que autorizei.

Eu me lembrava de tê-lo considerado um homem interessante, pois, sem abandonar sua fé judaica, estudou filosofia grega, sobretudo Platão, e buscou reconciliá-la com sua fé ancestral. Isso exigia que ele fosse um ginasta intelectual.

Mas, naturalmente, não íamos falar de filosofia na audiência, embora talvez preferíssemos.

Depois das cortesias de praxe, digo "de praxe", embora os judeus prefiram dispensá-las, com a pressa que têm de entrar no tema principal, ele foi logo ao assunto.

— Fico intrigado com o imperador.

— Ele vai gostar de saber disso.

— Mandou chamar aqui Flaccos, o governador da Judeia. Isso é um ponto a nosso favor.

— Como sabe, meu senhor...

Fiz um gesto desaprovador.

Ele então voltou ao assunto:

— Sabe que eu não só privo de uma longa amizade com os eruditos gregos, mas sigo uma orientação liberal, o que meus companheiros de religião acham lastimável. Aqui, entre nós, eu não faria qualquer objeção a colocarem uma estátua do imperador em nossa sinagoga. Eu apenas diria: "Deixem, não exigiram que adoremos a estátua. Vamos aceitá-la em sinal de respeito". Mas não podia dizer isso nem aos da mesma religião, sem correr o risco de perder a estima que me têm.

— Seus sentimentos depõem a seu favor. Não tenho a pretensão de entender a sua religião, mas sinto que você se encontra numa situação difícil. Afirma que existe apenas um deus e o imperador se declara um deus, não é?

— Essa declaração do imperador é para ser levada a sério?

— Uma pergunta ousada. Mas a resposta, depende, creio eu, de sua definição de "deus".

— Deus é aquele que é adorado.

— Mas a palavra "adorado" pode ter mais de um sentido. Na sua língua, ela também não é usada em poemas de amor? Certamente, como deve saber, é usada na poesia grega. Não poderia explicar isso aos praticantes da sua religião? Deve estar percebendo que procuro uma saída dessa embrulhada, uma palavra que todos aceitem sem perder a dignidade.

Assim, ficamos discutindo a questão durante horas, até o sol se pôr, sem chegarmos a uma conclusão.

Depois, ele fez outra pergunta ousada:

— Como é o imperador?

— Um homem que um dia pensa que é deus e no dia seguinte parece uma criança assustada; que ri quando manda executar alguém e chora ao ver seu cavalo mancando; que brinca para fugir da realidade e ao mesmo tempo procura explorar os recessos mais sombrios da própria natureza; que se esconde embaixo dos lençóis se a noite é de trovoadas e todo dia tem a coragem de provocar seu assassinato; que adora o acampamento, mas tem pavor da guerra; que pratica todos os tipos de lascívia, mas não gosta do corpo; um homem de natureza clara como um jato d'água e misteriosamente escuro como o inferno; que é conhecido de todos e de ninguém. Quer que continue a descrição?

Gaio demorou a aceitar um encontro com a delegação de judeus. Enquanto isso, mandou matar Flaccos, o governador que havia chamado a Roma.

Era um sujeito enfadonho, com aquela cara comprida de camelo. Não havia problema que ficasse em Alexandria, mas seria demais vê-lo de novo em Roma. Além do mais, a morte dele agradaria a esses judeus e é dever do imperador agradar seus súditos.

— Ninguém pode dizer que não me preocupo com o bem-estar deles, mesmo que não dê nada pela opinião deles. Mas isso não é motivo para não terem uma boa opinião de mim, é?

No dia seguinte, ainda sem encontrar a delegação, mandou que fosse colocada uma estátua gigantesca dele no templo de Jerusalém. E explicou:

— Tive essa ideia ao ler uma carta do meu velho amigo Herodes Agripa. Ele escreveu que os judeus não estavam acostumados com essas coisas. Achei ridículo, mas se é assim, a única coisa a fazer é dar oportunidade de se acostumarem. Não tenho dúvida de que vão achar uma ótima ideia quando virem as bênçãos que recairão sobre eles, graças a minha presença no templo. Acha mesmo que devo receber essa delegação? Deve ser uma gente muito entediante.

No dia seguinte, mudou de ideia.

— Discuti o assunto com Incitatus e ele me convenceu de que seria educado de minha parte. Os cavalos são tão gentis. Mais gentis que as pessoas. Claro que deve ser por isso.

Quando a delegação foi apresentada, Gaio virou de costas. Eles ficaram sem saber o que fazer. Ninguém ousou se mexer nem falar. Depois, ele girou o braço, indicou a porta e saiu correndo do aposento.

Filo me olhou. Fiz um gesto, indicando que deveriam ir atrás. Nós o encontramos numa galeria, na frente de uma estátua de Diana, apertando seu rosto de mármore.

— Ela é uma amiga pessoal, especial, compreende? — disse ele. — Em noites de lua cheia, vem ficar na cama comigo. O que acham, hein?

Correu outra vez, sem esperar resposta. Fomos atrás, outra vez. No aposento onde entrou, Cesônia estava num divã e a filhinha deles no chão, aos pés dela. Gaio pegou a criança e jogou-a para o alto. Ela gritou de excitação e ele a segurou e a apertou contra o peito.

— Estão vendo, ela confia em mim. É tão bom que alguém confie. — Entregou a menina a Cesônia e, inclinando-se, apertou os seios da esposa. A esposa de vocês tem uns peitos assim? — perguntou à delegação. — Esperem por mim aqui. Enquanto isso, converse com eles, minha cara.

Quando voltou, tinha tirado a toga e estava com uma blusa cor de ameixa e calções largos do mesmo tom, igual aos que os nobres gauleses costumam usar em ocasiões festivas.

— Vamos conversar no jardim. Estava com frio, por isso troquei de roupa. Estão vendo que estou descontraído, então nossa conversa pode ser bem informal e agradável. Vão gostar.

Levou-nos para um caramanchão com uma trepadeira de rosas e estirou-se num banco de madeira rústica.

— Podem se sentar no chão, como se eu fosse um filósofo e vocês os discípulos. Não se preocupem, não estou com vontade de ensinar nada. Quero aprender. Vocês jamais devem pensar que seu imperador não está interessado no que pensam os súditos ou nas diversas formas que têm de entender o mundo. Sei que costumam dizer isso de mim, mas não é verdade. É calúnia. Não gosto que digam isso. É triste, mas tive de mandar matar muitos nobres romanos apenas por espalharem calúnias. Um deles foi o antigo governador de vocês, Flaccos. Ele disse as piores coisas de mim, por isso mandei matá-lo. Tenho certeza de que vocês aprovam minha decisão. Mas esperem: como eu disse, quero ouvir vocês e fazer uma discussão filosófica, um *symposium*. É a palavra adequada, não? — perguntou, me olhando em dúvida. — Muito bem, mas não podemos fazer um simpósio sem vinho.

Bateu palmas, um escravo se aproximou com a bandeja com vários jarros e taças de vinho.

— Primeiro, sirva meus convidados — disse o imperador, sorrindo. — Não fiquem tão nervosos, garanto que o vinho não está envenenado. Poderia estar, claro. Quem vai beber primeiro para saber? Vocês ou eu? Todos nós juntos? Talvez assim seja melhor, à saúde de vocês, cavalheiros.

Bebemos. Ninguém caiu no chão envenenado.

— Muito bem — constatou ele. — Embora possa ser um veneno de ação lenta. Saberemos dentro de algumas horas. Pelo menos, temos tempo para nosso simpósio. Rapaz, encha as taças de novo.

O escravo obedeceu e, quando serviu o imperador, Gaio segurou nas coxas dele, enfiando-lhe as unhas na pele. (Não deve ter doído, suas unhas eram muito roídas.)

— Ainda não possuí você, já? Volte aqui quando esta reunião terminar.

Gaio sorriu para a delegação.

— Nunca vi judeus tão bem-vestidos. E limpos. — Apontou para Filo. — Acho que você é o líder. O porta-voz, não? Meu amigo aqui — fez um gesto me indicando — disse que você é filósofo. Há dias em que me sinto interessado por filosofia. Sorte de vocês que hoje é um desses dias. Soube que adoram um só deus. Explique como é isso, por favor.

— Ele é o deus de nossos antepassados, o deus de Israel — disse Filo.

— Livrou-nos da terra da escravidão, o Egito — disse outro membro da delegação, um sujeito baixinho, moreno, de pernas tortas. Essa é uma coisa que já notei nos judeus. Não concordam nem com o que diz o porta-voz que escolheram, estão sempre interrompendo e se intrometendo.

— Foi mesmo? Mas vocês vêm de Alexandria, portanto devem ter voltado para essa terra da escravidão. O que diz o deus de vocês sobre isso? Tenho a impressão de que vocês são desobedientes ou, pelo menos, ingratos. Expliquem isso.

— Esse fato ocorreu há muitas gerações — disse Filo. — Muito antes de o Egito ser uma província romana. Agora não é mais uma terra de escravidão, naturalmente, mas uma terra onde a lei é respeitada.

— Muito bem.

— Quanto a mim — interrompeu o sujeito de pernas tortas, de novo — não moro no Egito. Sou cidadão romano, Saulo de Tarso, ao seu dispor.

— Claro que você está ao meu dispor — atalhou Gaio. — Não preciso que me diga. Basta que eu ordene e sua garganta será cortada. Não se esqueça disso. Mas, como eu disse, vocês estão com sorte, hoje não tenho essa vontade. Ouvi dizer que o deus de vocês é ciumento e exige que não tenham outros deuses. É verdade?

— Realmente, essa é a ordem dele — disse Filo, com um tom indeciso na voz, o que é compreensível.

— Não estranho essa ordem. Ouso dizer que todos os deuses às vezes têm ciúme. Eu sei que tenho. Somos muito ciumentos. Nem sempre, claro. Júpiter queria morar comigo aqui no palácio, mas eu disse que não daria certo, não lembro por que, tenho uma memória ótima, mas de vez em quando falha. — Ele sorriu outra vez. — Estou gostando disso aqui, uma verdadeira discussão intelectual. Deveríamos encená-la num palco para ilustrar o povo. Compreendo o sentimento do deus de vocês. Mas há outros deuses, cujos sentimentos também devem ser levados em conta. O que dizem quanto a isso? Vamos, quero uma resposta.

O DE PERNAS TORTAS, DE NOME SAULO, ADIANTOU-SE, ENQUANTO OS colegas ficaram inseguros.

— Nossa religião ensina que todos os outros deuses são falsos, não são verdadeiros, mas impostores, criados pela vaidade dos homens.

— Não sei se gosto do que ouvi — avaliou Gaio. — Mas não vou me irritar, posso levar essa conversa num tom cultural e de maneira amistosa. Bom, mas se entendi bem, por favor, embora eu seja o imperador de vocês, corrijam-me se estiver errado, vocês insistem que todos os outros deuses são falsos, embora o seu deus seja só dos judeus, que são o, como é mesmo o nome? O Povo Escolhido dele. Não é assim? Entendi direito?

Filo ia dizer alguma coisa, mas o homenzinho Saulo impediu outra vez. Pensei "esse sujeito é meio fanático, devia tomar mais cuidado, daqui a pouco ele passa dos limites".

— É no que nós acreditamos, pois foi essa a palavra do Senhor nosso Deus, segundo foi dita a lei do nosso antepassado Moisés.

Gaio enfiou a mão na larga calça gaulesa e se coçou. Franziu o cenho, depois caiu na risada.

— Interessante, muito interessante mesmo. É como a velha piada da mãe que assiste ao primeiro desfile militar de que o filho participa e diz, contente, quando a legião marchou diante dela: "Olha lá, estão todos fora do passo, com exceção do nosso Marcos". Meu caro, respeito a sua opinião e a sua fé, mas deve ver que isso não faz o menor sentido. Sou o imperador e sei. Pense: há dezenas de nações dentro do meu Império, para não falar nas que estão fora dele, como alguns que não chegam a ser bárbaros, mas razoavelmente civilizados, os partienos, por exemplo. E todos têm deuses que herdaram dos antepassados, como você herdou dos seus. Acha mesmo que vou acreditar ou aceitar que vocês, judeus, que jamais conquistaram um Império, conheço a História, como veem, adoram o único deus verdadeiro e que só ele existe? Meu caro e bom povo, estou satisfeito que tenham vindo à minha presença esta manhã. Ganhei o dia. Essa é, sem dúvida, a melhor piada que ouvi nos últimos anos, e meu amigo aqui presente pode confirmar que sou especialista em piadas. Mais tarde, quando terminarmos nossa discussão filosófica, vou contar algumas bem sujas, vocês vão gostar.

Filo então virou-se para o homenzinho e disse a ele que se calasse. Pelo menos, foi o que imaginei. Claro que estávamos todos falando grego, mas ele deu a ordem, firme, na língua deles. Depois, tratou de consertar a situação, deve ter achado que estava saindo do controle. Falou na filosofia grega. Foi um aparte inteligente. Estava pegando o imperador pela palavra. Por isso, falou em logos e em sophia, e de como o espírito divino era o autor de todas as coisas, a fonte de onde vinha a vida. Disse que vários povos criavam deuses que não passavam de meras imitações da realidade divina. Em resumo, parecendo explicar e descrever a fé judaica, ele procurou esconder o assunto imediato e confundir a diferença entre a compreensão que os judeus tinham do mundo e o que posso chamar de mundo greco-romano. Ele fez Gaio acreditar que era suficientemente esperto para conseguir acompanhar o raciocínio, até para dialogar com ele — o que era mesmo. Ao mesmo tempo, vi que esperava que o imperador não conhecesse filosofia o bastante para ver que seu argumento não concordava com o ponto de vista dele.

Mas Gaio ficou satisfeito. Ele brilhava. Seu corpo relaxou. Era um elogio como poucos que já lhe haviam sido feitos. E, por estranho que pareça, ficou contente de ver que Filo não tinha medo.

— Que homem admirável, preciso ter você ao meu lado — elogiou o imperador. — Podíamos ler juntos. Embora eu seja o imperador, sou capaz de confessar que há falhas na minha educação, pontos obscuros onde tropeço e não compreendo. Pode ser que você seja o homem que eu estava procurando para me esclarecer.

Pediu mais vinho, segurou de novo no escravo e dessa vez cochichou alguma coisa no ouvido dele. Depois, disse:

— Lembro que meu amigo Herodes Agripa me contou de um louco que dizia ser rei do povo de vocês, que veio livrá-los do nosso jugo e preparar, se entendi bem, o que chamava de Reino dos Céus. Acho que foi enforcado. Ou talvez crucificado. Final merecido, sem dúvida.

Para deleite meu, o homenzinho de pernas tortas mal conseguiu se conter enquanto Filo falava.

Às vezes, balançava a cabeça, resmungava baixo, mudava de posição na cadeira, até que irrompeu:

— Esse homem foi um impostor, um sujeito de origem baixa, parece que era carpinteiro, e se dizia o Messias, um descendente de Jessé que seria o salvador do povo de Israel.

— Certo — cortou Gaio. — Não creio que ele tenha muito interesse ou importância. Parece um tédio. De todo jeito, já morreu, segundo você diz. Compreenda uma coisa: não quero mais falar nesses assuntos. Vocês me deram um bocado de coisas para pensar, porém estou começando a me entediar. Portanto, vamos acabar com isso. A estátua que vou colocar no templo de vocês é especial. Tenho certeza de que gostarão da honra que lhes concedi. Podem dizer ao seu povo que mandei colocar como prova de minha estima pessoal pelos judeus. Não posso ser mais simpático, não? Agora podem ir, antes que eu fique muito cansado de vocês.

Eles pareciam desapontados, até ofendidos. Eu não podia culpá-los por não terem conseguido nada, exceto as boas graças temporárias do imperador. Mandou que eu ficasse no aposento.

— O que achou? Gostei do seu filósofo. Diga que não saia de Roma, quero falar com ele outra vez. Já aquele homenzinho parece um criador de caso. Não sei se devo mandar enforcá-lo. Ele não causaria nenhuma impressão na arena, acho. Bom, não interessa. Mesmo assim, peço que você explique a eles que quem não me aceita como deus comete crime. É só. Veja se eles compreendem. Agora pode ir e mande aquele escravo aqui. Ele tem umas pernas ótimas. E a boca promete.

O rapaz sorriu quando dei a ordem. O que mais o coitado poderia fazer? Filo não sorriu.

Disse apenas:

— Estou velho o bastante para não temer mais a morte. Por isso, vou ser franco. Por um lado, tive pena de seu imperador, que foi, como você disse, mais inteligente do que a fama que tem. Por outro lado, devo dizer que, se um dia vi um homem possuído pelo demônio, foi ele. Claro que por isso tenho pena dele.

XVI

Nos últimos anos, já que não oferece mais perigo aumentá-la, cresceu a lista de crimes cometidos por Gaio. Escrevo agora tendo à frente um sórdido panfleto que enumera tais crimes.

O autor escreve, por exemplo: "Os casos a seguir mostram sua louca e depravada sede de sangue: uma vez, depois de arrebanhar animais selvagens para um espetáculo, ele concluiu que a carne comprada no açougueiro era muito cara para alimentá-los e ordenou que recebessem carne de criminosos. Não dava atenção aos crimes de que os homens eram acusados e não fazia julgamentos, apenas enfileirava-os, apontava um deles e ordenava: 'Matem todos, entre este careca e aquele ali'". Outro exemplo: "Ele soube que determinado cavaleiro tinha jurado lutar na arena, caso Gaio sarasse de uma doença. Gaio então obrigou-o a cumprir o juramento e só o soltou quando o homem estava perto da exaustão e meio louco de pavor". Exemplo: "Na mesma ocasião, Gaio ouviu falar que determinado senador disse que se mataria se ele se curasse. Sabendo que o senador continuava bem vivo, o imperador mandou que fosse coroado com flores e chicoteado na rua por escravos que, entre os golpes, repetiam sua promessa até que chegaram à margem do Tibre, onde o jogaram na água e assistiram ao seu afogamento". Exemplo, segundo o autor desse panfleto (e, mais uma vez, eu cito): "Muitos homens de família decente foram marcados a pedido dele e enviados para cavar minas ou construir estradas, ou jogados aos leões e aos tigres da arena. Outros eram presos em jaulas estreitas e obrigados a ficar de quatro como animais. Outros ainda eram condenados a ser serrados ao meio e não, como você talvez pense, por terem cometido grandes delitos ou algum crime, mas apenas por criticar um dos espetáculos dele, ou por não acreditar que ele fosse um gênio".

Mais um exemplo: "Uma vez, ele convidou um homem para jantar no mesmo dia em que mandou matar o filho dele e mostrou-se muito animado, fingindo boa camaradagem, forçando o homem a rir de suas piadas sujas e até a cantar junto músicas obscenas". Basta. A lista chega a ser enfadonha. Além de absurda. Você deve ter percebido que o autor, que prefere ficar anônimo, não identifica as pessoas. O anonimato é o refúgio da calúnia.

Não estou querendo dizer que Gaio não fosse cruel, ou que não tenha cometido crimes. Mas muitas dessas acusações são grotescas. Será que a posteridade, que esperamos seja provida de bom senso, vai acreditar, como nosso panfleteiro garante, que certa vez, querendo que "um certo senador" fosse literalmente estraçalhado, ele convenceu senadores a indicá-lo como inimigo público, a furá-lo com suas canetas e a entregá-lo à multidão para ser linchado? E que Gaio não ficou satisfeito enquanto os membros e pedaços do homem não foram arrastados pela arena e empilhados aos pés dele? Será que a posteridade vai acreditar que até o mais degradado senador poderia ter colaborado num assassinato tão estúpido? Lembre-se de que fui próximo de Gaio, ele me chamava de seu braço direito, às vezes seu rochedo, e eu não presenciei nada disso, não soube de nenhum desses indignos exageros.

Não estou envergonhado. Era possível que, sendo discreto, alguém pudesse influenciar pela moderação e o bom senso. Devemos nos adaptar aos tempos em que vivemos. Admiro o passado, mas aceito o presente. Rezo para ter bons imperadores, mas aguento o que vier. Se alguém me perguntar o que fiz no governo de Calígula, responderei:

— Sobrevivi.

É fácil ser virtuoso quando os tempos são virtuosos.

Gaio sabia disso, em seus momentos mais calmos. Uma vez, me disse:

— Acho que, se o Império não tivesse existido, eu seria um bom homem.

Isso foi, pelo que me lembro, quando ele estava estudando, não pela primeira vez, os papéis particulares de Tibério, que primeiro quis queimar, depois resolveu guardar. Gaio passou a ter o hábito de ler várias vezes o relato da prova contra a mãe e os irmãos.

Ficava fascinado. Sabia que tinha sido inventado. Mesmo assim, como disse várias vezes, era "impossível Tibério não ter acreditado nisso". Ficou obcecado por essa ideia. Sabia que estava rodeado de mentirosos e hipócritas. Muitos desses acusadores tinham lhe feito os mais completos e derramados elogios — apesar de terem destruído a família dele com suas mentiras.

Desde o começo, ele tinha decidido que não ouviria informantes. Mas não podia evitar. Não acreditava no que diziam, porém não podia demiti-los. Dizia sempre que só podia confiar em Cesônia e em mim, não acreditava nem mesmo nos seus libertos e escravos preferidos, e acrescentava:

— Muitas vezes, não confio nem em vocês dois. Sou o homem mais solitário do mundo. Até minhas irmãs planejaram me matar.

Mas, para amenizar essa solidão, mandou buscá-las na prisão onde as havia encarcerado e vi quando abraçou Agripina, beijou-a enfiando a língua em sua boca, depois resmungou "será que eu devia ter matado você, **irmã**, antes que você me mate?".

As pessoas acham que, por Gaio ter acabado como acabou, ele devia. Se você acredita na trama inexorável do destino, isso é sem dúvida correto. Mas se, como eu, você é cético, então as coisas mudam.

Na verdade, para entender a realidade histórica, é preciso não saber o fim da história. Até os historiadores às vezes parecem esquecer que os fatos que hoje estão no passado um dia estiveram no incerto e mutante futuro.

Por exemplo: Gaio continuava com a intenção de comandar o exército na campanha germânica no verão seguinte. Por isso, passei grande parte daquele inverno envolvido nos preparativos, coisa que muitos que escrevem sobre guerra desconhecem: organizar estoques de equipamento bélico, abastecer o almoxarifado militar, construir barcaças nas quais os suprimentos pudessem ser transportados pelo Reno. Gaio, quando sóbrio e calmo, era fascinado por esse trabalho. Muitos ficarão impressionados de saber que ele adorava os detalhes de uma incursão militar e era capaz de passar horas ocupado. Trabalhava mais na preparação do exército para uma campanha difícil do que o pai jamais trabalhou. Um soldado idoso, que tinha servido muitos anos no Departamento de Suprimentos, chegou a me dizer que o rapaz, como chamava Gaio, tinha uma capacidade para trabalhar muito comparável à de Tibério. Foi um grande elogio e deve ter sido merecido. De todo modo, era prova de que o imperador, naquele inverno, concentrou toda a sua atenção no governo e na preparação da guerra, o que me dava esperança de que poderia vencer sua instabilidade juvenil, mostrar-se competente e ganhar fama pelo que ele ardentemente — e, pelo que parece agora, tragicamente — desejava.

Em outros aspectos, a meus olhos parciais, ele parecia estar amadurecendo. Cesônia exercia uma boa influência sobre ele. Ela me garantia que o casamento estava forte e, palavra dela, "afetuoso". Ele era um pai carinhoso para a filhinha, da qual se orgulhava muito. Uma vez, me disse:

— Minha filha é a primeira pessoa que confia totalmente em mim e que me ama só pelo que sou.

A vida sexual dele estava menos agitada, mesmo agora que tinha voltado a viver sob todas as tentações de Roma. Já não andava pelas ruelas de Suburra à noite, pegando prostitutas e rapazes de aluguel.

Aquele incidente com o jovem escravo na presença da delegação de judeus se repetiu com outros, de vez em quando — e por que não? Você talvez pergunte —, mas ele se mantinha fiel a Cesônia por dias e até semanas seguidas.

Gaio não era mais escravo do excesso — havia noites em que bebia apenas água das fontes de Foggia — e sua saúde e equilíbrio mental mostravam melhora. Ainda tinha dores de cabeça paralisantes, o que também tirava sua atenção do trabalho, e, talvez por consequência, seu humor se mantinha imprevisível. Continuava também a reclamar de insônia e ficava perambulando pelo palácio silencioso horas antes de o galo cantar.

— Tenho projetos de construção — ele me disse. — Meu bisavô se vangloriava de ter encontrado Roma construída de tijolos e tê-la deixado de mármore, mas pretendo fazer mais do que ele. — E me mostrou projetos primorosos, que garantia terem sido desenhados por ele. Podia ser verdade, não lhe faltava talento para isso.

Algumas construções já haviam sido iniciadas e abandonadas por Tibério, que as achou um extravagante desperdício de dinheiro. Assim, por exemplo, ele providenciou o término do templo de Augusto e a renovação do teatro de Pompeu. Tinha carinho especial pelo projeto do aqueduto que supriria o distrito proletário do Trastevere com água potável em quantidade, o que jamais tinha acontecido. Isso certamente aumentaria sua popularidade com o povo, que comparava a atenção que Gaio dispensava ao bem-estar deles com o descaso que achavam ter recebido dos governos anteriores. Ele gostou muito do anfiteatro que também desenhou para o Trastevere, com capacidade para mais espectadores do que qualquer outro no mundo romano e capaz de abrigar os mais espetaculares Jogos.

Os projetos não se restringiam apenas à cidade. Assim, por exemplo, mandou reconstruir os antigos muros e templos de Siracusa, restaurar o palácio de Polícrates, em Samos, o conjunto do templo de Apolo Dídimo, em Éfeso, e até mesmo planejou construir uma maravilhosa cidade nos Alpes. Menos imponente, porém mais útil, foi o projeto de abrir um canal no istmo de Corinto para poupar tempo aos marinheiros, e evitar os perigos de contornar o Peloponeso.

Os que desejam que a posteridade pense que Gaio foi apenas um hedonista tirânico e meio maluco não mencionam esses projetos — alguns belos e outros úteis. Mas Gaio deu muita atenção a eles, tendo como objetivo não só a fama, mas a utilidade e a melhoria da qualidade de vida do povo. Quem quiser, chame-o de monstro, mas concorde que foi também um homem prático e até um governador benigno. O povo reconheceu isso, apesar de o Senado e a nobreza não reconhecerem.

Depois de três anos como imperador, as relações de Gaio com o Senado estavam muito ruins.

Você deve se lembrar que, ao assumir o poder, ele falou em trabalhar em estreita "harmonia" com aquela augusta assembleia. Hoje, ninguém acha que ele foi sincero e nem que Tibério o foi, quando demonstrou a mesma intenção. Mas nos dois casos acredito que a intenção original foi sincera.

Quando Tibério se tornou imperador, continuou frequentando o Senado, exigindo ser tratado como um senador comum. Pediu que o Senado voltasse a ser responsável por uma série de assuntos que Augusto tinha se acostumado a resolver. Foi em vão. O Senado criticou e rejeitou o pedido. Ele não gostava de vários senadores por serem bajuladores. Por isso, passou a reclamar:

— Ó geração feita para ser escrava.

Antes de se tornar imperador, Gaio não passou pelo Senado. Era jovem demais e, de todo jeito, Tibério o manteve longe de Roma. Mas tinha uma visão idealista da entidade, graças à sua atenta leitura de Lívio — a quem dedicou, quando jovem, o mesmo entusiasmo que dedicou Catulo. Ficou mais desgostoso quando o Senado se comportou com ele exatamente como fez com Tibério: uma hora reclamava um pouco, outra, bajulava-o de forma abjeta. Ele perdeu a esperança. Sua admiração se transformou em desprezo. Não demorou para ele transferir as eleições do Senado para a Assembleia Popular e, após o envolvimento de alguns senadores com a conspiração de Getículo, tirou o comando das legiões na África do procônsul indicado pelo Senado e passou para um oficial escolhido por ele. A África era a última província com um representante militar e que Augusto havia subordinado ao Senado. Agora, todas as províncias militares e todas as legiões estavam subordinadas ao imperador.

Os senadores se irritavam também com o temperamento impaciente de Gaio. Uma vez, os cônsules discordaram dele e o imperador então os demitiu e estapeou-os nas faces. Ele não pretendia mais cumprir a ambição de Augusto de governar o Império em parceria com o Senado.

— Defendo a autocracia — anunciou-me. Avisei que ele assim estaria alimentando o ódio, e respondeu: — Deixe que me odeiem, com a condição de que tenham medo de mim. Não temo o ódio deles. Garanto a você que é bem-vindo. Não, eles não conseguem me dar medo.

Isso era mentira, autoilusão. Nos dias em que não conseguia dormir à noite, ficava com os nervos em frangalhos. Passava de um estado de grande euforia, contando muitas piadas, algumas sem sentido, a um estado de profunda depressão. Naquela primavera, ele teve longas conversas com Filo, o filósofo judeu, que hospedei em minha casa no Aventino. Filo ficara encantado com ele e, anos depois, logo que Calígula morreu, recebi uma carta do filósofo (omito os trechos que estão repletos de gratidão e admiração à minha pessoa):

> Lembro-me com prazer daquelas noites em que conversamos muito sobre filosofia e a arte e a finalidade de governar. Noites em que também analisamos a personalidade do imperador, o que, fossem outras as circunstâncias, seria uma atitude temerária e ousada, se não fôssemos suficientemente virtuosos para confiar plenamente um no outro.
>
> Pobre Gaio! Digo isso com total sinceridade. Li muito a história de minha raça e a de outros povos, e jamais encontrei uma figura tão desconcertante.
>
> Não creio que fosse cruel por natureza. Pelo contrário, nasceu com bom coração. Quem o viu brincando com a filhinha ou afagando o pescoço do cavalo ou, como me aconteceu uma vez, chamando um pardal para pousar em seu dedo e acariciar suas penas, não pode duvidar disso.
>
> De outra feita, em conversa numa tarde tranquila, privilégio que me concedeu em pelo menos três ocasiões, encontrei um homem calmo,

nem um pouco orgulhoso, querendo aprender. Uma vez, lembro que me disse: "Meu Império tem povos tão diferentes. É importante que eu saiba a história deles e como vivem. Gosto de ter pessoas simples perto de mim. Por isso, minhas primeiras lembranças são do acampamento". Ele era um pouco ingênuo. Quando contei a história de nosso grande herói judeu Davi, ele chorou ao saber que Davi, já idoso, foi traído pelo filho e por seu general mais antigo. "Creio que meu destino também vai ser assim", disse ele. "É um mundo mau, onde mesmo aqueles em quem confiamos podem nos trair. Compreendo Davi, era sozinho como eu. É sempre assim quando se tem o poder supremo. Difícil encontrar alguém que fale a verdade, mas eu não vou ficar velho. Alguém vai me matar antes, tenho certeza, como aconteceu com Júlio César."

Essa era uma faceta dele de que eu gostava. Claro que fiquei envaidecido. Um pobre erudito sempre fica, quando um homem de poder se digna a ser sincero com ele. Mas acho também que o imperador sentia certo alívio em poder fazer isso.

Claro que o outro lado da personalidade dele era diferente e, posso dizer agora, não me agradava: bebia demais, comia demais, tinha um apetite insaciável. Lembro-me de você ter comentado que ele comia até encher o estômago, depois tomava vomitórios para poder comer e beber mais...

Não consigo entender esse comportamento, nem as relações indecentes com rapazes e mulheres. Era como se ele aceitasse todos os vícios que destroem, ao mesmo tempo, o corpo e a alma.

Uma vez, você disse que ele queria fugir de si mesmo. Na minha opinião, quanto mais ele fugia mais ele encontrava a pessoa da qual estava querendo fugir. Ela o seguia como os cães do inferno.

Pobre homem, pois era, no fundo, um pobre homem sem conhecimento do Divino e tão perdido a ponto de se achar um deus — ele, que não dominava nem a própria cabeça.

Cito essa carta do mais sábio erudito e homem mais inteligente com quem já conversei, para mostrar que não sou o único a achar Gaio bem mais notável do que o monstro que seus inimigos pintaram, um monstro doido.

XVII

A PESAR DOS MUITOS DIAS DE PREPARATIVOS E DO INTERESSE TANTAS vezes demonstrado pelo imperador, quando o verão chegou, a campanha germânica foi novamente adiada. Gaio falou muito nela, mas não se animou. Estava mal de saúde, tinha dores de cabeça mais frequentes que o deixavam incapaz de fazer qualquer coisa. Uma vez, chegou a deixar o estádio onde se realizavam os Jogos, que adorava e que eram um prazer mais inocente do que qualquer outro, para ir para um aposento escuro, onde ficou com compressas frias na testa. Em outras ocasiões, ele gritava de dor, ou ficava soluçando como uma criança assustada. A insônia também havia piorado, e, quando conseguia dormir, Cesônia me contou, acordava gritando de medo por causa dos pesadelos que tinha.

Foi inútil eu insistir que ele precisava era da vida no acampamento. Lembrei como ele tinha se revitalizado e como sua saúde tinha melhorado nos meses que passamos na fronteira do Reno. Ele concordou, taciturno, mas não foi.

Até que um dia, ele disse:

— Não ouso sair daqui. Meu astrólogo disse que só estarei seguro se ficar na cidade ou nas redondezas. Não está escrito nas minhas estrelas que vou conquistar a Germânia neste verão. Portanto, tenho que esperar. Não me apoquente mais com isso. Além do mais, preciso arrancar os traidores do Senado antes de ousar sair da Itália. E muitos são hábeis como serpentes, escondem suas más intenções atrás de sorrisos lisonjeiros e juras de lealdade. Mas vou procurá-los e destruí-los. Esta manhã, pensei na melhor forma de fazer isso. Quer saber qual é?

— Claro que sim — respondi. O que poderia dizer?

— Vou prender o filho mais velho de cada senador e anunciar que, se o pai não se confessar traidor, o filho será assassinado. Não acha inteligente?

— Certamente, é bem pensado — respondi.

— Vejo que você tem uma objeção.

— Só uma pequena observação, César.

— Pois diga-a. Sou um homem sensato e, se for uma coisa sensata, você não será castigado por discordar de mim.

Mesmo assim, fiquei indeciso.

— Estou ficando impaciente. Não devia deixar seu imperador esperando.

— Muito bem. Você concorda que os senadores que estão tramando traí-lo, ou até já o estão traindo, são maus.

— Isso é óbvio.

— E homens maus têm sentimentos naturais?

— Nem um pouco.

— É natural que um homem queira poupar o filho, mesmo com risco de ele próprio ser morto, não?

— Sim, natural.

— Mas os senadores traidores, sendo maus e indiferentes aos sentimentos naturais, vão preferir ver os filhos mortos a confessar traição e ficarem à mercê do castigo que você escolher. Não acha?

— Entendi seu raciocínio. Muito bem, vou pensar em outra forma de lidar com eles.

Eu tinha dado, como se diz, um salto no escuro. Quando contei a conversa a Catulo, ele disse:

— Sem dúvida, você tem que concordar que esse homem é louco e se tornou um perigo público.

— Ele é violento, claro, mas acho que ainda consegue ser sensato — ponderei.

— Não tem medo? Um dia, quando você fizer uma... como foi que você chamou? "Observação sensata" a uma ideia louca, ele manda matar você.

— Já pensei nisso — admiti.

Não acrescentei nem para Catulo: sou tão associado a Gaio, que qualquer conspiração para matá-lo vai certamente me matar também. Não vão me deixar vivo para fazer o papel de Marco Antônio com os Brutos e Cássios deles.

No auge do verão, com um calor insuportável na cidade e com a agitação de Gaio aumentando, ele aceitou a sugestão de Cesônia e foi para a casa com vista para o lago Nemi. Eu me livrei dele um pouco e fui para a casa onde agora escrevo este relato e passo semanas agradáveis, desfrutando a beleza da paisagem, o movimento do sol nas águas azuis, lendo Virgílio e Horácio, poetas de um tempo mais feliz e de grande sabedoria. Ou pelo menos foi o que pensei, preferindo esquecer, por enquanto, que ambos viveram durante as guerras civis, Horácio de fato fugiu da Batalha de Filipe, e que os dois atingiram a sabedoria com esforço. Que horrores teve o poeta de ver antes de aprender, em sua fazenda Sabina, a "deixar a vida inquieta num doce esquecimento" e perguntar "qual a verdadeira natureza do bem e qual a sua essência"? Não pense que nessas semanas estivais não me perguntei isso. Não pense que não continuo me perguntando.

Mas minha solidão foi interrompida por várias visitas. Primeiro, sem ser convidado, veio Cláudio, o tio do imperador. Olhei-o, surpreso. Ele estava nervoso, talvez por saber que eu o desprezava. Devia lembrar, claro, que na última vez em que o vi, ele foi jogado no Reno. Falou e gesticulou do seu jeito arrogante e gago, e só depois de eu lhe oferecer um bom jantar — que ele adorou, enquanto eu, como de hábito no campo, comi apenas anchovas, fatias de queijo pecorino, pão e duas maçãs — e de ele tomar um jarro e meio do meu vinho — que bebia puro, enquanto eu misturava com água —, ele se dispôs a dizer por que tinha vindo.

No final das contas, não era um grande motivo. Explicou que estava se dedicando, não vou citá-lo literalmente porque seria cansativo, a escrever a história ou as lembranças do irmão Germânico. Eu quase ri, pois ninguém poderia ser menos adequado para a tarefa do que aquela traça de livros gaga, que tinha passado a vida inteira longe de um acampamento. Então, com súbita humildade, ele explicou que foi por isso que veio me procurar. Eu poderia suprir, com minha memória e experiência, as falhas que ele admitia ter.

— Não me deixariam ser soldado — repetiu, babando, meio embriagado. — Você imagina o que é ser impedido, em parte por culpa da natureza, e em parte pelo desdém de minha família, principalmente minha avó Lívia, de ter o que era minha mais almejada glória, a militar?

Senti menos desprezo por ele. Eu não tinha percebido quão profundamente a deficiência física e a opinião dos outros o haviam magoado e amargado a sua vida. Por isso, falei muito em Germânico e, já que ele não estava em condições de lembrar o que eu havia dito, prometi mandar um texto com minhas lembranças que... mas isso não vem ao caso.

Ele continuou bebendo — foi-se mais um jarro — e depois chorou.

— Eu amava meu irmão. Adorava-o. Não tinha nem ciúme, embora possa ter sentido alguma vez. E gostava dos filhos dele, teria cuidado deles após a morte do pai, como um tio deveria, se aquela puta com quem era casado não tivesse me afastado deles, e minha mãe, outra puta, não tivesse ajudado. E qual foi o resultado? O pequeno Gaio, que era uma criança encantadora, como você disse, cresceu ignorante e vaidoso, insensível e medroso. Acredito que aquele velho monstro, meu tio Tibério, de quem, não me incomodo de confessar agora que somos amigos, eu tinha muito medo, ensinou a ele todo o tipo de perversões repulsivas e assim prejudicou seu caráter. E qual foi o resultado? O que foi feito de todos nós? Às vezes, sonho que Germânico se curou, restaurou a República e Roma reconquistou a honra e a dignidade...

Resumi o que ele disse, mas a última frase está igual, embora saísse lenta, hesitante, pastosa.

Ele então arrotou, começou a transpirar e, caindo para a frente, vomitou sem parar.

Grotesco, isso mesmo, mas além ou afora do grotesco, houve um toque de arrependimento, uma ideia do que a vida — mesmo a de Cláudio — poderia ter sido, ou até deveria ter sido.

Ele ficou roncando no divã, um bufão gordo e feio. Ao observá-lo, não consegui me sentir superior e me lembrei do imperador no terraço de sua casa em Nemi, sem conseguir dormir, olhando a lua estival cor de palha, chorando de medo, de ódio, de frustração, de raiva de si mesmo.

Essa é Roma, essa é a família imperial.

Se existem deuses, como eles devem achar graça! Minha segunda visita foi Agripina. Chegou à noite, sem ser anunciada, só com um pequeno grupo de acompanhantes e seus guardas particulares. Estava agitada. Assim que ficamos a sós, ela se jogou para cima de mim, me abraçando com uma paixão que talvez não fosse inteiramente falsa. Insistiu para que fôssemos para a cama na hora.

Explicou que estava sem sexo havia semanas. Acusou-me de tê-la largado. O que eu podia dizer? Nada. Então, concordei. Ela enroscou as pernas em mim e gritou tudo o que queria. Não tinha interesse no meu corpo, mas naquele momento, eu a satisfiz. Ficou largada nos meus braços e suspirou dizendo, mais uma vez, que me adorava, que jamais adorou outro homem. Seria agradável ter acreditado nela. Depois, vi que estava tremendo.

— Fui educada para ser corajosa. Minha mãe costumava dizer a nós, as meninas, que devíamos ter mais medo das leoas do que do leão. Mas agora estou com medo.

Ela vinha de Nemi. Naquela tarde, o filho dela, Nero, estava brincando com a prima pequena "de quem ele gosta muito, é tão carinhoso com ela". Então, quando a carregava pelo jardim, tropeçou numa raiz e o bebê caiu no chão. Claro que ela começou a chorar e depois a berrar.

— Os gritos chamaram a atenção de Gaio, que pegou a filha no colo e acusou Nero de "tentar matar a criança". Imagine, um menino de seis anos, a criança mais delicada que já existiu, como se ele pudesse, o coitadinho, como eu disse, ele adora a prima, adora crianças, não posso imaginar, ele tem uma natureza delicada. Mas Gaio estava escuro como uma tempestade e gritou para seus guardas prenderem Nero. "É traição, é traição", berrou. Você consegue imaginar uma coisa dessas? Já ouviu algo parecido?

— E depois? — perguntei, apoiando-me nos cotovelos para poder olhar de frente para ela.

— O que você acha? Fui para cima dele, arranhei sua cara, como fazia quando éramos crianças, até o sangue escorrer e gritei que ele era louco, maluco, perigoso, não devia ficar solto, não sei o que mais.

— E Gaio?

— Bom, ele se assustou, é tão covarde, eu sempre soube disso e consegui controlá-lo, como Drusilla conseguia também. Então, ele correu, eu peguei Nero e apertei-o no meu colo. Depois, procurei Cesônia, porque, apesar de ser uma puta, ou talvez por isso mesmo, sim, eu sei que ela foi casada com você e sei que gosta dela, mesmo assim, não pode negar que é uma puta, não importa, ela é a única pessoa que tem algum controle sobre Gaio, por isso devo dizer que lhe sou grata. Mas ela disse que nunca viu Gaio tão zangado, que ficou dizendo que Nero tinha jogado a menina no chão de propósito, tentando quebrar a cabeça dela. Cesônia disse que falou para ele que era absurdo e ele ficou quieto, roendo as unhas e jurando que tinha dito a verdade, e fez Cesônia jurar que jamais deixaria a menina sozinha com Nero outra vez. Cesônia então me disse que seria bom não aparecermos "até ele recuperar o equilíbrio". Mas quando vai ser? Por isso, estou aqui, pois, se só ela consegue controlar meu irmão maluco, só você tem alguma influência sobre ele. Ele ouve você, não é?

— Acho que cada vez menos.

— Mas você pode me proteger. Tem que me proteger. — Ela chorou e estremeceu nos meus braços. — Quando cheguei aqui, senti um frio mortal. Aqueça-me, faça-me viver de novo.

Ela enroscou as pernas em mim, mordiscou meu pescoço e gemeu enquanto ficamos um só animal de duas costas até ela afinal se saciar, relaxar e dormir nos meus braços. A lua iluminou o seu rosto e, mesmo dormindo, um nervo se contraiu.

Minha terceira visita foi Sêneca. Veio a convite de Agripina, na verdade, por insistência dela. Não estava se sentindo à vontade. Os olhinhos na cara grande e gorda traíam sua inquietude. Ou foi o que pensei. O filósofo estava sendo obrigado a agir e não estava seguro de que agiria de forma digna.

Agripina tinha decidido que o irmão precisava deixar o cargo. Era a única forma que ela imaginava de proteger o filho. Naquela primeira noite em que dormimos juntos, ela acordou duas vezes e disse:

— Dessa vez, talvez Gaio esqueça o que pretende, Cesônia vai convencê-lo, acalmá-lo na medida em que pode ser acalmado. Mas ele vai ver Nero crescendo e considerá-lo uma ameaça, do mesmo jeito que Tibério foi convencido de que meus outros irmãos eram uma ameaça, achava que meu pai era uma ameaça e assim foram todos assassinados. Não posso esquecer que Gaio matou o outro Tibério, o pequeno Tibério Gêmelo, um menino indefeso, de ótima índole, só porque era quem era, me contaram.

Continuou falando, repetindo. Tentei agora dar sentido ao que ela disse. A tarefa de Sêneca era sugerir um método. Expressei minha surpresa:

— Não sabia que o filósofo era especialista em afastar pessoas de seus cargos — falei.

— É o homem mais sábio que conheço. Quem seria melhor procurar? — perguntou Agripina.

— Você tem certeza de que quer que eu ouça a conversa? Tem tanta certeza de que pode confiar em mim?

— Se você me trair... — respondeu ela, sem terminar a frase, exatamente como, devo dizer, fazia sua falecida e assustadora mãe.

Claro que Sêneca ficou orgulhoso. Talvez, do jeito pesadão dele, estivesse um pouco apaixonado por Agripina. Sem dúvida, tinha medo dela. Por isso, na primeira parte da nossa conversa, suas frases ficaram cada vez mais pomposas e cheias de orações subordinadas. Quando ele chegou no que deveria ser o verbo conclusivo, parecia que todo o sentido tinha se evaporado.

— Não temos precedentes aceitáveis — concluiu ele.

— Ah, um momento, não faltam precedentes para assassinato. Pense nos Graco, ou em Júlio César — apartei.

— Não estamos falando de assassinato. Esse é o último recurso. Além do mais, apesar de tudo, Gaio é meu irmão mais novo. Viemos do mesmo ventre — lembrou Agripina.

Quanto a isso, não havia o que dizer. Esperei, quieto. Sêneca disse:

— Em tese, não existe o cargo de imperador. Portanto, é difícil encontrar como demitir alguém de um cargo que oficialmente não existe. Até o título de *princeps* ou Primeiro Cidadão, como o divino Augusto preferia ser chamado, é ou era apenas honorífico. Portanto, precisamos saber dos fundamentos legais do poder imperial.

— O poder veio primeiro. Os fundamentos legais, como você chama, vieram depois — ironizei.

— Seja como for — Sêneca estava atento à sua tarefa, falando como se fôssemos ansiosos alunos do Liceu —, seja como for, Augusto tinha sua autoridade fincada em duas bases: a primeira, o poder tribunado que considerava a pessoa dele inviolável.

Agripina parecia intrigada. Claro, aquelas palavras eram um eco distante, cada vez mais fraco, da República. Devo explicar (pensando em meus netos, que podem ler isso) que os tribunos eram os magistrados republicanos eleitos para garantir os interesses dos plebeus, isto é, das classes inferiores. E é não só ilegal, mas sacrilégio, prejudicar um tribuno no cargo. Devo acrescentar que, em geral, os tribunos eram demagogos ignorantes e impeditivos. Sendo da classe patrícia, Augusto não podia ser eleito tribuno, mas — como isso ocorreu, não consigo me lembrar — ele convenceu a Assembleia do Povo a votar concedendo-lhe os poderes e, com isso, os direitos invioláveis de um tribuno. Sêneca ficou explicando tudo a Agripina, com muito mais detalhes, a ponto de ficar entediante.

— A segunda base de Augusto — disse ele, por fim — era a autoridade de procônsul em todas as províncias sob sua gestão, que eram também as que possuíam um efetivo militar. Obrigou então os soldados a jurarem submissão a ele, assim como ao Senado e ao povo romano. Como essa autoridade proconsular se extinguiu quando ele entrou na Itália, o Senado o elegeu *Maius imperium*, autoridade suprema do Império. Como vocês sabem — continuou ele, com quase toda certeza sabendo que Agripina ignorava tudo isso —, ele declarou no *Res gestae*, onde relatou suas realizações, o seguinte: "Nos meus sexto e sétimo consulados, depois de ter acabado com as guerras civis e tendo, com anuência de todos, assumido o poder supremo, transferi o Estado do meu poder para o controle do povo romano. Por esse serviço, recebi por decreto do Senado o título de Augusto e as pilastras da minha casa foram enfeitadas com galardões, a coroa cívica foi colocada sobre a porta e um brasão de ouro no Senado Juliano que, como atesta a inscrição que lá está, me foi dado pelo povo romano em reconhecimento a minha bravura, clemência, justiça e dedicação. Depois disso, embora eu tivesse mais autoridade que todos, tinha o mesmo poder que os meus companheiros em qualquer magistratura". O que acham disso? — perguntou Sêneca, recostando-se e sorrindo.

Achei que era uma impressionante prova de memória e lhe disse. Ele abriu um sorriso.

— É um mundo diferente — observou Agripina. — Augusto achava mesmo que era apenas primeiro magistrado, com mais autoridade que os outros, mas não com mais poder?

— Era o que ele queria que os outros achassem e talvez fosse no que quisesse acreditar. Mas sabia que era tudo aparência — comentei.

— Mesmo assim — Sêneca bateu com sua caneta de pena na mesa. — Mesmo assim, era essa a situação legal de Augusto e conforme minhas leituras de História, que garanto serem atentas, era a mesma situação herdada por Tibério e depois por nosso atual imperador Gaio. A autoridade e o poder legal deles vêm, em última instância, do voto do Senado e da Assembleia do Povo. O que o Senado e a Assembleia concedem, o Senado e a Assembleia podem tirar. Não vejo nenhum impedimento legal para o que posso chamar de deposição do imperador. Pode ser deposto facilmente.

Perguntei então:

— Escute, Sêneca, qual foi a palavra que você usou para o cargo de Gaio? Não foi imperador, o título que Augusto não quis? E o mero fato de você, em sua erudita explanação, achar natural usar essa palavra, não mostra que tudo mudou? Que estamos vivendo, como disse Agripina corretamente, num mundo diferente? E nesse mundo, nosso mundo, você acha mesmo que alguém seria tão ousado, eu diria tão estúpido, a ponto de ir ao Senado e propor que Gaio seja destituído de seus poderes? Meu caro Sêneca, tudo o que você disse é, sem dúvida, verdadeiro. Mas é também bobagem. Podem existir, como você diz, meios legais de retirar os poderes de um imperador, mas creia, esses meios legais não são práticos. Eu sei. Já vi muita coisa, por isso sei. — Olhei Agripina e, embora não me encarasse, vi que ela concordava.

A visita que eu gostaria de receber, mas não recebi foi a de Catulo. Ele escreveu de Capri, se desculpando pela ausência. Disse que tinha conhecido um rapaz com a boca de Ganimedes, o herói troiano considerado o mais belo dos mortais, as pernas de Apolo e um traseiro que parecia um pêssego. Era um esguio rapaz "para ser cortejado sobre um leito de rosas em alguma toca aprazível" que não tinha cedido a suas investidas, mas o momento se aproximava. E assim, que pena, Catulo se desculpava, mas não podia vir. Eu haveria de entender.

XVIII

Poucos dias depois, Gaio me intimou a ir a Nemi. Obedeci, embora relutasse em deixar meu país, onde podia, como disse o poeta, "enterrar esta vida inquieta sob um doce esquecimento". Saí naquele mesmo dia, tendo na cabeça os últimos versos de outra ode, que falam nos "tempos de nossos pais, piores do que os de nossos antepassados, que deram origem à nossa geração, mergulhada no vício e prestes a dar origem, lamentavelmente, a uma prole ainda mais vil".

Pois este era o pensamento de que eu não conseguia me livrar, após minha conversa com Cláudio, Agripina e Sêneca: depois de Gaio, o que viria? Uma guerra civil? Uma revolta? Assassinatos e anarquia? Cesônia me recebeu. Estava mais magra. O rosto, que fora redondo, estava cavo. Andava como uma velha. Nós nos abraçamos.

— Agripina foi procurá-lo, não? — perguntou.

— Foi.

— Saiu daqui apavorada.

— Chegou lá com medo.

— Nunca vi Gaio tão… agitado. — Ela fez uma pausa antes de dizer a última palavra, como se soubesse que não era adequada. Depois, prosseguiu: — Nossa filhinha é a única pessoa que ele realmente amou. Você precisa entender isso. No passado, ele me dizia que não conseguia amar. Ficou surpreso de ver que consegue. E, estranhamente, isso também o assustou.

— Só conheço a versão de Agripina — avisei.

— Ah, acho que dessa vez ela contou a verdade. Claro que o pequeno Nero não é o anjo que ela acha, mas tenho certeza de que não quis machucar a pequena Júlia. Gaio não acredita. Sempre acabo convencendo-o a pensar do meu jeito, mas dessa vez não consegui. Ele está inflexível. Fica resmungando que "um imperador deve ser absoluto para a morte". Não sei o que isso quer dizer.

Encontrei Gaio estirado num divã num terraço com vista para o lago. Dois guardas germanos altos e louros, de barba, estavam a postos, a alguns metros do imperador, empunhando as espadas.

— Eles não falam latim — avisou Gaio. — Não posso mais ter guardas que falem a nossa língua e repitam para meus inimigos o que eu disse. É a única segurança que tenho agora. Então, minha irmã está planejando me matar, não? Mandou você aqui para isso?

— César, estou aqui porque você pediu. Agripina não pretende matá-lo, ela gosta de você. Mas teme pelo filho dela. É só isso.

— Só? O filho dela é um monstro. Tentou matar minha filha.

Ele continuou assim por algum tempo, cada vez mais irado. O rosto ficou vermelho. Por um instante, achei que fosse ter um ataque. Depois, levantou-se, inclinou-se para um lado e caiu no divã, apertando as têmporas com as mãos.

— Não estou me sentindo bem — lamentou. — Aquela mulher fez feitiço contra mim. Estou enfeitiçado. Há leis contra feitiçaria, não há?

Dali a pouco, dormiu. Fiquei cuidando dele. Observei os guardas germanos. Estavam de olhos fixos em mim, a mão no punho da espada. Pensei: que motivo eles têm para tomar conta de Gaio? À tarde, Gaio se levantou. Estava pálido, porém calmo, como o mar após uma tempestade.

— Venha comigo — disse e, escoltados pelos guardas germanos, descemos a colina até a beira do lago. Um barco estava aguardando, entramos e ficamos na proa, enquanto os germanos remavam. Era uma tarde suave, o azul sumindo no céu e um cheiro forte de tomilho e orégano no ar. O lago estava calmo e escuro, menos nas faixas de água onde batia o sol poente. Gaio ficou quieto na tarde cor de mel, com o silêncio quebrado apenas pelo som dos remos e, depois, pelo lindo trinar de um rouxinol nos bosques em volta.

Chegamos a uma praia distante. Um dos guardas esticou a mão e amarrou o barco numa argola de metal presa na pedra naquela rústica plataforma de desembarque. Saltamos e Gaio nos levou por um caminho sinuoso, primeiro à margem do lago e depois entre as árvores. A lua tinha surgido e formava compridas e finas sombras na nossa frente.

Então, surgiu uma clareira. Gaio esticou a mão, fazendo com que parássemos. Fiquei ao lado dele e ia dizer alguma coisa, mas ele pôs o indicador nos lábios. Esperamos. O rouxinol parou de cantar e as sombras dançaram quando uma brisa agitou os galhos mais altos dos carvalhos.

À nossa frente, no fundo da clareira, vi um altar simples todo enfeitado de flores. Uma fina espiral de fumaça subia de um prato na mesa. Um homem então saiu do bosque atrás do altar.

Usava uma túnica que ia até quase os joelhos e andava atento, duro, como se estivesse de sentinela. Virou-se para nós, e o luar fez brilhar a espada que tinha na mão esquerda. Não conseguia ver o rosto dele. O cabelo era curto. Percebi que Gaio tremia. O homem se aproximou do altar, deu duas voltas nele, na direção contrária à que o sol percorre. Ouvimos como se ele estivesse fazendo uma invocação. Colocou a mão direita espalmada sobre o prato de onde vinha a fumaça e deve ter jogado alguma coisa, pois subiu uma chama. Ele então ficou bem parado, com a cabeça inclinada.

Endireitou-se, como se tivesse ouvido alguma coisa que para nós fosse inaudível. Aguardou.

Vi cães mexerem numa moita, atraídos por algum movimento. Veio um grito do outro lado da clareira. Outro homem saiu correndo dentre as árvores. Também estava com uma espada. Parou. O primeiro homem, que estava esperando no altar, agora parecia, juro, relaxar. Levantou a cabeça numa pose de desafio. Mas o desafiador era o outro, eu sabia. Adiantou-se ligeiro, com um movimento que dava a impressão de ser mais jovem que o primeiro, que disse alguma coisa, então, mas não consegui ouvir, embora conhecesse o timbre — era de uma sentinela.

O segundo homem se aproximou, a espada em riste. O adversário não se mexeu, nem levantou a espada, mas eu sabia que estava olhando o outro de cima a baixo, avaliando-o. Então, como se estivesse cansado, mas firme, ele ficou em guarda, atento, esperando.

Ouvi a respiração rápida de Gaio.

As espadas se chocaram uma, duas, três vezes. Os dois homens deram um passo atrás e ficaram se rodeando, sempre para a direita com a espada levantada. O inimigo deu uma estocada. O outro aparou o golpe e continuou a se movimentar com passos tão precisos como os de um grande bailarino. O desafiador parou. Depois fez com a espada um grande movimento circular. Só atingiu o ar, e ele deu um passo em falso, perdendo o equilíbrio. O primeiro homem esperou, talvez aquilo fosse uma finta, uma armadilha. Estava falando agora. As palavras chegavam a nós num murmúrio. Minha imaginação achou que tinham um tom ameaçador. As espadas se chocaram outra vez. O desafiador abaixou a espada do outro e com as costas da mão viradas para a frente, atingiu-o no pescoço. Gaio se empertigou.

Pela primeira vez, o homem ferido atacou. Deu uma estocada no outro. A espada subiu para aparar uma arma que não estava mais lá. Antes que ele terminasse, o defensor, o campeão como eu o estava chamando, recuou e, rápido como a língua de uma serpente, atingiu a barriga e recuou. O outro caiu no chão. Ficou gritando. O sangue jorrava de sua boca — ou fui eu que imaginei? Estava escurecendo, não conseguia ver direito. Mas, por um instante, o que vi parecia esculpido no mármore, ou num friso de coluna: o gladiador agonizante, sabendo que morreria, parecia olhar sua alma indo embora. O primeiro homem então pôs o pé sobre o inimigo caído, tirou a espada do corpo dele, pegou um punhal no cinto e, ajoelhando-se, cortou a garganta do outro. Levantou-se e sua voz soou como um grito de vitória e, olhando para a lua, ele cantou para a deusa.

Senti Gaio relaxar. Suspirou:

— Está tudo certo. Mais uma vez, tudo certo.

Deu moedas de ouro para um dos guardas germanos e mandou entregar ao vencedor "embora ele não tenha o que fazer com isso, dou por hábito". Virou-se e foi na frente até chegarmos ao barco.

Falou só quando atravessamos o lago.

— Grande é Diana, meu amor, minha protetora.

Naquela noite, na ceia, ele estava alegre, lúcido e coerente. Contou piadas. Algumas eram novas, outras até engraçadas. Imitou Tibério recusando um suplicante, a semelhança era impressionante. Mostrou a satisfação do velho imperador em recusar, dizer "não", uma satisfação ainda maior por ser dissimulada e após rigoroso exame do caso do suplicante. Depois, Gaio imitou o tio Cláudio se dirigindo ao Senado e se perdendo num parêntese pedante. Seria cruel se não houvesse um toque de indulgência, até de afeto, na voz do imperador. Pediu que trouxessem a filha, colocou-a no joelho e deu-lhe pedacinhos de comida que tirou do próprio prato. Chamou atenção para a beleza e a inteligência dela. Durante toda a refeição, tomou só vinho com bastante água. Cesônia também relaxou e sorriu, o que a remoçou em anos.

Quando as mulheres nos deixaram a sós, ele conversou de assuntos sérios: o exército, as finanças do Império, o problema dos judeus, "para o qual não vejo uma solução definitiva". E acrescentou:

— Você entendeu aquilo a que assistimos esta tarde?

— Creio que sim.

— Você se lembra de que uma vez eu disse que soube que o sacerdote que guarda o templo de Diana e seu arco de ouro não era desafiado havia anos. Resolvi pôr isso a limpo. Consegui que escravos fugissem e fossem para Nemi. No começo, fiz isso, admito, de maldade, só porque me divertia. Foi bobagem minha, hoje eu sei. Considero que cada vitória que o sacerdote consegue é uma espécie de presságio. Se ele perde e é morto, significa que não estou seguro. Entende? Foi por isso que Tibério viveu tanto tempo. Porque ninguém desafiou aquele sacerdote.

— Mas César...

— Não gosto da palavra "mas".

— Não obstante, César, não seria mais sensato, agora que sabe disso, não desafiar o sacerdote?

— Mais sensato? Não sei.

— Quer dizer, se um dia ele realmente perde a luta...

Gaio serviu-se de uma taça de vinho sem juntar água e bebeu de um gole.

— Claro que você tem razão, sei muito bem. Ao mesmo tempo, você não entende. Não está nem começando a entender. Essa luta virou uma compulsão minha. Quando assisto a um duelo como o desta tarde, eu me sinto mais vivo, mais seguro de mim. A animação de uma arena no Circo Romano não é nada, comparada com isso. É minha vida que está em jogo, entende. Assim, esta noite, eu sei que está tudo certo. Mesmo se você tivesse vindo aqui para me matar, eu não teria o que temer. É o meu destino.

Ele se estirou no divã como quem se deita ao sol.

— Sabe quem é a pessoa mais próxima de mim hoje? — perguntou ele. — O velho Tibério. Quando lembro como eu o odiava, como tinha medo dele, é estranho. Mas ele agora aparece sempre nos meus sonhos, pega a minha mão e fala suave, como nunca fez em vida. Ele entende, como ninguém mais, o que é carregar o peso do Império. Se você às vezes acha que sou caprichoso, é porque não sabe o que é fazer exatamente o que se quer, do jeito que se quer. — Ele suspirou. — Em momentos assim, sou quase feliz, me sinto quase à vontade. Pobre Tibério, acabou se detestando, detestando o que foi obrigado a fazer dele mesmo. Você acha que nós, imperadores, gostamos de mandar matar alguém? Não, nem mesmo quando merecem morrer. Tibério chorou por Sejano, você sabe. Como ele pôde errar? Era o amigo mais próximo dele, seu único amigo, e o traiu. Foi como se você me traísse. Então, ele não teve outra escolha senão mandar matá-lo, da mesma forma que eu não teria outra se você...

— Ao contrário de Sejano, eu não tenho nenhuma ambição — avisei. Era verdade, mas por precaução, expliquei. — Não tenho outra ambição que a de servi-lo, César, o melhor possível. — Mas não acrescentei "e de viver mais que você".

— Quando me matarem, o Império será entregue à anarquia. Sabe disso, não é?

— Então, devemos fazer com que não o matem, César.

— Claro, é a maior de todas as tentações, entregar o mundo romano à anarquia. Eu sei. Senti isso, senti o poder arrebatador da destruição. É um êxtase, nada menos. A alegria do criador não é nada comparada com a alegria de desencadear o poder da destruição, a alegria sem dó que destrói vidas, apaga-as como se extingue a chama desta vela. Mas é doloroso, sim, doloroso. Não senti isso completamente... ainda.

XIX

Voltei para Roma em outubro. Era um lindo outono, minha estação preferida na cidade. O céu estava azul, o sol, quente, mas não demais, os dias sem vento terminavam em noites claras, frescas.

Mas aquele outono foi inquieto. Catulo me disse que pelo menos a metade dos membros do Senado tinha preferido continuar em suas casas de campo.

— Alguns estão cansados, outros têm negócios urgentes que os prendem lá. Todos estão com medo. — Ele riu: — Até parece que, ficando fora da cidade, Calígula não pode matá-los do mesmo jeito. O regime podia ser feito sem violência e, nas palavras dele, "ser posto em vigor um sistema político sensível".

Agripina mandou que ele me procurasse para apressar isso outra vez. Catulo também assistiu ao encontro. Quando Sêneca falou, vi um sorriso de escárnio no rosto dele. O argumento absurdo do filósofo fazia-o parecer mais jovem, recuperando por um instante seu ânimo natural.

Sêneca não percebeu. Ele estava entusiasmado, enlevado pela beleza da própria retórica.

— Precisamos — disse ele — criar uma situação em que fique evidente para o imperador que a base do seu poder desmoronou. Pensei muito sobre o que você disse na última vez em que discutimos isso, em relação à pusilanimidade do Senado. Lastimo ter chegado à conclusão de que sua avaliação foi sensata, e digo lastimo porque reluto em pensar mal daquela nobre entidade. Mesmo assim, concordo que possam ser justas suas dúvidas, se os membros do Senado falarem abertamente o que pensam. Por isso, temos que pensar em outra saída.

— Qual seria? — perguntei.

— O exército e os comandantes do exército são a chave que vai abrir o portão.

— O que você quer dizer?

— Mas é óbvio — disse ele.

— Para mim, não.

— Nem para mim — disse Catulo.

— Muito bem, vou explicar. Após consultar a senhora Agripina, escrevi uma carta para todos os comandantes do exército colocando a necessidade de uma mudança de regime e, se posso dizer assim, argumentei de forma convincente. Acredito que a carta vá convencê-los a negar apoio a Gaio e restabelecer a República. Depois, informam a Gaio que não devem mais obediência ou submissão a ele. A vida dele será poupada, mas terá de se aposentar. Pode ser preciso deixá-lo algum tempo numa ilha ou em algum lugar assim, onde seus movimentos sejam limitados.

— Que belo plano — exclamou Catulo.

— Fico satisfeito com sua aprovação. Achei que a aprovaria.

Aprovaria? Essa ideia é a mais perfeita idiotice. Por que não a aprovar? Falei:

— Quando eu era criança, minha babá contava a fábula do rato e do gato. Lembram-se dela? Não? Pois muito bem. O gato vinha matando muitos ratos. Então, os que sobraram se reuniram para pensar numa solução. Um deles teve uma ideia: tinham de amarrar um sinete no pescoço do gato e assim saberiam quando ele se aproximava. Todos acharam uma ótima ideia. Ela foi aprovada, ficaram todos felizes até que um velho rato cinzento perguntou: "E quem vai ter coragem de amarrar o sinete no pescoço do gato?". Não apareceram voluntários. O imperador é o gato e não duvido que vários generais gostariam de pendurar, digamos, um sinete no pescoço dele. Mas quem vai se oferecer?

— Todos juraram obediência a Calígula — disse Catulo. — Talvez isso tenha alguma importância para eles. Lembro-me de um dos meus tios dizendo: "Os generais romanos não se amotinam". Admito que minha leitura de História não confirme totalmente essa afirmação. Mesmo assim...

Além do mais, acho, e desconfio que Lúcio, aqui presente, concorda comigo, que os legionários são leais a Gaio.

Confirmei:

— É provável. Gaio não só é filho de Germânico, o que ainda tem certo valor, mas foi muito generoso com os soldados. Pelo que consigo lembrar, é a primeira vez que eles recebem o soldo na data certa, são dispensados quando completam o tempo de serviço e ganham um lote de terra para morar. Todos vocês cometem o erro de pensar que Gaio é bobo. Não é. Ele sabe muito bem que, no final, o poder imperial está com os exércitos. Não tenho dúvida de que chegará o dia em que os legionários vão perceber isso e aprender a fazer e desfazer imperadores. Mas esse dia não é hoje.

— Seu plano é brilhante, mas não pode ser realizado — disse Catulo.

Eu disse:

— Sêneca, se você mandar essa carta, pode também cortar sua garganta. Vai poupá-lo de uma morte mais sofrida. Mas será que você está preparado para morrer?

O filósofo não respondeu.

XX

Três semanas depois, tentaram matar Gaio. Um jovem de família nobre, meu primo distante e descendente pelo lado materno daquele Metellos Cimber que foi um dos libertadores que mataram Júlio César, aproximou-se do imperador quando ele estava a caminho do templo de Júpiter para fazer um sacrifício. O rapaz estava calmo, parecia afável e tinha sido várias vezes convidado pelo imperador para festas no palácio, até era um de seus favoritos. Por isso, ninguém desconfiou dele.

Mas, por algum motivo, tirou o punhal e hesitou alguns segundos antes de enfiá-lo no peito do imperador e, nesse instante, os guarda-costas germanos agiram. Um deles bateu com a espada na mão do rapaz e cortou-a na altura do pulso. Mais dois guardas foram para cima do jovem e o teriam matado na hora, se Gaio não gritasse:

— Parem! Os traidores devem ter morte lenta — disse ele.

Não tenho qualquer dúvida de que ele queria que o jovem fosse torturado para dar o nome dos cúmplices, era pouco provável que agisse sozinho, por iniciativa própria. Mas naquele momento alguém na multidão em volta do imperador gritou "traição" e algumas pessoas da plebe, pensando que o amado Calígula ainda estivesse em perigo, afastaram os guardas germanos, perseguiram o quase assassino e arrancaram todos os seus membros.

Alguns disseram depois que não houve conspiração: Gaio tinha seduzido a mulher do jovem e a tentativa de assassinato foi um ato de vingança pessoal. Mas outros disseram que o homem que gritou "traição" e incitou a turba a se vingar era Trebônio, amigo íntimo do jovem enganado e seu cúmplice na conspiração, que matou o amigo para evitar que ele desse nomes. Não sei. O caso continuou obscuro. Mas, desde então, esse Trebônio melhorou de vida e hoje é procônsul na Espanha.

Naquela tarde, encontrei Gaio muito sério, o que não é comum.

— Fiquei pensando e, quando lembro de tudo outra vez, chego à conclusão de que fui salvo de maneira incrível porque nada de ruim vai me acontecer, estou sendo preservado pelos deuses para algo maior. Evidente que deve ser a conquista da Germânia, dominar as tribos germânicas e incorporá-las ao grande Império. Não foi Enéas quem prometeu um Império sem limites? E não compete a mim garantir isso? O destino poderia ter sido outro. Na noite de hoje, você podia estar chorando sobre meu cadáver. Pense nisso. — A voz dele abrandou: — Quanto a mim, se minha vida tivesse acabado no punhal do assassino, garanto que seria uma espécie de libertação da ansiedade, das noites insones e de uma grande tensão nervosa. Numa fração de segundos, eu estaria em paz. A ideia é bem-vinda. Há longas noites em que não consigo dormir e anseio pelo descanso. Mas os fados decidiram de outra forma. Desperdiçamos esse verão, mas agora você deve trabalhar de forma que, ao primeiro vento da primavera, possamos seguir para o norte e deflagrar a última grande expansão do Império.

— Isso mesmo, César — concordei.

Ele então sorriu.

— Mas por que a última? O que estou dizendo? Alexandre Magno chorou porque não tinha mais o que conquistar. Ainda não sou Alexandre, mas os fados estão me reservando isso. Tenho certeza. Não sou o menino do acampamento, o querido da deusa Fortuna?

— O que você achou dele? — perguntou Cesônia.

— Calmo, depois exaltado.

— Amanhã, estará desconfiado outra vez — disse ela. — Amanhã, vai garantir que o Senado é um ninho de víboras decididas a destruí-lo. Por que amanhã? Ele é tão mutável quanto... não sei o quê. Pergunte uma coisa que muda com o vento e eu mostro o pobre Gaio.

— Acho que você acabou amando-o — concluí.

— Amar? Não sei. Sentir pena, sem dúvida. Noite dessas, ele dormiu um pouco e quando acordou, ou ainda num sono leve, resmungou: "Por que não posso ser bom? Por que não posso ser o bom imperador que queria ser?".

No dia seguinte, vinte e três senadores foram presos. Seis foram soltos após serem interrogados. Dez foram exilados ou solicitados a morar em suas casas no campo. Quatro ficaram presos. Três foram condenados à morte.

Para comemorar o resultado, Gaio promoveu Jogos troianos especiais. Eram para ser de um esplendor incomparável, mas não foi possível. Ele deu poucos dias para os organizadores prepararem tudo. Alguns gladiadores estavam mal treinados, algumas lutas foram mal combinadas, o que é lastimável. A multidão, que tinha comparecido ao estádio ansiosa por aplaudir, começou a vaiar. Gaio se retirou para o fundo de seu camarote, zangado. A insatisfação dele era tanta que tomou duas decisões impopulares: poupou um gladiador que tinha demonstrado covardia porque, disse-me depois, "gostei de fazer isso e achei que ele teve um admirável bom senso". Depois, mostrou o polegar abaixado para um espadachim popular que, por infelicidade, escorregou numa poça de sangue. "Idiota descuidado, precisa de uma lição. Além do mais, ao entrar no estádio, recebeu do povo uma saudação maior do que a minha." O fracasso desses Jogos incentivou os inimigos. Pela primeira vez, disseram, Calígula não era mais o preferido do povo. E vice-versa: ele também não gostava mais do povo. Acho que foi depois desses Jogos que ele falou que gostaria que o povo romano tivesse um só pescoço para ser cortado num golpe. Claro que foi um exemplo de seu humor oscilante.

No final do ano, mergulhou no desânimo. Havia dias em que não falava com ninguém, nem com Cesônia. Só a companhia da filhinha o animava, mas por pouco tempo. Em outros dias, falava sem parar, um monólogo em que comentava sua sofrida vida, seus medos na infância, até o feitiço que o destino tinha jogado nele.

— Mas não vou me suicidar, não darei a meus inimigos essa satisfação. Deixem que façam isso por mim. Se ousarem. Que mostrem as caras e me matem, se tiverem coragem.

Eu não tinha dúvidas de que os inimigos do imperador estavam procurando uma espada e, enquanto não a encontrassem, Gaio estava salvo. Eu sabia também que me viam com desconfiança. Os que queriam matar Gaio não sabiam de que lado eu estava. Alguns me deram pistas, sugeriram que bastava eu aceitar e eles me contariam tudo, até me confiariam uma tarefa importante na reconstrução do Estado. Mas fiz que não entendi, pois não tinha nenhuma vontade de participar daquela comédia.

Agora, fazendo um retrospecto dos fatos, acho difícil lembrar exatamente o que eu pensava na época, quais eram os meus sentimentos.

Acho que eu sabia que o tempo de Gaio estava terminando, tinha tantos inimigos que era pouco provável que pudesse viver muito. E era pelo menos discutível que ele merecesse morrer e que Roma e o Império estariam melhores sem ele. Alguns achavam que ele deveria ser morto, com a mesma certeza de quem livra o mundo de um cachorro louco. O que pudesse acontecer depois dele não podia ser pior. Catulo tinha certeza disso e lutou para me convencer.

Mesmo assim, alguma coisa me revoltou. O que foi? O medo de ser morto com ele? Não. Lealdade? Sim, eu a tinha, mas lealdade para mim é um sentimento fraco. Afeto? Também, por mais extraordinário que possa parecer, como me parece agora. Sim, não posso negar, eu gostava dele. Não podia negar que gostava dele. Podia lastimar, condenar a maior parte do que ele fez. Mesmo assim...

E tinha a teimosia, o orgulho, se você prefere. Fiquei a favor de Gaio contra o Senado. Devia admitir que eu estava errado? Foi Catulo quem mostrou meu orgulho. Criticou-me, dizendo:

— Como você é o único homem em Roma que não tem medo de Calígula, acha que não é preciso matá-lo. É o seu orgulho infernal que o impede de se unir aos senadores que acham preciso depor o imperador, que faz você se manter longe deles porque você os despreza. Sabe que gosto de você, mas...

— Não, eu sei que você não gosta de mim. Como poderia me amar, se eu não me amo?

Ele achou que era uma piada e não neguei. Mas tinha razão em mostrar a raiva que eu tinha dos inimigos de Gaio. Eram homens que tinham rastejado diante dele como antes rastejaram diante de Tibério. Se eles criavam coragem a ponto de estarem prontos, pelo menos a entrar em ação, era só por medo. Se isso é um paradoxo, o medo pode dar coragem aos homens, que seja. Era como eu os via.

Naqueles dias de espera, certas palavras do imperador não saíam da minha cabeça, como uma música irritante. "Os homens não são felizes e depois morrem", disse ele uma vez, franzindo o cenho como se a ideia o deixasse perplexo. Os homens não são felizes e depois morrem. É um justo resumo da vida.

Será que valorizo Gaio porque me mostrou essa verdade, que foi corajoso o bastante para enfrentar? Havia um jovem poeta que estava apaixonado pelo imperador. Não vou dar o nome dele, iria constrangê-lo, deixou de ser poeta, é oficial no exército que nosso atual e bondoso imperador encarregou da conquista da Bretanha. Quando digo que estava apaixonado pelo imperador, não quero dizer que tivesse um desejo vulgar de compartilhar a cama dele, ou deixar que Gaio cobrisse seu rosto de beijos molhados. Era um amor puro, ideal, ele estava apaixonado pela solidão do imperador, por sua superioridade, "superioridade a tudo o que até aqui foi pensado e feito", como disse o poeta.

— Ele foi além do bem e do mal. No mundo dele, não há fatos morais. Acho isso muito lindo. Julgamentos morais são tão fáceis, são o refúgio dos fracos. Acho que Gaio é o primeiro espírito livre na História do mundo romano — disse-me ele.

Falou assim, bastante confuso. Mas, no meio dessa confusão, havia uma luz na escuridão. Ele reconheceu no imperador a encarnação do mais forte instinto do homem: o desejo de poder.

— Tudo o mais é ilusão, tudo o mais é destinado a confortar os fracos — concluiu o poeta.

Claro que ele disse um absurdo. Gaio era fraco. Eu sabia. Mesmo assim, esse jovem poeta vislumbrou uma grande verdade: o desejo de poder é mesmo a canção que faz o mundo marchar. Foi nessa música que Roma marchou; foi o som de nosso Império.

Com Gaio, Roma chegou à perfeição. Ele era o que nós tínhamos feito de nós mesmos.

Quando o jovem poeta descuidado viu nele a encarnação do instinto mais forte, tive de concordar.

Ao fazer nosso Império, tínhamos destruído tudo o que um dia foi bom na República.

Tínhamos reduzido todos os relacionamentos entre os homens a uma questão de poder: quem faz o que, para quem? Se a imagem adequada de Roma era agora a arena manchada de sangue, a carnificina que nos deliciava, não seria adequado que o imperador Gaio ficasse na sua cadeira dando o veredicto: morte ou vida? Por que retirar a essência tão perfeita do que tínhamos feito conosco, do mundo que tínhamos forjado?

XXI

A GUARDA PRETORIANA TINHA UM CORONEL CHAMADO CÁSSIO Cherea, por quem Gaio passou a ter grande antipatia. Difícil saber por quê. Certamente, era um sujeito pouco atraente, mas não tanto a ponto de explicar a repugnância do imperador. Às vezes, Gaio dizia que não aguentava vê-lo por perto, com seus olhos astutos e lábios apertados. Outras vezes, insistia na presença dele para ter o prazer de irritá-lo. Esse Cássio Cherea sofreu certa vez um ferimento na virilha e, talvez por causa disso, ficou na meia-idade com trejeitos bastante efeminados. O imperador só se interessava por esse detalhe e sempre se referia a ele como invertido sexual. Quando estendia a mão para Cherea beijar, levantava o dedo médio e mexia de maneira sugestiva. Um dia, ele disse:

— Diverte-me, meu caro Cássio, ver que você sempre escolhe para escolta os guardas de pau muito grande. Gosto de homens que não se envergonham de suas preferências.

Cherea enrubesceu e ficou bem sério, mas não ousou reclamar. Acho que a partir desse dia ele passou a odiar o imperador.

Tinha outros motivos. Ele havia sido protegido de Macro, o traidor de Sejano e seu sucessor como prefeito pretoriano. Macro fez dele seu representante. Como havia outros oficiais mais velhos que ele, homens que tinham sido condecorados por seu valor na batalha, essa promoção foi notada, dando margem a toda sorte de rumores grosseiros quanto ao relacionamento do prefeito com seu novo representante. Pode ser que a fama de Cherea de efeminado venha dessa promoção, afinal, não era só

Gaio que o achava invertido sexual. Claro que podia não haver nada. As pessoas estavam prontas a acreditar em qualquer coisa sobre Macro.

Cássio Cherea teve sorte de sobreviver à desgraça e à execução de seu chefe. Diziam que deu pessoalmente informações sobre ele. Seja como for, ele se considerou rebaixado — e esse foi outro motivo para detestar o imperador cada vez mais. Na verdade, ele estava cheio de ressentimento.

Confesso que pensava pouco nele. Tão pouco, que nunca me ocorreu que ele pudesse ser perigoso.

Dizia-se que foi ligado àquele Trebônio suspeito de participar da tentativa de assassinato do imperador pelo jovem nobre idealista, descendente de Metello Cimber. A notícia dessa ligação chegou a Gaio. Ele achou muita graça.

— Sei que você não gosta de mim — disse a Cherea e riu enquanto o pobre homem declarava sua enorme lealdade e dedicação.

Um outro coronel da guarda pretoriana, chamado Cornélio Sabino, havia muito era rival de Cherea. Gaio se divertia fazendo os dois servirem juntos, pois sabia que se detestavam tanto, que nem se falavam. A história era crível: Sabino foi um dos favoritos de Sejano e teve sorte de não ser morto quando Tibério ficou contra ele.

Mas tudo isso foi há algum tempo. Agora, aproximados pelo capricho do imperador, os dois deixaram de lado a raiva recíproca e se uniram no mesmo ódio por Gaio. Sabino disse que não tinha qualquer ódio pessoal pelo imperador. Era contra ele por ser um mau imperador e porque queria a restauração da República. Mas as circunstâncias em que ele disse isso não eram adequadas para convencer ninguém a acreditar. Era, sem dúvida, um hipócrita.

Unindo-se, conversando, esse par maldito resolveu livrar Roma do imperador. Isso, pelo menos, é no que devemos acreditar.

De minha parte, acho difícil.

Mas, você vai ver, era difícil eu saber a verdade, descobrir o que foi planejado por quem e quais os atentados que estavam sendo tramados.

Na superfície, o que acontecia era bem claro. Vou, portanto, relatar primeiro a versão oficial dos fatos.

Só não vou me dar ao trabalho de relatar os diversos presságios do assassinato de Gaio, inventados e aceitos depois de o fato ocorrer. Seria um insulto à inteligência de meus leitores. Basta dizer que sempre existirão tais presságios, mesmo que ninguém os perceba antes.

Era um claro e luminoso dia de janeiro. Logo após o meio-dia, Gaio saiu do teatro onde assistiu ao ensaio de seu amante, ou melhor, de seu ex-amante Mnester. Estava se sentindo lerdo, devido à bebedeira da noite anterior. Não conseguia resolver onde almoçaria. Saindo do teatro, portanto, parou numa colunata do palácio para apreciar alguns rapazes praticando a dança troiana de guerra para uma apresentação que deveriam fazer naquela tarde. Aplaudiu muito e começou a conversar com eles, todo o tempo passando a mão no líder. Satisfeitos por terem agradado ao imperador e encantados por ele estar tão alegre, sugeriram dançar de novo.

Cesônia se aproximou com Júlia Drusilla no colo, perguntou se Gaio ia almoçar. Ele sugeriu que antes assistissem à segunda apresentação e que iriam aonde ela quisesse. Todos estavam bem relaxados e felizes, até os guarda-costas germanos ficaram à vontade, a certa distância. Alguns senadores se aproximaram do imperador e, dizem, aprovaram a apresentação também.

Nesse momento, Cássio Cherea e Cornélio Sabino, seguidos de alguns pretorianos, chegaram como se fossem perguntar ao imperador se havia alguma ordem para eles.

Gaio fez um gesto impaciente e disse que aguardassem até ele ter vontade de decidir.

— Hoje, senhor, a vontade é nossa — Cherea disse e, quando o imperador olhou, surpreso com a insolência, recebeu um golpe na garganta dado por Cherea com sua espada curta de legionário. Gaio caiu no chão, se contorcendo.

— Ainda estou vivo — gritou. Foram suas últimas palavras. Um dos guarda-costas, ou talvez o próprio Cherea, enfiou a espada nos genitais do imperador. Outro esfaqueou Cesônia e um bruto pegou a pequena Júlia Drusilla, a adorada filha de Gaio, e espatifou sua cabeça num muro. Depois, correram. Assustados com os gritos, os guarda-costas germanos finalmente se mexeram. Os assassinos tinham fugido, mas mataram alguns senadores que estavam perto, boquiabertos, se de surpresa ou de alegria, ninguém sabe.

Bom, foi o que ocorreu, e minha narrativa deve ser bastante fiel. Digo "deve ser" porque eu não estava lá.

Você pode estar pensando em um motivo para eu não estar. Muitos pensaram. Alguns achavam, ou fingiram achar, que minha ausência mostrava que eu sabia do atentado. Quem pensou isso, alguns dias depois me agradeceu e me cumprimentou. Eu apenas sorri. Não é preciso corrigir opiniões a favor, por mais errôneas e descabidas que sejam.

Claro que não tive participação no atentado. Podia ter receios sobre o destino de Gaio, mas como disse Catulo, os generais romanos não se amotinam. Ele estava sendo irônico, mas disse aquilo em que eu também acredito. Eu não conseguiria apoiar o assassinato de Gaio, nem mesmo sua deposição.

Na noite anterior ao assassinato, fui a um jantar oferecido pelo jovem poeta, cujo nome omiti, na residência dele, perto do teatro de Pompeu.

Conversamos bastante tempo, bebemos muito. Era tarde quando saí à rua, uma noite fria, sem lua. Fui logo seguido por dois rufiões que pensei serem ladrões. Depois, uma mão apertou minha boca, impedindo que eu gritasse, e não vi mais nada.

Quando voltei à consciência, estava deitado numa cama num aposento desconhecido. Minha cabeça doía. O aposento era escuro e eu não sabia se era dia ou noite. Tentei levantar e vi que meus pulsos e tornozelos estavam amarrados à cama. Gritei, não houve resposta.

Mais tarde, não sei quanto tempo se passou, pois devo ter dormido, uma velha entrou com uma vela na mão. Sentou-se num banco ao lado da cama e passou uma toalha úmida na minha testa.

— Deram um bom golpe em você — constatou.

Claro que eu fiz perguntas, mas ela se recusou a responder.

— Só faço o que me mandam — disse ela.

Fez um curativo na minha cabeça e disse que me traria uma sopa. Ao menos, pensei, não querem me matar, sejam quem forem.

Ela trouxe a sopa, que me deu com uma colher de osso, depois, me deixou no escuro outra vez.

Na segunda vez em que veio, tentei suborná-la para me soltar, ela apenas sorriu. Na terceira, ameacei-a, ela sorriu de novo. Se sabia quem eu era, a indiferença às minhas ameaças mostrava que seu protetor era forte.

Sempre apreciei o desapego aos bens materiais. Precisei dele naquela hora em que meu mundo estava restrito àquele estreito aposento, àquela cama dura, àquela escuridão. Não sabia há quanto tempo.

Despertei, e o aposento estava ensolarado, as janelas abertas, e por um instante não consegui enxergar, meus olhos ficaram ofuscados pela luz. Percebi que tinham cortado as cordas que me prendiam à cama. Ouvi então uma voz familiar, minha visão desanuviou e Catulo se inclinou sobre mim.

— Espero que você não tenha ficado muito mal — disse ele. Tentei me levantar, senti tontura e fraqueza, caí de novo.

— Sinto muito, mas era o melhor que eu tinha a fazer — disse ele.

Pediu à velha que trouxesse vinho.

— Não vá bater nela, ela é minha velha babá, gosta de mim — disse ele.

XXII

Eu estava fraco como um gato recém-nascido até que bebi um pouco de vinho. Catulo sorriu com carinho.

— Você vai achar que agi de forma infame — disse ele.

— Não acho nada — respondi.

— Espero que, quando eu explicar, você compreenda. Por favor, acredite que tive a melhor das intenções, esperando o melhor. Você era leal demais a Gaio, nós todos concordamos.

— Era?

— Sim, temos um novo imperador.

— Novo imperador?

— Você não imagina quão grotesco, meu caro. E quase que tudo foi por água abaixo. Pois ninguém tinha contado a Cláudio, pois, naturalmente, Agripina não podia confiar que ele ficaria calado.

Portanto, segundo Catulo, foi uma grande comédia. Quando Cláudio soube do assassinato do sobrinho, ficou apavorado e se escondeu atrás de uma cortina do palácio. Um guarda que ia passando com a espada desembainhada, também com medo e sem saber o que estava acontecendo, viu aqueles pés por baixo da cortina e puxou-os. Cláudio achou que alguém estava querendo matá-lo, caiu e segurou nos joelhos do guarda, implorando para não ser morto. Outros membros da guarda apareceram, reconheceram o tio do imperador e levaram-no para o acampamento deles numa liteira e sem dar ouvido aos seus lamentos.

Catulo continuou:

— Não sabíamos o que tinha acontecido com Cláudio. Agripina temia que ele tivesse sido morto. Várias pessoas confirmaram. Os senadores, claro, nem pensaram nele. Estavam muito ocupados garantindo a segurança do Fórum e do Capitólio, com o apoio das legiões municipais. Por pouco, pareceu que nosso plano tinha fracassado. Vou lhe dizer, foi um alívio saber que o velho idiota estava no acampamento dos pretorianos. Mas não era garantido, por isso corri até lá para vê-lo e fazê-lo prometer dar a cada pretoriano leal cento e cinquenta moedas de ouro.

"Vergonhoso, não? Enquanto isso, Agripina organizou apoio para ele, conseguiu alguns libertos, inclusive aquele liberto de Gaio chamado Narciso, que ela antes havia subornado, para se infiltrarem na multidão que estava se juntando em volta do Senado e exigir que o irmão do herói Germânico fosse aclamado imperador. Você não vai se surpreender de saber que nossos bravos senadores ficaram apavorados e cederam. Portanto, temos um novo imperador: Cla-Cla-Cláudio. O que acha?"

O que eu podia dizer? Que era um absurdo?

— Quero lhe dar os parabéns — disse eu. — E Cesônia? Está em segurança?

Catulo suspirou.

— Infelizmente, não. Ela e a filhinha foram mortas pelos mesmos homens que mataram Gaio. Sinto muito. Não havia essa intenção. Ela estava no lugar errado na hora errada, acho. Mas não havia essa intenção.

— Não, suponho que não — falei.

CONCLUSÃO

Chorei a morte de Cesônia e de sua pobre filhinha. Talvez ela tenha sido a única mulher que cheguei perto de amar de verdade. Passei anos sonhando com ela. Minha última esposa, mãe de meus filhos, me abandonou quando me ouviu gritar "Cesônia" e murmurar palavras afetuosas para ela.

Gaio? Talvez eu tenha chorado a morte dele também, até certo ponto. Não conseguia esquecer o entusiasmo com que falou de suas boas intenções nas primeiras semanas de seu Império. Não podia esquecer o menino que carreguei nos ombros pelo acampamento e como ele gritava de alegria.

Agripina transformou o velório do irmão num espetáculo. Os assassinos tinham jogado o corpo dele num fosso nos jardins Lamianos. Ela cuidou para que o corpo fosse cremado e as cinzas guardadas em urna num magnífico túmulo. Não foi, talvez, totalmente hipócrita. Ela me garantiu que não tinha concordado com o assassinato e que Catulo tinha mentido para mim. Não acreditei nela, mas calei-me. Hoje, acho que, anos depois, quando ela me escreveu uma carta e falou nisso como uma "cruel necessidade", estava sendo sincera. Ela disse que Gaio tinha que sair para o bem do Império e da família. (Aliás, ela não faz diferença entre Império e família.) "Nossa pobre e malfadada família", escreveu. Concordo.

O povo chorou a morte de Gaio. Tinham gostado do governo dele. Disseram:

— Foi o único que se importou conosco. Nos bairros mais pobres da cidade, continuaram a comemorar o aniversário dele. Por que não? Gaio não lhes fez nenhum mal e ainda criou maravilhosos espetáculos na arena para eles.

Durante anos, disseram que o fantasma dele aparecia nos jardins Lamianos. Nas noites estreladas, seu espírito perturbado era ouvido uivando para a deusa da lua.

Uma curiosidade: na manhã em que Gaio foi assassinado, um escravo fugido desafiou o sacerdote de Diana em Nemi e matou-o.

Agripina estava desde o começo decidida a dominar o tio Cláudio, por satisfação pessoal e para garantir a sucessão para o filho Nero. Não ousou propor logo casamento com ele, pois a lei consideraria incestuoso. Mas deu ao velho e baboso pedante uma jovem esposa de quinze anos chamada Messalina, que Agripina estava certa de que poderia controlar. Naturalmente, a pobre moça logo se cansou do companheiro idoso e arrumou amantes, primeiro, às escondidas, depois, às claras. Um deles, achei graça ao saber, foi o antigo amante de Gaio Calígula, o ator Mnester. Outro, foi meu amigo Catulo. Disse que ela era "impressionante" e gostou dela até concluir que ser amante da esposa do imperador era perigoso. Então, se mudou para Atenas "para estudar filosofia". E me disse:

— Você sabe que eu sempre fui covarde.

Agripina pode muito bem ter incentivado as infidelidades de Messalina. Por que não? Com isso, teria poder sobre ela. Não gostou muito quando Messalina teve um filho, cuja paternidade foi assumida por Cláudio. Ele chamou o menino de Britânico em honra da conquista de parte da ilha da Bretanha. Era óbvio para Agripina que esse menino teria preferência na sucessão do imperador, em vez do filho dela, Nero — se Cláudio vivesse tanto.

Messalina então teve um caso com um nobre chamado Gaio Silio, que era cônsul-designado. Isso foi demais. Silio não podia ser considerado como politicamente insignificante. O regime estava correndo perigo, ou pelo menos parecia. Assim, Agripina fez com que o casal culpado fosse denunciado, e Cláudio, embora continuasse seduzido por sua querida e jovem esposa, foi convencido ou obrigado a acusá-la de traição. Ela foi assassinada, assim como o amante e mais meia dúzia de jovens nobres acusados de frequentar a cama da imperatriz. Quando soube disso, só pensei que Catulo fora sensato em fugir para estudar filosofia.

Desta vez, Agripina não perdeu a oportunidade. O incesto poderia ser ilegal, mas se desobedecer à lei era a única forma de controlar o imperador e garantir a sucessão para o jovem Nero, ela desobedeceria. Antes que Cláudio conseguisse se recuperar da bebedeira que tomou ao saber que fora traído por Messalina, seu destino estava traçado. De olhos turvos e tremendo, casou-se com a sobrinha e se viu dominado pelo firme e quase masculino despotismo dela.

Assisti a tudo isso de longe.

Pouco depois da posse de Cláudio, recebi esta carta dele:

> Apesar de apreciarmos a lealdade que teve por nossa família durante mais de trinta anos, desejamos e ordenamos que saia de Roma e até da Itália. Ao nosso ver e ao de nossos conselheiros, o povo julga que você está muito ligado às iniquidades de nosso sobrinho, o falecido imperador. É para sua segurança, assim como para o bem-estar da República, que decretamos essa sentença de exílio.

Catulo me entregou a carta.

Concluí:

— Agripina ditou a carta. Aquela puta.

— De certa forma, foi. Mas não é o que você está pensando. A verdade é que o novo imperador detesta você. Passou anos tendo ciúme de você. Não consegue esquecer como o adorado irmão Germânico costumava elogiar você, enquanto o pobre coitado teria dado um braço por um só elogio igual. Desde essa época, acha que você sempre o humilhou. Na verdade, você é tudo o que ele queria ser e, no fundo, sabe que não é. Se pudesse, essa sentença seria de morte e não de exílio. Foi só o que nós, Agripina e eu, pudemos fazer: convencê-lo. Principalmente Agripina, admito. Não tenho muita influência com o imperador. Sinto muito, vou sentir sua falta.

No dia seguinte, recebi outra carta, de Sêneca, escrita, ele avisou, a pedido do divino Cláudio. (Como Sêneca deve ter se deliciado em atribuir ao bobo uma divindade na qual não acreditava, nem por um segundo.) Meu local de exílio, explicou ele, seria Tomi, no litoral de Euxínia.

> Embora lastime a necessidade de sua partida, não posso senão encontrar algum consolo no fato de que seu exílio será o mesmo citado por Ovídio na Tristia. Tenho certeza de que podemos esperar uma obra comparável de sua lavra, mas que cheire menos a autopiedade e expresse uma filosofia mais firme. Mesmo isso será pouca recompensa pela falta que sentirei de sua companhia e de sua conversa. Mas esteja certo de que, junto com seus demais amigos, faremos incansáveis esforços para convencer o divino Cláudio a cancelar essa sentença de exílio.

Incansáveis ou não, foram três anos até esse feliz dia chegar, anos em que, como o poeta Ovídio, suportei aquele clima miserável, o tédio de vizinhos não civilizados e muitas vezes suspirei como o poeta maior Virgílio, "ó Júpiter, devolva-me o tempo que perdi".

No final, acho que foi Agripina quem conseguiu meu retorno, embora com a condição de eu não ter vida pública.

Isso não foi difícil. Eu já tinha visto coisas demais.

E agora ela pede essa biografia do pobre Gaio? Será que consigo fazer uma versão elogiosa?

Em que ela tenha um papel admirável, sob uma luz totalmente favorável? Vamos ver.

Pobre Gaio. Como ele ficaria ressentido e desprezaria essa mesquinharia de Cláudio: em seus primeiros dias como imperador, mandou matar o pobre cavalo Incitatus. Por quê? Porque uma vez, Gaio disse:

— Você tem razão. Foi um erro fazer meu pobre tio cônsul. Incitatus seria, certamente, uma escolha melhor.

FIM

ASSINE NOSSA NEWSLETTER E RECEBA
INFORMAÇÕES DE TODOS OS LANÇAMENTOS

WWW.FAROEDITORIAL.COM.BR

COLEÇÃO "OS SENHORES DE ROMA"

ESTE LIVRO FOI IMPRESSO
EM SETEMBRO DE 2021